Über die Autorin:

Für Thea Wachtendorf sind ein Wandel im Denken, als auch eine Erweiterung des Bewusstseins die entscheidenden Bedingungen für dauerhafte positive Veränderungen der Lebensumstände. Vor vielen Jahren machte sie aufgrund eigener Schicksalsschläge, Spiritualität und Psychologie zu ihrem Beruf und unterstützt Hilfesuchende in deren Prozess der Bewusstwerdung und Erlösung negativer Glaubens- und Verhaltensmuster. In Prittriching, bei Augsburg, betreibt sie eine Praxis und bietet Seminare und Vorträge an zahlreichen Orten rund um oben genannte Themen an. Sie ist bekannt für ihre Begabung, hohe Spiritualität in einfachen und klaren Worten zu vermitteln und überzeugt mit Authentizität, Humor und alltagstauglicher Spiritualität.

„Mit diesem Buch möchte ich Menschen erreichen, die sich nach der wahren Liebe sehnen und den Sinn von Beziehungskrisen nicht erkennen. Ich sehe dieses Buch als einen Begleiter auf dem Weg zu einer erfüllenden Liebesbeziehung in Anwendung der spirituellen Gesetzmäßigkeiten und dem Erkennen einer tieferen Wahrheit.“

Thea Wachtendorf

Das geheilte Herz
- in Sachen Liebe unverwundbar

spiritueller Roman von
Thea Wachtendorf

FSC
www.fsc.org
MIX
Papier aus verantwortungsvollen Quellen
Paper from responsible sources
FSC® C105338

„Das geheilte Herz - in Sachen Liebe unverwundbar"

10.2015 - 05.2017 Verlagshaus Schlosser, 86316 Friedberg

Neuauflage 06.2017
Herstellung und Verlag: BoD - Books on Demand, Norderstedt
www.bod.de/buchshop
ISBN: 978-3-7448-3910-5

Text: Thea Wachtendorf
Umschlagsgestaltung: Verlagshaus Schlosser
Verwendung des Bildes Nr. 81889275, www.fotolia.de
Urheber: julijacernjaka

Inhalt

Einführung

Die Geschichte von „Zuleika und Joseph“ gibt es in vielen unterschiedlichen Ausführungen. Die nachfolgende Deutung dieser Geschichte ist die ideale Vorgeschichte zu meinem Buch:

Eines der großen Beispiele, über eine unerfüllte Liebesbeziehung die Fähigkeit zur selbstlosen Liebe zu erlangen, zeigt sich in der Beziehung zwischen dem Propheten Joseph und Zuleika, der Frau des Potiphars. Joseph sagte man nach, strahlender und schöner zu sein, als je ein Prophet vor ihm und schon bei ihrer ersten Begegnung entflammte Zuleika in leidenschaftlicher Liebe zu ihm. Für ihre Liebe zu Joseph opferte Zuleika alles – ihren guten Ruf, ihr Geld, ihre Ehe, ihr Heim und ihre gesellschaftliche Stellung. Sie war so verrückt nach Joseph, dass sie ihre kostbarsten Juwelen an jeden verschenkte, der ihn gesehen hatte und ihr von ihm berichten konnte. So wurde sie schnell zum Skandal der ägyptischen Aristokratie. Eine verheiratete Frau, die schamlos in den Sklaven ihres Ehemanns verliebt war und ihre Gefühle nicht verheimlichte.

Einmal hörte Zuleika, wie all die Damen der Gesellschaft über sie herzogen. Zuleika zahlte es ihnen heim. Sie lud ihre Freundinnen zum Essen ein. Zum Nachtisch ließ sie frisches Obst auftragen, mit scharfen Messern zum Schälen und Zerteilen der Früchte. Dann rief sie Joseph herbei. Sämtliche Frauen waren so von seiner Schönheit getroffen, dass sie die Früchte völlig vergaßen und sich in die Finger schnitten. Da sprach Zuleika zu ihnen: „So habt ihr selbst gesehen! Haltet ihr mich nun immer noch für schuldig?“

Zuleika wurde wegen ihrer skandalösen Liebe von ihrem Mann verstoßen und war gezwungen, durch Betteln und niedrige Arbeiten sich ihren Lebensunterhalt selbst zu verdienen. Jahre später hatten sich die Positionen in der Gesellschaft umgekehrt. Joseph war zum Freund und engsten Berater des Pharao geworden, zum zweitmächtigsten Mann im Lande. Eines Tages traf Joseph Zuleika auf der Straße. Er war in Seide gekleidet, ritt auf einem prachtvollen Hengst und war umringt von Ratgebern und seiner eigenen persönlichen Leibgarde. Zuleika war in Lumpen gehüllt und ihre Schönheit war in den Prüfungen ihres Lebens in den letzten Jahren dahingeschwunden. Joseph sagte: „Oh, Zuleika, früher als du mich heiraten wolltest, musste ich ablehnen. Du warst die Frau meines Herrn. Nun bist du frei, und ich bin kein Sklave mehr. Wenn du es wünschst, werde ich dich nun heiraten."

Zuleika blickte ihn an, ihre Augen waren voller Licht und sie sagte: „Nein, Joseph. Meine große Liebe zu dir war nur ein Schleier zwischen mir und dem Geliebten. Ich habe diesen Schleier zerrissen. Jetzt, da ich den Geliebten gefunden habe, brauche ich deine Liebe nicht mehr.

Durch ihre große Liebe zu Joseph fand Zuleika das, was wir alle suchen, die Quelle der Liebe. Diese ist nur im eigenen Inneren zu finden, niemals im Außen und niemals in einer anderen Person. Somit birgt jedes Liebesdrama die Chance in sich, durch das Durchleben des Leids, diese besagte Quelle zu finden.

Kapitel 1 Die Entscheidung

Wilma hatte etwas gedöst, aber augenblicklich war sie hellwach! Erde, Liebesbeziehungen, Heilen, Ego überwinden, Erwachen? Hatte sie richtig gehört? „Ich will, ich will, ähhh, ich meine, ich bin genau richtig für den Fall!“ rief sie begeistert aus und sprang gleichzeitig von ihrem Sitz hoch. „Bitte, bitte, lasst mich das machen.“ Erwartungsvoll sah sie in die Runde der Meister, die diese Entscheidung treffen würden, und auf all die anderen Engel, die auf neue Aufträge warteten. Erst jetzt fiel ihr Blick auf die Seele, die diese Wahl für das nächste Erdenleben getroffen hatte. Sie fühlte sich sofort mit ihr verbunden und dadurch noch mehr in ihrer Absicht bestärkt. Zielstrebig ging sie auf diese zu und sprach sie direkt an. „Ich bin Wilma und wenn du willst, werde ich im kommenden Erdenleben dein Engel sein. Ich werde vom ersten bis zum letzten Atemzug an deiner Seite sein und alles mir Mögliche tun, damit du deine Ziele erreichen wirst! Ich war oft auf der Erde und ich bin praktisch Expertin für Heilen und Erwachen durch Liebesbeziehungen! Und glaube mir, wenn du Erleuchtung durch Liebesbeziehungen gewählt hast, dann brauchst du eine Fachfrau wie mich. Das wird grandios. Nichts ist so aufregend wie durch Liebesbeziehungen zu reifen! Ich liebe es und ich werde es lieben mit dir zu sein! Sag ja, bitte, bitte, sag ja.“

Die Seele war fasziniert von Wilmas Begeisterung, von ihrer Kraft und ihrer Ausstrahlung. Sie mochte Wilma auf Anhieb und dachte, mit so einer an meiner Seite, ist die Schlacht ja schon halb gewonnen! Bevor überhaupt irgendein Meister zu Wort kommen konnte, stimmte sie begeistert zu. „Ja, sehr gerne! Ich glaube du bist genau richtig für mich!“

Ein Räuspern riss die beiden aus ihrem Zwiegespräch und sie schauten erschrocken hoch in die Runde der leicht belustig dreinschauenden Meister. „Meine Lieben“, sprach jetzt einer von ihnen, „wenn ihr euch einig seid, dann sind wir es auch. Wilma, du hast den Auftrag! Unsere Liebe begleitet euch." Er wandte sich noch einmal direkt an die Seele. „Du wirst geboren, um immer wieder aufzustehen. Wann immer du hinfällst, bleibe nicht am Boden liegen. Tue das, was du als kleines Kind lernen wirst: Immer wieder aufstehen! Solange, bis du alleine stehen und gehen kannst! Und noch etwas: In Anbetracht deiner karmischen Struktur möchten wir dich noch einmal daran erinnern, dass wir dich am Ende deines Lebens nicht fragen werden, ob du jeden Tag hart gearbeitet und alles korrekt ausgeführt hast, sondern wir werden dich fragen, ob du jeden Tag voll Liebe warst, egal was war." Damit war alles gesagt und sie waren entlassen.

Wilma konnte ihr Glück kaum fassen, denn die Erde war ihr absoluter Lieblingsplanet! Sie hatte das Menschsein schon hinter sich gelassen und existierte derzeit als Engel im Universum. Als Engel konnte sie entscheiden, für welchen Planeten sie tätig sein wollte und sie entschied sich meist für die Erde. Dort war was los! Und genau das mochte Wilma. Die Welt der Polaritäten, Aktion, Drama, Emotionen, Lebendigkeit, Gegensätze! Nicht nur Friede, Freude und Eierkuchen wie auf einigen anderen Planeten! Auch die kriegerischen und dunklen Planeten waren nicht so ihr Ding. Nein, die Erde war genau richtig für sie. Zugegeben, für die Erdlinge selbst war das Leben oft nicht so lustig, denn mit der Geburt fielen die Seelen wieder in eine tiefe Unbewusstheit, so auch ihr Schützling. Sie würde alles vergessen, was hier besprochen worden war und somit auch vergessen, dass alles letztlich ihre Entscheidung war. Sie würde in ihrer Unbewusstheit anfangen, gegen sich selbst und gegen andere zu kämpfen. Sicher würde es etliche Erdenjahre dauern, bis ihre Seele anfangen würde zu erwachen. Oh ja, das kannte Wilma selbst zu genüge. Sie hatte zahlreiche Extrarunden auf der Erde drehen müssen, weil sie selbst so schwer von Begriff war. Sie kannte praktisch jede Falle, in die man tapsen konnte. Aber hoho und halleluja,

auch sie hatte es dann irgendwann geschafft, die Unbewusstheit zu überwinden. Und kaum fing das Leben an, so richtig Spaß zu machen, war es auch schon vorbei und sie wurde von der Erde abberufen. Das ist so ähnlich wie in der Schule. Dort wiederholt man ja auch nicht ständig die erste Klasse und genießt, dass das Lernen so leicht geworden ist. Wenn man etwas erfolgreich abgeschlossen hat, geht's weiter. Nach bestandener Prüfung gab es für Wilma mehrere Möglichkeiten weiter zu gehen. Aus Liebe zum Planeten Erde und den Menschen, die auf ihr lebten, fühlte sie sich berufen, ein Schutzengel für Erdbewohner zu sein und diese Aufgabe erfüllt sie zutiefst.
Begeistert klatschte Wilma nun in ihre Hände. „Los geht's! Hast du schon einen Namen gewählt? Du wirst als Mädchen geboren. Wie soll ich dich ab jetzt nennen? Wenn du willst, wählst du den Namen selbst. In dem Fall übersendest du die Info telepathisch an deine zukünftige Mutter. Sie wird während ihrer Schwangerschaft so mit dir verbunden sein, dass sie diese Information mühelos empfangen wird. Die meisten Eltern denken, dass der Name ihre Idee war, aber so ist es selten. Natürlich kannst du die Wahl auch deinen Eltern überlassen und lässt dich überraschen, welchen Namen sie dir geben. Ganz wie Du willst!"
„Warum heißt du Wilma, hast du den Namen selbst gewählt?" fragte die Seele. „Ja", sagte Wilma, „der Name bedeutet Entschlossenheit und Schutz und somit finde ich ihn total passend für mich und meine Berufung zum Schutzengel." Fragend schaute die Seele Wilma an. „Ich hätte auch gerne einen Namen mit einer passenden Energie. Kannst du mir einen Vorschlag machen? Wenn ich gerade so über meine Wahl für das nächste Leben nachdenke, dann habe ich Gottes Gnade wohl dringend nötig. Gibt es dafür einen passenden Namen?" „Ja, da gibt es so einige Namen die dafür in Frage kommen", erwiderte Wilma. „Lass mich überlegen. Wie wäre es mit Jessica, Johanna, Jantje, Jana, Janina, Jennifer, Jenny oder Jenna? All diese Namen

bedeuten *Gott ist gnädig, Gott ist gütig.*" „Jenna, das ist es! Das gefällt mir! Nenn mich Jenna!" Freudig strahlte sie Wilma an.
„Eine schöne Wahl. Ungewöhnlich, so wie du." antwortete Wilma. „Dann ist es jetzt soweit, meine liebe Jenna, Zeit zu gehen! Es ist alles auf der Erde für dich vorbereitet. Du hast alles was wichtig ist mit deinen Geistführern besprochen. Hast du noch Fragen, bevor es losgeht?" erkundigte Wilma sich liebevoll. „Ja", antwortete Jenna. „Was haben meine Seelengefährten zu meiner Entscheidung gesagt? Werden sie mir helfen mein Ziel zu erreichen und wie?" „Das darf ich dir leider nicht sagen Jenna, das wirst du ohne Vorinformationen erleben müssen. Diese Ungewissheit ist doch praktisch das Salz in der Suppe! Genieße dein Leben in vollen Zügen, egal wie es ist und egal wie es endet. Wenn du dein jetzt gestecktes Ziel nicht erreichen solltest, weil du dich in der Welt verlierst, dann inkarnierst du danach einfach erneut. Alles kein Problem!" Aufmunternd lächelte Wilma die Seele an und übertrug ihr auf diese Weise eine große Portion Zuversicht.
Sie standen mit vielen anderen Seelen und deren Engeln am Wolkentor Richtung Erde. Jenna fühlte sich leicht und beschwingt. Sie freute sich auf das Leben und mit Wilma an ihrer Seite fühlte sie sich unglaublich sicher. Plötzlich fühlte sie, wie ein Sog sie von Wilma fortzog. Sie winkte ihr noch einmal zu und gab sich dann dem Prozess der Inkarnation vollkommen hin. In ihr hallten Wilmas Worte „alles kein Problem" noch nach und mit dem sicheren Gefühl, nichts könnte ihr geschehen, beseelte sie den Embryo im Leib ihrer Erdenmutter.

Kapitel 2 Neue Sichtweisen

21 Erdenjahre später

„Wilma. Wiiiiiiilma!" Wilma entspannte in ihrem Lieblingssessel und fuhr nun erschrocken hoch. Wer rief denn da so penetrant nach ihr? „Hier bin ich! Und wer will das wissen?" fragte sie etwas mürrisch. Im gleichen Moment sah sie schon einen sogenannten Frischling auf sich zukommen. Frischlinge wurden die Seelen genannt, die gerade eine Inkarnation beendet hatten und frisch von der Erde kamen. Nachdem sie sich vom sogenannten Tod erholt hatten, begannen die Gespräche, in denen das gelebte Leben reflektiert und das neue Leben geplant wurde. Das konnte einige Zeit in Anspruch nehmen und war abhängig von der Bewusstwerdung der Seelen. Bei einigen Seelen ging es schneller und bei anderen dauerte es eben länger. Man erkannte das Stadium ihrer Bewusstheit an ihrer Farbschwingung. Je heller sie strahlten, je lichter sie waren, desto bewusster waren sie sich ihrer selbst. Und umgekehrt, je dunkler, desto unwissender und unbewusster waren sie noch. Und dieser Frischling sah noch sehr dunkel aus. Bestimmt ein schwieriger Fall, dachte Wilma. Was will der wohl von mir?
Der Frischling kam freudig auf sie zu. „Endlich habe ich dich gefunden!" sagte er zu ihr. „Ich bin Anton und die aufgestiegenen Meister schicken mich zu dir! Sie sagen, du wärst genau die Richtige, um mir zu helfen!" „Wobei soll ich dir helfen?" fragte Wilma erstaunt. Sie war doch gar nicht in der Frischlingsabteilung tätig! Sollten die Meister sich geirrt haben? Unmöglich, sie irrten nie! „Ich soll ein Praktikum bei dir machen!" informierte Anton sie nun. „Ein Praktikum?" fragte Wilma nun doch recht verwirrt. „Wie soll ich das verstehen? Was genau meinst du damit?" „Die Meister meinten es wäre gut, wenn ich dir bei deiner Arbeit zusehe. Irgendwie kapiere ich das mit der Bewusstwerdung, mit der Heilung und mit dem Erwachen auf

der Erde nicht. Jetzt hatte ich in der Hinsicht schon drei erfolglose Inkarnationen und die Meister hoffen, dass ich die Zusammenhänge leichter verstehe, wenn ich einmal Zuschauer einer Inkarnation bin. Sie sagen, viele Menschen würden bei sich selbst meist nichts sehen, bei anderen dafür umso mehr. Dieses könnte man sich in meinem Fall zunutze machen. Ich soll dich begleiten, dir zuschauen, wie du deinen Schützling inspirierst und daraus lernen. Die Meister sagen, du bist sehr weise und wirst mir alles erklären." Wilma zögerte einen Moment, aber dann überwand sie sich und stimmte zu. „Das klingt zwar nach sehr viel Zusatzarbeit, aber ich liebe meine Aufgabe und wenn es dir und dem Universum dient, soll es mir recht sein."
„Prima! Wie geht's jetzt weiter, Wilma? Wann beginnt mein Praktikum?" fragte Anton begeistert. „Am besten sofort!" sagte Wilma. „Mein Schützling heißt Jenna und wir haben noch etwas Zeit, dich auf den aktuellen Stand ihres Lebens zu bringen, bevor es dort so richtig spannend wird!"
Sie befanden sich schon in dem sogenannten *Zuschauerraum* von Jenna's Leben. Neben Wilmas Thron - so nannte sie ihren Lieblingssessel - standen weitere bequeme Sitzgelegenheiten. Wilma lud Anton ein, sich einen Platz auszusuchen. „Und damit das klar ist, dies ist mein Thron und der ist absolut tabu für dich. Manchmal ist es ganz wichtig, dass ich besonders gute Einfälle habe und dann brauche ich einen Stuhl, dessen Schwingung nicht von einem Frischling verdunkelt ist!" „Wilma, willst du damit sagen, dass ich deinen Stuhl negativ beeinflussen könnte?" Na prima, dachte Wilma, ein totaler Anfänger! Da hab ich mir ja etwas Tolles eingehandelt!
„Ja, Anton, das will ich damit sagen" antwortete sie so geduldig wie möglich. „Aber das erkläre ich dir zu einem anderen Zeitpunkt, dann verstehst du das besser. Ich denke, ich muss bei dir ganz von vorne beginnen. Ich werde dir geistige Gesetzmäßigkeiten erklären. Vielleicht werden dich diese Ausführungen anfangs etwas überfordern. Wenn dem so ist, mach

dir keine Sorgen! Wenn wir später gemeinsam das Leben von Jenna verfolgen, werde ich dir anhand vieler Lebenssituationen alles noch einmal erklären und so wirst du nach und nach immer mehr verstehen. Regel Nummer eins: Ich erzähle dir etwas und du fragst bitte nach, sobald etwas unklar für dich ist. Verstanden?“ „Jawohl, Sir, ähhh, ich meine Wilma. Entschuldige bitte, aber im letzten Leben war ich bei der Bundeswehr und das beeinflusst mich wohl noch etwas!“ kicherte Anton jetzt ganz vergnügt. „Bei der Bundeswehr? Was hast du denn da gemacht?“ „Ich war Ingenieur und für unterschiedliche Fahrzeuge zuständig.“ „Und, hat es dir dort gefallen?“ fragte Wilma interessiert. „Na ja, ging so, gefallen hat es mir dort nicht so gut, aber es gibt Schlimmeres“, antwortete Anton spontan. „Das klingt ja nicht sehr prickelnd! Warum hast du dir keine Arbeit gesucht, die dir besser gefallen hätte?“ „Warum? Das ist doch wohl klar! Der Job war total sicher! Ich war auf Lebenszeit unkündbar! Da wär ich ja schön blöd gewesen, wenn ich so etwas hätte sausen lassen! Wenn ich nicht vorher gestorben wäre, hätte ich eine tolle Pension bekommen und nicht nur so eine mickrige Rente wie viele andere. Hab ja nicht wissen können, dass ich mit fünfundfünfzig schon sterbe! Das fand ich auch echt ungerecht! Nein, das finde ich immer noch ungerecht! Gott sei Dank war die Scheidung meiner Ehe schon durch, denn meiner Ex-Frau hätte ich meine Pensionsansprüche echt nicht gegönnt! Die hat mich mit einem anderen Mann betrogen und das tut man einfach nicht! Nein, das tut man einfach nicht!“ wiederholte er ausdrucksstark. „Lass mich raten woran du gestorben bist“ erwiderte Wilma mitfühlend. „Herzinfarkt?“ Erstaunt sah Anton Wilma an „Ja, stimmt! Woher weißt du das?“ „Das, mein Lieber“, erwiderte Wilma nun mit weicher Stimme, „wird dir im Laufe deines Praktikums klarer werden. Wir werden Jennas Leben betrachten und ich werde dir dabei alles erzählen, was für dich wichtig ist. Am Ende wirst du alle Zusammenhänge verstehen und du wirst auch dein Leben rückwirkend in einem anderen Licht betrachten

können. Das wird dein Herz heilen. Wenn man das Leben eines Menschen von außen als Zuschauer betrachten kann, ist alles leichter zu verstehen und anzunehmen. Also, habe ein bisschen Geduld."
Wilma zeigte auf eine Leinwand. „Schau hin, das ist Jenna", sagte sie. Auf der Leinwand sah Anton eine junge Frau, die ein Buch lesend in einem Café saß. „Wow" rief Anton begeistert aus. „Das ist ja wie Kino gucken in 3D!" „Ja, und jetzt pass genau auf, ich zeige dir noch etwas!" antwortete Wilma. Plötzlich befand Anton sich gemeinsam mit Wilma in dem Café. Anton stand direkt neben Jenna, aber diese schien ihn und Wilma gar nicht zu bemerken. Im gleichen Moment war alles wieder vorbei und er saß erneut im Zuschauerraum auf seinem Stuhl. Etwas irritiert starrte er auf die Leinwand. „Wow, was war das denn? Das ist ja völlig abgefahren!" rief er begeistert aus. „Ja, das ist super einfach. Geschieht wie alles einfach nur über die Schöpferkraft des Geistes. Wenn ich denke, wir sind dort, wo sie ist, sind wir im gleichen Moment auch schon dort. Manchmal ist es erforderlich bei ihr zu sein. Meine Aufgabe als Schutzengel besteht darin, sie zu begleiten, zu inspirieren und zu trösten, ihr Energiefeld zu stärken und vieles mehr. Du wirst es erleben. Die meiste Zeit kann ich meine Aufgabe von hier aus erledigen, aber oft muss ich auch bei ihr sein und das ist mir zu jeder Zeit möglich."
Anton schaute auf die Leinwand und sah wie Jenna ihr Buch zusammenklappte, aufstand und das Café verließ. Sie ging in Richtung Aufzug und fuhr in den 3 Stock. Dort stieg sie aus dem Fahrstuhl und ging in Richtung einer großen Glastür. STAATSANWALTSCHAFT stand in fetten Buchstaben auf einem Hinweisschild. Alles lief ab wie in einem Film und Anton konnte es gar nicht abwarten, mehr über das Leben von Jenna zu erfahren. Irgendwie empfand er sofort Sympathie für sie. Ja, sie berührte sein Herz und er fühlte sich irgendwie mit ihr verbunden. „Jenna ist jetzt 21 Jahre alt. Auf der Erde schreiben sie das

Jahr 1984“, fuhr Wilma fort. „Ihr Elternhaus sowie die Lebensumstände wurden passend zu ihrem Schicksal, also passend zu ihren Lebenslektionen und ihrer Lebenswahl, ausgesucht. Die Einzelheiten dazu erfährst du im Verlauf.“ „Schicksal, Lebenslektionen und Lebenswahl?“ Fragend hob Anton die Hand. „Ja, Schicksal ist das, was man losgeschickt hat“, erwiderte Wilma. „Wenn ein Mensch auf die Erde inkarniert, dann geschieht das, weil er die Ursache dafür gelegt hat. Das Rad der Wiedergeburt zieht ihn so lang ins Leben hinein, bis er aufhört, diesbezüglich Impulse zu setzen. Zum Einen muss er die von ihm gesetzten negativen Impulse erleben, das sind die sogenannten Lebenslektionen. Ebenso wird er auch die positiven Impulse erleben dürfen. Das sind all seine Wünsche oder gesteckten Ziele, die er verwirklichen möchte und das nenne ich jetzt mal seine Lebenswahl.

Es gibt verschiedene geistige Gesetzmäßigkeiten, denen die Menschen auf der Erde unterliegen, solange sie ihr Bewusstsein nicht darüber erhoben haben. Eines davon ist das Gesetz von Ursache und Wirkung, auch Karmagesetz genannt. Du warst ja im letzten Leben ein Christ und daher kennst du sicher die Aussage von Jesus über Saat und Ernte. Andere spirituelle Meister haben in anderen Worten davon gesprochen, aber es hat immer die gleiche Bedeutung. Was du säst, musst du ernten. Offene Rechnungen müssen bezahlt werden. Ich gebe dir ein Beispiel dafür: Wenn du in einem Leben jemanden finanziell ausgenutzt hast und dir während des Lebens nicht bewusst wird, dass das keine gute Tat war, dann erschaffst du, dass auch dir so etwas in der Art geschieht. Das Ganze ist sehr vielschichtig, denn es ist abhängig davon, welche Absicht hinter einer Handlung oder einem Gedanken steht. Vielleicht erst im nächsten Leben, aber früher oder später muss alles ausgeglichen werden. Meist liegen mehrere Leben zwischen Ursache und Wirkung und darum empfinden viele Menschen, die kein Wissen über die Gesetzmäßigkeiten des Lebens haben, das Leben als sehr ungerecht. Sie können nicht verstehen, warum der eine so viel Glück im Leben hat und ein anderer so viele Schwierigkeiten erlebt. Sie fühlen sich als Opfer des Lebens und geben oft anderen die Schuld daran, dass die Dinge in ihrem Leben so sind, wie sie sind. Sie haben noch nicht erkannt, dass sie aufgrund ihrer Absichten selbst Schöpfer ihrer Leben sind und das nennt man dann Unbewusstheit."

„Das höre ich ja heute zum ersten Mal! Das hätte man mir ja auch schon früher erzählen können! Das finde ich nun wieder total ungerecht", erwiderte Anton nun recht mürrisch. Wilma lachte herzlich. „Nein, mein Lieber, das hörst du heute nicht zum ersten Mal. Tief in deiner Seele ist alles Wissen darüber gespeichert. Es ist ein Teil des Lebensspiels, alles zu vergessen und sich dann innerhalb des Lebens wieder zu erinnern.

Neben den Lebenslektionen gibt es die Lebenswahl. Da gibt es vielleicht die eine oder andere Erfahrung, die du gerne einmal machen möchtest. Das betrifft sowohl angenehme, wie auch unangenehme Erlebnisse. Vielleicht willst du erleben, wie es ist, geliebt zu werden, vielleicht wählst du aber auch zu erfahren, wie es ist, gehasst zu werden. Vielleicht wählst du reich zu sein, vielleicht aber auch arm zu sein. Einfach um diese Erfahrung zu machen", erklärte Wilma. „Wer ist denn so blöd und wünscht sich arm zu sein oder gehasst zu werden?" fragte Anton nun ganz entrüstet. „Jemand, der nicht gerade im Leben steht, sondern vor der Inkarnation den Lebensplan gestaltet und in dieser Zeit nicht dem Gesetz der Polarität, einer weiteren spirituellen Gesetzmäßigkeit, unterliegt. Jemand, der einfach Lust zu leben hat und unterschiedliche Erfahrungen machen möchte", antwortete Wilma schmunzelnd. Sie fand es herrlich, Anton so emotional zu erleben und irgendwie tat er ihr ein wenig leid, weil er gar so unbewusst war. „Auf der Erde unterliegt man dem Gesetz der Polarität, das bedeutet, dass es von allem das Gegenteil gibt. Es gibt das Einatmen und das Ausatmen, es gibt den Tag und die Nacht, es gibt hell und dunkel, groß und klein, arm und reich und

so weiter. Ohne eine gedankliche Bewertung ist weder das eine noch das andere besser oder schlechter. Wenn du keine Lungenprobleme hast, sagst du nicht, einatmen ist gut und ausatmen ist schlecht. Oder? Wenn du jedoch Schwierigkeiten mit dem Ausatmen hast, sagst du einatmen ist gut, aber ausatmen ist schlecht. Wenn du den Tag und die Nacht gleichermaßen liebst, sagst du nicht der Tag ist besser als die Nacht oder umgekehrt. Wenn du dich aber in der Nacht fürchtest, dann sagst du, der Tag ist besser als die Nacht. Eigentlich sind alle Dinge wertneutral, aber die gedankliche Bewertung von gut und schlecht bestimmt, ob ein Mensch etwas als gut oder schlecht erlebt. Verstehst du das?"
Aufmerksam blickte Wilma ihn an. „Nee, verstehe ich nicht!" erwiderte Anton mit ratlosem Blick. „Okay, anderes Beispiel. Stell dir vor, wir spielen *Mensch ärgere dich nicht*. Einer von uns wird gewinnen und einer wird verlieren. Das steht fest. Was wäre dir lieber, verlieren oder gewinnen?" fragend blickte Wilma ihn an. „Natürlich gewinnen", antwortete Anton wie aus der Pistole geschossen. „Warum?" Anton antwortete spontan, denn für ihn gab es nur eine richtige Antwort auf diese Frage. „Weil es schöner ist zu gewinnen", behauptete Anton überzeugt. „Das denkst du, das ist deine Bewertung", antwortete Wilma. „Wenn du mit dieser Bewertung im Kopf ein Spiel spielst, wird es dir nur Spaß machen, solange du auf der Gewinnerseite stehst. Wenn ich besser bin und es sich abzeichnet, dass ich gewinnen werde, wirst du anfangen das Spiel nicht mehr zu mögen und deine Laune wird sich drastisch verschlechtern. Kannst du dir das vorstellen?" „Klar! Das kenne ich!" „Wenn du jetzt jedoch das Verlieren genauso genießen könntest, wie das Gewinnen und das Spiel einfach aus Freude am Spiel spielen könntest, wie würdest du dich dann wohl fühlen, wenn ich gewinne?" „Oh, jetzt verstehe ich! Dann würde ich mich freuen, egal ob ich gewinne oder verliere. Ich hätte einfach Spaß am Spielen!"

Anton war ganz still geworden. „Wow, das würde dann ja auch bedeuten, dass jeder Mensch immer die Freiheit hat, alles zu mögen, egal was er erlebt! Es kommt nur auf seine Bewertung der Dinge an!" „Ja genau", bestätigte Wilma ihn. „Und zu dieser Freiheit zu kommen, darum geht's unter anderem im Leben. Jeder Mensch auf der Erde unterliegt diesem Spiel von Gut und Böse, bis er es durchschaut und darüber hinausgeht.
Auch nach dieser Erkenntnis geht das Leben für ihn in Polaritäten weiter, denn wie gesagt kann das Eine ohne das Andere auf der Erde gar nicht existieren, jedoch bleibt er innerlich unberührt von den äußeren Geschehnissen. Jede Sache, jedes Ding, hat zwei Seiten und im Spiel der Polaritäten musst du beide Seiten erleben, besser gesagt, darfst du beide Gegensätze erleben. Jedes Ding verkehrt sich irgendwann ins Gegenteil. Ein Umstand, der dich glücklich macht, wird dich irgendwann traurig machen. Darum kannst du auf zwei Arten unglücklich werden, nämlich wenn Wünsche sich nicht erfüllen, ebenso wie dann, wenn sie sich erfüllen. Die Aufgabe ist es beide Pole auszuleben und sich irgendwann darüber zu erheben und zu erkennen, dass weder das Eine gut, noch das Andere böse ist. Wenn man sich über die Polarität erhoben hat, kann man das Leben genießen, egal was ist. Wie ein Spieler, der *Mensch ärgere dich nicht* spielt und einfach Freude am Spielen hat, egal wie es endet."
„Ich erkläre es dir an Jennas jetzigem Leben, dann wirst du es leichter verstehen. Jenna hat in diesem Leben Heilung und Erwachen durch Liebesbeziehungen gewählt", fuhr Wilma fort. „Heilung und Erwachen, was genau meinst du denn damit", warf Anton fragend ein. „Einfach ausgedrückt bedeutet es, sich seiner selbst und somit der eigenen Schöpferkraft bewusst zu werden. Weiterhin die Bewusstwerdung darüber zu erlangen, dass die Quelle der Liebe im eigenen Inneren zu finden ist und nicht irgendwo im Außen. In keinem anderen Menschen, nur in dir, kannst du finden wonach dein Herz sich sehnt." „Ehrlich gesagt, verstehe ich das auch nicht richtig." Resigniert sah Anton Wilma

an. „Das ist nicht tragisch, Anton“, tröstete diese ihn. „Im weiteren Verlauf wirst du alles verstehen. Ich werde es dir einfach anhand passender Lebenssituationen von Jenna verdeutlichen. Das wird schon!“ Aufmunternd sah Wilma ihn an und fuhr fort. „Es gibt viele Wege zu heilen und zu erwachen. Entweder wie bei Jenna durch Liebesbeziehungen, aber auch durch andere herausfordernde Beziehungen mit Familienmitgliedern oder anderen Menschen, durch Krankheit, durch Dienen, durch Kinder, besonders auch durch behinderte Kinder, durch Verluste aller Art und noch vieles mehr. Durch Liebesbeziehungen zu erwachen ist besonders leidenschaftlich und mir gefällt dieser Weg sehr gut. Ich bin sehr gespannt, wie es dir ergehen wird, Anton. Auf jeden Fall wirst du sehr viel über die Liebe lernen und nichts wird für dich mehr so sein wie vorher.“ Wilma strahlte Anton an. „Es wird freier sein als je zuvor! Das verspreche ich dir!“Anton schaute skeptisch drein. „Das wäre zu schön um wahr zu sein“, sagte er zweifelnd. „Ich würde ja so gerne an die Liebe glauben, aber das, was ich erlebt habe, war so unschön und hat mich tief verletzt. Ich glaube, das heilt nie.“ „Ach, Anton“, sprach Wilma jetzt liebevoll und legte einen Arm um seine Schultern. „glaube mir, am Ende siegt immer die Liebe und jedes Herz ist heil. Auch wenn du das jetzt noch nicht glauben kannst, ich weiß es sicher und ich freue mich, dass du diesen Weg jetzt mit mir gehst.“ Anton schmiegte sich ein bisschen enger an Wilma an. Ihre Energie tat ihm richtig gut und er lächelte Wilma nun offen an und wiederholte ihre Aussage. „Die Liebe siegt immer, das klingt wirklich wunderschön.“

Wilma deutete auf die Leinwand. „Jenna ist gerade auf dem Weg in ihr Büro. Sie arbeitet als Justizangestellte bei der Staatsanwaltschaft. Gemeinsam mit ihrer Kollegin Sandra teilt sie sich dort ein Büro. Die zwei haben zusammen ihre Ausbildung absolviert und ihre Beziehung geht inzwischen über ein kollegiales Verhältnis hinaus. Sie sind schon fast so etwas wie Freundinnen. Jennas Vater ist ein angesehener Steuerberater und

dieser hatte gute Kontakte zur Staatsanwaltschaft. Auf diesem Wege kam Jenna zu ihrem Beruf. Man kann nicht sagen, dass es ihre Berufung ist, aber derzeit ist es passend. Eine ihrer Lebenslektionen beinhaltet das Thema *Urteilen und Werten* und somit geht sie mit diesem Job in Resonanz.“ Anton schaute Wilma fragend an. „In Resonanz?“
„Ja, in Resonanz. Das Wort bedeutet so viel wie zurückklingen. Man spricht auch vom Gesetz der Resonanz oder vom Gesetz der Anziehung. Wieder so eine geistige Gesetzmäßigkeit. Du kennst sicher das Sprichwort *Gleiches zieht Gleiches an*?“ „Klar!“ Anton nickte bekräftigend.
„Diese Aussage beruht auf dieser Gesetzmäßigkeit. In Jennas Fall“, fuhr Wilma fort, „bedeutet es, dass sie mit dem Thema *Urteilen und Werten* noch ein unerledigtes Thema und somit etwas zu lernen hat. Darum zieht sie diesen Arbeitsplatz wie magisch in ihr Leben. Die Umstände in ihrem Leben gestalten sich so, dass es automatisch dazu kommt. In ihrem Fall durch einen Vater, der diese Kontakte herstellt. Sie hätte natürlich auch Anklägerin, Richterin, Polizistin oder ähnliches werden können. Eben alles Berufe, die mit dem Thema *Urteilen und Werten*, mit dem Einstufen der Dinge in gut und böse oder richtig und falsch, zu tun haben.“
„Das ist wirklich interessant“, antwortete Anton. „Ist das bei allen Menschen so? Hat die Arbeit, die man ausübt, immer etwas mit einem selbst zu tun?“ „Ja“, sagte Wilma, „nichts geschieht ohne Grund. Es gibt immer eine innere Entsprechung, entweder mit dem Thema selbst oder mit den Umständen und Menschen drum herum.“
Anton schaute auf die Leinwand und sah wie Jenna gerade ihr Büro betrat. Sie war ungefähr 170 cm groß, schlank, hatte blondes schulterlanges Haar, ein sympathisches Gesicht mit aparten Zügen und machte insgesamt einen sportlichen Eindruck. Sein Blick fiel auf ihre strahlend blauen Augen. Wow, das ist das Schönste an ihr, dachte er bei sich, diese Augen sind echt

wunderschön. Jetzt sah er auch Sandra. Sie saß am Schreibtisch und bei Jennas Eintreten schaute sie erstaunt hoch. „Ich dachte du bist schon längst auf dem Weg zum Flughafen?“ „Ja, bin so gut wie weg“, antwortete Jenna, „aber ich habe meinen Liebesroman vergessen und das Buch muss ich im Urlaub unbedingt dabei haben. Ah, da ist es ja schon.“ Jenna steckte das Buch in ihre Tasche und warf Sandra lachend eine Kusshand zu. „He, meine Liebe, ich wünsche dir viel Spaß beim Arbeiten und werde dir sonnige Grüße per Postkarte senden.“ Sandra schaute gespielt mürrisch drein. „Du bist echt zu beneiden. Zwei Wochen Sonne und Strand und lässt mich einfach im Stich.“ Und mit einem Blick auf Jennas Buch fuhr sie fort „und vielleicht solltest du, anstatt ständig diese unrealen Liebesromane zu lesen, dich einmal auf das normale Liebesleben einlassen. Die große Liebe, von der du träumst, die gibt es sowieso nicht!“ „Was diese Aussage über deine Ehe aussagt, wollen wir jetzt lieber nicht mehr diskutieren“, erwiderte Jenna gut gelaunt und zwinkerte Sandra zu. „Lieber den Spatz in der Hand als die Taube auf dem Dach. Du kennst doch mein Motto. Damit bin ich immer gut gefahren und das solltest du auch tun. Und nun hau schon ab!“ „Bin schon weg“, sagte Jenna und verließ lachend das Büro.

„Jetzt zeige ich dir wo Jenna wohnt und erzähl dir etwas über ihre Familie“, fuhr Wilma fort. „Jenna hat eine jüngere Schwester. Ihr Name ist Anja und sie ist drei Jahre jünger als Jenna. Sie hat gerade eine Ausbildung zur Erzieherin begonnen und wohnt ebenso wie Jenna noch im Hause ihrer Eltern. Ihr Vater ist, wie schon erwähnt, Steuerberater von Beruf und ihre Mutter ist Hausfrau. Früher arbeitete diese als Sekretärin, aber mit Jennas Geburt gab sie ihren Arbeitsplatz auf. Sie konnten es sich finanziell leisten und so konnte sie sich stressfrei um Jenna und das Haus kümmern. Drei Jahre später wurde dann auch Anja geboren und mit zwei Mädchen, Haus und Garten, hatte sie genügend zu tun. Das ist ihr Zuhause.“ Auf der Leinwand zeigte

sich ein nettes Einfamilienhaus in einer Wohnsiedlung. „Ihr Vater heißt Martin und ihre Mutter Anneliese, der Nachname lautet Sommer. Sie wohnen am Stadtrand von Bremen“, fuhr Wilma fort.
„Jetzt fehlt nur noch der Hund“, fiel Anton ihr ins Wort. Wilma schaut Anton aufmerksam an. „Eifersüchtig?“ fragte Wilma. „Ja, Häuschen mit Garten, zwei Kinder, genug Geld, dass die Frau nicht arbeiten muss, denen geht’s ja echt gut. Klingt ziemlich nach heiler Welt und guten Lebensbedingungen!“ „Den Hund gibt es tatsächlich und er spielt eine wichtige Rolle im Leben der Familie. Warte ab, bis ich mit meiner Erzählung fertig bin und dann wirst du wissen, dass es wahrlich keinen Grund gibt, eifersüchtig zu sein.“ Wilmas Tonfall war ernst geworden und in Anton wuchs ein Gefühl von Unbehagen. War er wieder zu ungeduldig gewesen und hatte wieder einmal, wie so oft, zu vorschnell geurteilt? „Bitte erzähle weiter und entschuldige meine Ungeduld und Eifersucht“, bat er zerknirscht und Wilma fuhr fort. „Der Hund heißt Tim. Eigentlich wollten Jennas Eltern keinen Hund im Haus, aber die Kinder bettelten darum und so kam Tim dann doch zu ihnen. Da das Leben der Kinder mit der Schule und vielen anderen Interessen zeitlich recht ausgefüllt war, wurde der Hund am Ende Annelieses Hund. Sie war es, die mit ihm dreimal täglich Gassi ging, ihn fütterte, mit ihm redete und auf allen Ebenen für ihn sorgte. Und er sorgte sich um sie. Er war ihr treu ergeben und wurde emotional sehr wichtig für sie. Ihm konnte sie alles erzählen. Auch Dinge, die sie ihrem Mann und ihren Kindern nie würde sagen können.“
„Was kann sie ihrem Mann denn nicht sagen?“ platzte Anton ungeduldig heraus. „Dass sie ihn nie wirklich geliebt hat“, entgegnete Wilma. „Was? Das ist ja wieder mal typisch Frau! Wollte die nur sein Geld?“ „Und das ist wieder mal typisch Anton“, fuhr Wilma jetzt etwas strenger im Ton fort. „Ungeduldig, urteilend und wertend! Und all seinen eigenen Mist auf andere projizieren! Hör mir gefälligst zu, bis ich zu Ende

erzählt habe und gewöhne dir an, nicht alles gleich heraus zu posaunen, was in deinem Kopf vorgeht."
„Okay, ´tschuldigung", antwortete Anton nun ziemlich kleinlaut. „Anneliese verliebte sich mit siebzehn in einen Mitschüler. Stefan war sein Name und auch er verliebte sich total in Anneliese. Die zwei hatten sich gesucht und gefunden und waren danach unzertrennlich. Vier Jahre später verunglückte Stefan tödlich mit dem Motorrad und so war diese Liebe jäh beendet. Anneliese war zu dem Zeitpunkt im dritten Monat schwanger und aufgrund des Schocks kam es zu einer Fehlgeburt. Sie hat diesen Verlust nie verarbeitet. Bis heute nicht. Wie so oft in schmerzhaften Situationen haben unbewusste Abwehrreaktionen ihres Egos sie geschützt. Die schmerzhaften Gedanken und Gefühle wurden mit Abwehrstrategien ins Unbewusste verschoben und waren ab da für sie nicht mehr fühlbar.
Klingt im ersten Moment angenehm, aber mit dieser unbewussten Verdrängung werden auch alle guten Gefühle unterdrückt und so wird man, einfach ausgedrückt, emotional flacher, kühler. Wenn man die negativen Gefühle nicht richtig fühlen will, dann lebt man den Pol nicht aus und folglich kommt man auch in den Gegenpol nicht mehr richtig hinein. So kann man die positiven Gefühle auch nicht mehr richtig fühlen."
„Stopp!" Anton hob die Hand und sagte „ich habe das mit dem Ego und der Abwehr noch nicht richtig verstanden. Erklärst du mir das noch einmal etwas genauer?" „Gerne", antwortete Wilma. „Also, pass auf. Mit Ego ist in diesem Fall dein Verstandes-Ich gemeint, der Denker. Ich habe dir doch das Gesetz der Polarität beschrieben. Dieses Ego-Ich ist der Teil, der die Dinge des Lebens in gut und böse einstuft. Die schönen Dinge wie Zuneigung, Verliebtheit, Freude, Bewunderung und vieles mehr, will das Ego-Ich gerne erleben. Diese Dinge bewertet dein Ego-Ich als gut und als Folge macht es ihm gute Gefühle. Davor muss es sich nicht schützen, ganz im Gegenteil, es öffnet das Herz und lässt alles zu. Davon bleibt kein Schaden.

Stell dir vor, ein kleines Kind bekommt von der Mama ein Eis. Gleichzeitig sagt die Mama dem Kind, wie lieb es doch sei, wie hübsch und wie klug. Was glaubst du, tut das Kind?“ „Es wird sich freuen, das Eis schmeckt gleich noch besser und es fühlt sich geliebt! Allein wenn ich das hier jetzt ausspreche, kann ich es schon fühlen“, antwortete Anton spontan.
„Ja genau, du hast eine schöne Geschichte im Kopf und reagierst automatisch emotional mit schönen Gefühlen. Und jetzt stelle dir bitte zum Vergleich einmal folgende Geschichte vor. Du bist ein Kind und sitzt Schularbeiten machend bei deiner Mutter in der Küche. Sie ist total schlecht gelaunt, denn sie hat sich mit ihrer Mutter gestritten. Versehentlich schiebst du mit deinem Heft ein Glas vom Tisch, welches am Boden zerschellt. Sie entlädt ihre schlechte Laune und schreit dich an. Sie sagt vielleicht, dass du immer so tollpatschig bist und ihr nur Ärger machst und womit sie ein Kind wie dich überhaupt verdient hat! Wie fühlt sich das an?“ fragte Wilma. „Wenn ich mir das vorstelle, dann fühle ich mich gleich total traurig und klein. Das ist kein schönes Gefühl, das will ich nicht fühlen!“ antwortete Anton mit trauriger Stimme. „Ja, genau, das willst du nicht fühlen. Dein Ego-Ich bewertet traurige Gefühle als schlecht und tut alles, um diese schlechten Emotionen dann nicht fühlen zu müssen. Das ist eine gesunde kindliche Abwehrstrategie und geschieht automatisch, also nicht bewusst. Wenn ein Kind psychisch gesund ist, dann verfügt es über viele Abwehrmechanismen und kann die ungeliebten Gefühle unfühlbar machen. Solche Abwehrmechanismen sind zum Beispiel Verdrängen, Verschieben, ins Gegenteil verkehren, Rationalisieren und viele mehr. All das sind Strategien vom Verstand, um diesen scheinbar schlechten Gefühlen zu entgehen. Dabei ist es nur der Verstand, der dies bewertet. Eine Emotion ist eine Emotion und im Grunde wertneutral. Weinen und Lachen gehören zusammen, traurig sein und sich freuen auch. Ebenso wie alle anderen gegensätzlichen Emotionen. Das sind einfach nur Pole einer Energie. Ohne das

jeweilige Gegenteil könnte es gar nicht bestehen und gefühlt werden. Dieses Abwehrverhalten wird von den meisten Eltern unbewusst noch gefördert. Sie wissen es noch nicht besser."
„Wodurch fördern sie es denn?" fragte Anton nun recht interessiert.
„Wenn man Emotionen verdrängt und sich durch diese unbewusst verhält, nennt man das auf der Erde neurotisches Verhalten. Zu dieser Zeit sind fast alle Eltern leicht neurotisch. Den meisten ist das jedoch gar nicht bewusst, denn keiner hat es ihnen beigebracht und so leben sie selbst aus verdrängten Mustern. Automatisch erziehen sie ihre Kinder solange in diesen Mustern weiter, bis sie Bewusstsein in ihr Verhalten bringen und erst dann sind sie in der Lage, etwas zum Positiven zu verändern.
Ich gebe dir ein Beispiel: Stell dir eine Mutter vor die sieht, wie ihre Kinder sich streiten. Sie sind wütend aufeinander und leben das aus. Die unbewusste Mutter bewertet diese Wut und den Streit als negativ. Wahrscheinlich wird sie zu ihren Kindern gehen und diesen sagen, dass sie immer schön lieb miteinander sein sollen. Vielleicht kommt noch so etwas wie „der liebe Gott sieht alles" oder „sonst kommt der Weihnachtsmann nicht" oder „ich erzähle eurem Vater, wie böse ihr ward" oder sonst was in der Art hinzu. Die Kinder lernen dadurch, dass negative Emotionen nicht gelebt werden dürfen. Stattdessen lernen sie, dass man immer schön lieb sein muss, um gemocht zu werden. Die angepassten Kinder richten ihr Verhalten dann danach aus und werden die lieben, die braven Kinder. Die rebellischen Kinder gehen in Widerstand und zeigen eher ein unangepasstes Verhalten. Beides ist anstrengend und in beiden Fällen wird das, was man tief innen fühlt, verdrängt und somit nicht gelebt. Aber diese Energie der Wut ist immer noch im Energiefeld drin und lebt dort weiter. Ich nenne diese verdrängten negativen Energien gerne Schmerzkörper, denn das ist es, was sie sind. Eine nicht gelebte Energieform von Schmerz. Wenn man Wut nicht leben darf, dann kann man auch keine gesunde Aggressivität leben."

„Häh? Was ist denn bitte schön eine gesunde Aggressivität?“ fragend hob Anton die Augenbrauen. „Das habe ich ja noch nie gehört.“ „Ganz einfach“, erwiderte Wilma, „man kann sich wehren und für sich einstehen, lässt sich nicht alles gefallen, kann sich gut abgrenzen und ist bei all dem klar, deutlich und freundlich. Eine ungesunde Aggressivität wäre es, wenn ich jemanden verbal oder körperlich angreife oder wenn ich mir aus Angst vor den Folgen alles gefallen lassen würde. Es gibt schon noch eine Art nicht zu handeln und frei von Leid zu sein, aber davon berichte ich dir später, denn das würdest du jetzt noch nicht verstehen.“

„Wieso sagst du immer ich würde das nicht verstehen. Probiere es doch einfach einmal aus, denn ich bin intelligenter, als du denkst“, warf Anton etwas beleidigt ein. „Okay“, sagte Wilma, „ich versuche es einmal in Kurzform. Man wird in die Welt hineingeboren und ist aufgefordert, eine eigene Persönlichkeit und einen gesunden Egoismus zu entwickeln. Und wenn man das erreicht hat, wird man aufgefordert die gesamte Persönlichkeit wieder loszulassen, denn das Ego ist das größte Hindernis zum Glück in dir.“ „Das verstehe ich nicht“, sagte Anton spontan. „Sag ich doch“, erwiderte Wilma lächelnd, „darum vertrau mir, dass ich dir zur passenden Zeit das erzähle, von dem ich glaube, dass du es verstehen wirst. Ich weiß, dass es viel Information auf einmal ist, aber du machst das mit dem Nachfragen ja schon ganz gut. Also, lass uns weitermachen. Wenn ein Kind geboren wird, dann kommt die Seele aus dem reinen Bewusstsein. Man kann sagen, dass das Bewusstsein mit der Geburt das Bewusstsein verliert und das Ego-Ich langsam aufgebaut wird. In den ersten sechs Wochen hat ein Kind noch gar nicht richtig wahrgenommen, dass Mutter und Kind zwei Personen sind. Es fühlt sich total eins mit der Mutter. Erst danach nimmt es sich als getrennt wahr. Und dann fängt die Umwelt an, das Ego-Ich zu prägen, indem es ihm Dinge sagt und erleben lässt. Und das Kind macht sich all die Dinge zu Eigen, indem es anfängt, die

Gedanken der anderen zu seinen Eigenen zu machen. Es ist eine Frage vom Grad des Bewusstseins, ob man die Dinge einfach ungefragt übernimmt oder ob man eine andere Wahl treffen kann. Ein normaler Mensch auf der Erde verfügt in dieser Zeit erst mit dem zwölften Lebensjahr über ein aktives Bewusstsein und ist erst ab da in der Lage zu wählen.“ „Verstehe ich nicht“, warf Anton ein. „Pass auf, ich gebe dir ein Beispiel“, fuhr Wilma fort. „Ein Vater sagt zu seinem Jungen, dass das Geld nicht auf der Straße liegt und dass man Geld immer hart erarbeiten muss. Der Junge identifiziert sich unbewusst mit dem Satz und somit werden das seine Überzeugungen. Ein aktives Bewusstsein wäre in der Lage gewesen zu erkennen, dass diese Aussage nur die Meinung des Vaters und nicht die absolute Wahrheit darstellt. Und es hätte somit die Wahl, diese Vorstellung zu übernehmen oder auch nicht. Da der Junge jedoch noch nicht über ein aktives Bewusstsein verfügt, identifiziert er sich automatisch. Man kann sagen, dass man bis zum zwölften Lebensjahr alles aufnimmt, was einem die Umwelt so vermittelt. Das ist wie bei einem Diktiergerät: Du sprichst etwas hinein und wenn du es abhörst, kann nur herauskommen, was du hineingesprochen hast.“

„Und so bilden sich alle meine Überzeugungen und Vorstellungen von mir selbst und diese ziehen dann wieder die entsprechenden Emotionen und Erfahrungen nach sich?“ fragte Anton erschrocken. „Ja, am Anfang ist es so. Es gibt in dieser Zeit schon einige Kinder, die früher über ein aktives Bewusstsein verfügen, aber diese sind noch sehr selten. Auf der Erde beginnt jetzt ein Bewusstseinswandel und das bedeutet, dass zunehmend immer mehr Menschen sich ihrer selbst bewusster werden und diese Zusammenhänge erkennen. Aber dazu später einmal mehr. Jetzt reicht es zu wissen, wie dieses Ego-Ich entsteht und wie es sich entwickelt.

Am Anfang spricht das Kind noch von sich selbst in der dritten Person. Das zeigt, dass es noch nicht total mit dem Ego-Ich identifiziert ist und da noch etwas Bewusstsein vorhanden ist, welches als Beobachter erkennt, was vor sich geht. Du hast vielleicht Dinge gesagt wie „Anton hat Hunger, Anton will spielen, Anton will Kekse“ und vieles mehr. Erst später sagtest du „ich habe Hunger, ich will spielen, ich will Kekse.“ „Ja, genau, ich wollte immer Kekse“, grinste Anton nun erfreut. „Das kann ich gut verstehen“, lächelte nun auch Wilma, „aber es geht hier nicht um Kekse, es geht um das Ich. Hast du das soweit verstanden?“ „ Yes Sir, ähhh, ja Wilma“ Anton grinste immer noch von einem Ohr zum anderen. „Macht dich die Vorstellung an Kekse jetzt so glücklich, oder warum grinst du so?“ fragte Wilma interessiert. „Ja, komisch, wenn ich an Kekse denke, bin ich auf einmal total gut drauf. Spannend, dabei habe ich noch gar keine gegessen. Allein die Gedanken an Kekse verändern schon meine Stimmung.“

„Und wenn ich dir jetzt sage, dass es hier keine Kekse gibt, was geschieht dann mit deiner Stimmung?“ frage Wilma nun leicht amüsiert. „Waaaas? Keine Kekse? Ich kann hier keine Kekse haben, überhaupt nicht? Während der ganzen Zeit nicht?“ Augenblicklich verging ihm das Grinsen. „Erst erinnerst du mich an Kekse und ich denke schon, ja super, Kekse wären jetzt klasse und dann ist nix mit Keksen. Wie soll ich mich da schon fühlen?“

„Erkennst du nicht, dass es nur abhängig ist von der Geschichte in deinem Kopf?“ fragte Wilma. „Deine Geschichte im Kopf lautet jetzt *ich will Kekse* und da es keine Kekse gibt, bist du schlecht gelaunt. Wenn du jetzt deine Geschichte im Kopf veränderst in *ich will ja auch gar keine Kekse und komme in dieser Zeit gut ohne Kekse klar*, was passiert dann?“ „Wow, jetzt habe ich es kapiert und gefühlt! Gute Geschichte erschafft gute Gefühle und schlechte Geschichte erschafft schlechte Gefühle. Thema Kekse ist erledigt, Lektion Kekse begriffen.“ Anton zwinkerte Wilma belustigt zu.

„Schön, dann lass uns mit den verdrängten Emotionen weitermachen. Wenn jetzt eine Mutter Kenntnis hätte über das Gesetz der Polarität sowie über die Folgen von Gefühlsverdrängung, würde sie die Wut der Kinder gar nicht ausbremsen. Natürlich würde sie ein Auge auf die Kinder haben und eingreifen bevor diese sich ernsthaft verletzen, aber ansonsten würde sie die Kinder den Streit ausleben lassen. Wenn keiner in den Streit eingreift, werden die Kinder sich wahrscheinlich nach kurzer Zeit wieder vertragen und automatisch in den Gegenpol rutschen, das heißt sie spielen wieder in Freude und Spaß miteinander. So käme man durch Ausleben der polaren Emotionen wieder von ganz alleine in die gesunde Mitte. Jedoch werden die wenigsten Kinder so erzogen. In diesen Jahren gibt es auf der Erde eine sogenannte antiautoritäre Erziehung. Wenn das jedoch so aussieht, dass man dem Kind alles erlaubt, meist als Folge, weil man selbst zu wenig ausleben durfte, dann kippt dies auch wieder in einen ungesunden Pol und ist nicht gerade hilfreich für die Menschheit.

Jetzt lass uns wieder zu Anneliese zurückkommen. Ihr Ego-Ich stufte den Unfall und den Verlust ihres Kindes als negative Erfahrung ein. Das ist total menschlich und gilt auf der Erde als normales Verhalten. Anstatt die negativen Gefühle zu fühlen und sie so zu erlösen, verdrängt sie diese. Dies ist wie gesagt ein unbewusster Vorgang. Sie wusste es zu dem Zeitpunkt nicht besser. Anneliese funktionierte im Alltag, ging ihrer Arbeit nach und lenkte sich mit diversen Freizeitaktivitäten ab. Eines Tages traf sie Martin. Sie lernten sich in einer Diskothek kennen und verabredeten sich gleich für den nächsten Tag. Martin war ihr sympathisch und sie verstanden sich auf Anhieb. Auch Martin hatte eine schmerzliche Erfahrung hinter sich. Seine Freundin hatte ihn betrogen und wegen eines anderen Mannes verlassen. Genau wie Anneliese hatte Martin seinen Schmerz auch nur verdrängt und dadurch hatten beide das Herz teilweise schon verschlossen. Wie schon gesagt, fühlt man dann die schlechten Gefühle nicht mehr so stark, aber auch die guten Gefühle sind nur noch gedämpft fühlbar. Je mehr unverarbeitete Enttäuschungen man durchlebt, desto mehr verschließt man sein Herz. Die Folge

davon ist rationales Verhalten. Der Verstand übernimmt mehr und mehr die Kontrolle und Leichtigkeit und Frohsinn gehen mehr und mehr verloren.
Anneliese fühlte sich wohl mit Martin, aber sie war nie so in ihn verliebt, wie sie es in Stefan gewesen war. Zum Zeitpunkt als sie Stefan kennenlernte, war ihr Herz noch weit geöffnet und er war genau ihr Typ. Sie verliebte sich sofort in ihn. Bei Martin und Anneliese war es keine Verliebtheit. Die zwei zogen sich an, weil sie beide mit ihrer unverarbeiteten Trauer in Resonanz gingen. *Gleich und gleich gesellt sich gern*, du erinnerst Dich? Sie sprachen nicht viel über ihre Vergangenheit, diese hatten sie ja gut verdrängt, aber energetisch zogen sie sich aufgrund ihrer Vergangenheit an. Sie fühlten sich erwachsen, vernünftig und irgendwie getröstet in ihrem Schmerz. Wenn man jünger ist, so dachten sie sich, dann verknallt man sich eben leichter, aber mit zunehmendem Alter ist das einfach anders. Wichtig ist, dass wir die gleichen Ziele haben und uns sicher und geborgen fühlen können. Darin waren sie einer Meinung. Für Martin war die Treue ein ganz wichtiger Punkt und wenn sie heiraten würden, dann sollte diese Ehe auch bis zum Lebensende dauern. Eine Scheidung käme für ihn nicht in Frage. Für Anneliese waren gemeinsame Kinder ein absolutes Muss und auch sie wollte Sicherheit und Zuverlässigkeit. Und weil sie beide so vernünftig waren, versprachen sie sich gegenseitig die Wünsche des anderen zu erfüllen. Sie glaubten, eine gute Entscheidung getroffen zu haben, dabei hatte weder ihr Herz noch sein Herz wirklich ja zu der Beziehung gesagt. Ihr Herz gehörte immer noch Stefan und sein Herz hing immer noch an der verlorenen Freundin. Der Kopf hatte ja gesagt und der hatte inzwischen bei beiden die Herrschaft übernommen."
„Aber Wilma", warf Anton jetzt ein, „was ist denn schlecht daran sich so etwas zu versprechen. Treue ist doch sehr wichtig! Meine Frau hat mich auch betrogen und ich kann Martin total verstehen, da will man doch Absicherung, damit einem das nicht wieder

passiert."
„Ja, Anton, Treue ist sogar sehr wichtig", pflichtete Wilma ihm bei. „Jetzt müssen wir nur noch klären, wer wem treu sein sollte." Nach einem Verlust muss man natürlich nicht alleine bleiben. Wenn man es wünscht, kann man wieder eine neue Beziehung eingehen und kann damit sehr glücklich werden. Hier stellt sich die Frage, wie lange sollte man warten, bis man eine neue Beziehung eingeht. Ich sage dir, dass es keine Zeitfrage, sondern eine Frage der Treue ist. In dem Fall von Anneliese und Martin waren beide innerlich noch nicht frei. Annelieses Herz hing an Stefan und mit dem Einlassen auf die Beziehung mit Martin brach sie die Treue beiden gegenüber. Stefan gegenüber, weil sie sich Martin zuwendete und Martin gegenüber, weil sie noch an Stefan hing. Martin machte es genauso. Sie benützten sich eigentlich gegenseitig um die Verlorenen zu vergessen. Es war ihnen nicht bewusst, darum soll dies kein Vorwurf sein, ich will dir nur erklären wie vielschichtig Treue ist.
An dieser Stelle kann ich dir erzählen wie die Ehe der beiden verlief. Sie fühlten sich getröstet und nicht mehr so allein. Anneliese wollte Martin eine gute Frau sein und das war sie in der Tat. Martin wollte Anneliese ein guter Mann sein und auch das erfüllt er bis heute. Sie verstehen sich gut, sie funktionieren gut, sie streiten so gut wie nie, sie haben gemeinsame Freunde und gemeinsame Interessen sowie gemeinsame Kinder, ein schönes Haus, Geld und Freundschaft.
Aber sie haben keine Leidenschaft füreinander, keine Liebe, kein Herz, das *JA!* sagt und vor Glück hüpft, weil der Partner an der Seite ist. Anneliese hat sich immer wieder an Stefan erinnert und fühlt sich teilweise schuldig, weil sie ihn nicht vergessen kann und Martin nicht so lieben kann wie ihn. Bei der Geburt ihrer Kinder wünschte sie heimlich, Stefan wäre anstatt Martin der Vater gewesen. Während ihrer Schwangerschaft verging kein Tag an dem sie voller Trauer an den Verlust ihres ersten Kindes gedacht hat. Sie ließ es sich nicht anmerken, denn sie wollte

keinen verletzen, aber im Grunde ihres Herzens konnte sie beide Mädchen nie so lieben wie ihr verlorenes Kind. Alles Folgen der nicht verarbeiteten Trauer. Martin ging es nicht viel anders. Im Laufe der Jahre sehnte er sich nach erotischer Liebe, nach Lust und Leidenschaft. Auf diese Art hatte er seine Freundin geliebt und er vermisste diese Gefühle, aber für Anneliese konnte er diese Gefühle nie entwickeln. Er hat sie nie betrogen, denn er will ihr immer treu sein. Er will ihr nie den Schmerz zufügen, den er innerlich immer noch trägt. Wenn sie sich beide selbst treu geblieben wären, hätten sie zuerst ihren eigenen Schmerz geheilt und wären dann mit einem heilen Herzen in eine neue Beziehung gestartet. Vielleicht hätten die zwei sich dann nicht bekommen, vielleicht wären sie Freunde geblieben und vielleicht hätten sie mit heilem Herzen ganz andere Partner angezogen.

„So habe ich das noch nie gesehen, aber es klingt ganz logisch so wie du es sagst. Und Tim, der arme Hund, der muss sich das alles anhören", kommentierte Anton mit einem tiefen Seufzer. „Das ist sein Karma, also brauchst du ihn nicht bedauern", erwiderte Wilma. „Dinge geschehen und es stellt sich die Frage, ob je etwas anders sein könnte als es ist." „Und kann es anders sein als es ist?" fragte Anton jetzt hellwach. „Nein, nichts kann anders sein als es ist. Lass uns noch ein bisschen über die Liebe sprechen und über die unterschiedlichen Formen der Beziehungen auf der Erde" schlug Wilma vor.

„Es gibt viele unterschiedliche Arten von Liebesbeziehungen. Nächstenliebe, Mutterliebe, Vaterliebe, Geschwisterliebe, allumfassende Liebe, romantische Liebe, Tierliebe und vieles mehr. Wir wollen jetzt von der romantischen Liebesbeziehung sprechen. Die Menschen auf der Erde haben sehr unterschiedliche Vorstellungen von Liebesbeziehungen und diese werden meist durch Kultur, Politik und Religion bestimmt. Da gibt es eine Menge Regeln, die Menschenköpfe sich ausgedacht haben und immer noch ausdenken. Diese Regeln entscheiden dann, was in der Gesellschaft anerkannt wird, eben was richtig und was falsch

oder anständig und unanständig ist. Alles unterliegt der Veränderung und so ändern sich die Regeln immer wieder. Du hast ja selbst auf der Erde gelebt und kennst die Institution Ehe. Diese Institution gibt es schon sehr lange auf der Erde und die Gründe für ihre Einrichtung waren alles andere als romantischer Natur. In ihren Anfängen ging es nur um Schutz und Versorgung. Bis zum achtzehnten Jahrhundert gab es hauptsächlich arrangierte Ehen. Es handelte sich um Haushalts- und Lebensgemeinschaften, in denen Themen wie die finanzielle Absicherung, Erwartungen und Pflichten, der Umgang mit Sexualität und die Nachwuchsversorgung, das Erbrecht und noch vieles mehr geregelt waren. Mit der romantischen Liebe hatte das wenig zu tun. Ganz im Gegenteil. Die Ehen sollten möglichst ein ganzes Leben lang halten und darum war die erotische, leidenschaftliche und romantische Liebe dort unerwünscht.
Warum? Weil diese Art der Liebe zu emotional war und Ehen unstabil machte. Es ist knapp zweihundert Erdenjahre her, da gab es zum Beispiel noch kirchliche Regeln die besagten, dass wenn der Mann seine Frau so leidenschaftlich begehrt wie seine Geliebte, dies Sünde sei. Bis zum achtzehnten Jahrhundert waren Liebe und Sexualität außereheliche Angelegenheiten."
Anton hörte aufmerksam zu. „Ja, ich kann mich an eine Ahnenforschung erinnern, die ich einmal aus Interesse betrieb. Dabei fiel mir auf, wie unromantisch meine Vorfahren sich gepaart haben. Zum Beispiel hat Opas Opa geheiratet und die Ehefrau starb im Kindsbett des ersten Kindes. Dann hat dieser Opa vom Opa einfach gleich danach die Schwester seiner verstorbenen Frau geheiratet. Er hat nicht einmal einen Monat gewartet! Die ist dann neun Monate später auch bei der Geburt gestorben und dann hat der Opa vom Opa gleich die Nächste geheiratet. Das war wohl noch so eine alte Jungfer aus dem Nachbardorf. Die hat das Kinderkriegen dann wohl überlebt und die haben dann auch noch vier Kinder bekommen. He, krass, habe ich gedacht. Wie unromantisch und gefühllos ist das denn!"

„Ja, das hatte mit Gefühlen nicht viel zu tun“, stimmte Wilma ihm zu. „Aber es entsprach dem Zeitgeist. Solche arrangierten Ehen galten zu der Zeit als gut und richtig und gegenseitige Zuneigung war nicht erforderlich. Bei deinem Beispiel kamen keine Menschen zu Schaden, aber auch das war leider nicht immer so. Das Verhalten der Menschen ist oft verletzend und zerstörerisch. Allein aufgrund ihrer Eheregeln haben die Menschen sich gegenseitig ausgeschlossen, diskriminiert, verurteilt, wirtschaftlich benachteiligt, verfolgt, geschändet und sogar getötet. Und das tun sie teilweise zu allen Zeiten, egal welche Regeln gerade gelten.
Im achtzehnten Jahrhundert kam die Romantik langsam ins Spiel und es wurden die ersten Liebesehen geschlossen. In der heutigen Zeit verbinden die meisten Menschen in Deutschland, dem Land in dem Jenna nun geboren wurde und in dem auch du dein letztes Leben gelebt hast, das Wort Ehe mit Liebe. Ich spreche jetzt einmal nur von Deutschland, denn wie heißt es so schön, *andere Länder - andere Sitten.* Innerhalb Deutschlands werden in den nächsten Jahrzehnten immer mehr Ausländer einwandern und so wird sich zum Beispiel der islamische Glaube immer mehr verbreiten. Der Islam hat wieder eine andere Vorstellung von der Ehe. Ebenso haben Hinduismus, Judentum, Buddhismus und viele andere Religionen wieder andere Vorstellungen. Während die christliche Religion die Einehe, also eine Zweierbeziehung, vorschreibt, gibt es im Islam die Mehrehe, die unter bestimmten Voraussetzungen auf vier Frauen begrenzt ist. Wir wollen die Unterschiede jetzt nicht diskutieren, das wäre auch völlig unsinnig. Die Regeln werden sich in den nächsten hundert Jahren sowieso wieder ändern. In der westlichen Welt wird es in ein paar Jahren mehr heimliche Dreiecksverhältnisse geben, wie Mehrehen im Islam. Irgendwie funktioniert es auf Dauer wohl nicht, die Liebe so zu kontrollieren, wie es die jetzigen Eheregeln tun. Da könnte man dann in ein paar Jahrzehnten doch mal überlegen, ob die Erschaffung neuer Regeln, sich zum Beispiel ganz offiziell

wieder eine Geliebte oder einen Geliebten neben der Ehe halten zu dürfen, sinnvoll wäre. Jeder sollte in Wahrheit zu seinen Bedürfnissen stehen können. Dann bräuchten die armen Geschöpfe sich und andere nicht mehr so verleugnen, verbiegen, kasteien und belügen. Wäre doch vielleicht viel entspannter für alle Beteiligten", sprach Wilma und konnte sich ein spöttisches Lächeln nicht verkneifen.

„Aber Wilma", unterbrach Anton sie entsetzt, „was sagst du denn da! Du bist doch ein Engel und ich dachte, das mit dem Sex wird vom Himmel als niederer Trieb eingestuft."

„Klar und vom Onanieren wird man impotent!" Wilma prustete lauthals los. „Oh Mann, wie verkorkst haben sie dich denn erzogen? Wer war das?" witzelte Wilma. Sie räusperte sich und fuhr fort. „Kleiner Spaß am Rande. Nein, jetzt mal im Ernst, Sexualität in Liebe gelebt ist etwas Wunderbares, ein Liebesfest. Es gibt Religionen, in denen die Lust und die Leidenschaft das vorletzte Lebensziel sind und direkt vor der Erleuchtung kommen. Ich finde es sehr bedauerlich, wie so etwas Schönes von den Menschen mit Schuld und Scham beladen wurde und noch immer beladen wird. Völlig unsinnige Vorstellungen werden übernommen und mit der Erziehung weitergegeben. Ich hatte einmal einen Schützling, der niemals freudig Sexualität leben konnte. Als Kind hatte seine Mutter ihm erzählt, dass all die nach vorne gebeugten Menschen im Dorf mit der besagten Körperhaltung von Gott bestraft worden waren, weil sie onaniert hätten und Gott alles gesehen hatte. Diese Geschichte hat er nie wieder aus seinem Kopf heraus bekommen und diese Aussage beeinflusste sein Liebesleben für den Rest seines Lebens auf negative Art und Weise. Solche Geschichten gibt es tausendfach und oft bleiben diese unbewusst. Als Kind hört man Vorstellungen anderer, Schuld und Scham entstehen, man verschiebt die unangenehmen Gedanken ins Unbewusste und dort bleiben diese verankert, bis man sie erlöst. Bis dahin bestimmen sie, wie alles Unbewusste, unser Verhalten und somit das

Liebesleben. Einige erlösen ihre unbewussten Muster nie und so bleiben diese bestehen."
Wilma zeigte auf die Leinwand. „Ich muss dir jetzt noch mehr über Jenna erzählen, denn in deren Leben geht's gleich richtig los. Damit du die Zusammenhänge besser verstehen kannst, möchte ich dir noch einiges dazu erklären. Seit den fünfziger Jahren wurde es immer romantischer bezüglich der Vorstellungen in Sachen Liebe. Und so träumen die Mädchen von dem Prinzen, der da eines Tages kommt und sie glücklich machen wird. In ihrer Vorstellung leben sie dann glücklich bis ans Ende ihrer Tage und die Jungs träumen ihrerseits von der Prinzessin. Die Umwelt, mit all den neuen Medien wie Fernsehen, Büchern, Zeitschriften, Musik und vieles mehr, bestärkt diese in ihren illusorischen Vorstellungen und so sind Enttäuschungen und Verletzungen vorprogrammiert. Jenna liebt es, Liebesromane zu lesen. In denen gibt es auch dramatische Verwicklungen und es bleibt spannend bis die Liebenden sich endlich bekommen, aber ein guter Liebesroman endet einfach mit einem guten Ende. Und das gute Ende ist die Hochzeit mit dem geliebten Menschen."
Während Wilma weiter erzählte, verfolgten sie, was Jenna tat. Diese saß in ihrem Zimmer auf gepackten Koffern. „Sie wartet auf ihre Freundin Leila. Leilas Vater wird sie beide zum Flughafen fahren und dann fliegen die zwei nach Andalusien. Zwei Wochen werden sie in Torremolinos Urlaub machen. Es ist ihre erste größere Reise und die zwei freuen sich schon seit Monaten auf den Urlaub. Sie jobben beide nebenberuflich noch in einer Diskothek und haben sich das Geld mühsam verdient."
Im Moment schien Jenna mit ihren Gedanken noch voll mit ihrem Buch beschäftigt zu sein. Anton sah ein glückliches Lächeln und ein Leuchten in ihren Augen. Den Schinken muss ich auch mal lesen, scheint glücklich zu machen, dachte er bei sich.
„Bei all den unterschiedlichen Beziehungsformen geht es nicht darum, was richtig oder was falsch ist", fuhr Wilma fort. „Die Menschen machen auf der Erde die unterschiedlichsten

Erfahrungen und jeder kann selbst entscheiden, welche davon er machen möchte. Da gibt es keine Instanz, die darüber urteilt. Wie schon gesagt, erschafft sich jeder seine Lebenssituationen aufgrund seiner gelegten Impulse. So wird jeder Mensch hineingeboren in eine ihm entsprechende Kultur oder Religion und dort wo er ist, ist er immer richtig. Ich hatte dir das mit der Resonanz ja schon erklärt. Erinnerst du dich?“ fragte Wilma vorsichtshalber nach.
„Ja, ich erinnere mich.“ Anton überlegte kurz. „In Jennas Fall müsste das jetzt ja bedeuten, dass sie mit der Geschichte von Anneliese und Martin in Resonanz geht und es einen Grund gibt, warum sie diese Eltern anzieht. Sie muss auch irgendetwas mit Verlust, Trauer und verdrängten Gefühlen zu tun haben.“
„Ja, genau, das hast du super erkannt!“ Wilma freute sich über Antons Antwort, denn sie zeigte, dass er wohl doch kein so hoffnungsloser Fall war. „Was genau sie damit zu tun hat, erfährst du im Laufe ihres Lebens. An dieser Stelle reicht es zu wissen, dass sie vor der Inkarnation wusste, in welche Umstände sie hineingeboren wird. Und sie hat gewählt, ihre alte Trauer und den früheren Verlust in diesem Leben zu heilen und weiterhin auch noch ihr Ego zu überwinden und zu erwachen. Dazu braucht sie gewisse Umstände und diese wird sie vorfinden.“
„Das klingt nun nicht gerade nach einem schmerzfreien Weg“, warf Anton skeptisch ein. „Da muss ich dir zustimmen. Die Meister hatten ihr angeboten ein Leben mit weniger Herausforderungen dazwischen zu schieben und so die Lektionen auf zwei Leben zu verteilen, aber sie wollte gleich das volle Programm. Im letzten Leben war Jenna ein Mann und verbrachte die meiste Zeit mit dem Studieren spiritueller Schriften. Das war ihre Leidenschaft oder besser gesagt seine Leidenschaft. Er war damals aber eher ein Theoretiker und in diesem Leben gilt es, ein Mensch der Tat zu werden. All das Erlernte will sie jetzt praktisch umsetzen. Aufgrund seiner spirituellen Interessen hatte er im letzten Leben wenig Zeit für das gesellschaftliche Leben

und verhielt sich als Mann in Liebesbeziehungen sehr unverbindlich. Daher hat er karmisch aus dieser Zeit noch ein paar offene Rechnungen zum Thema unverbindliche Liebesbeziehungen auszugleichen.
Aber natürlich ist das noch nicht alles. Das Leben vor dem gerade geschilderten Leben ist noch wichtiger und war praktisch die Ursache für das spirituelle Interesse im letzten Leben. In dem Leben davor war sie wieder eine Frau und hat einen großen Verlust erlitten und diesen in der damaligen Zeit nicht verarbeitet. Der Schmerz war sehr groß und sie war unfähig damit umzugehen. Genau wie du, hat sie erst bei der Rückschau nach dem Tod erkannt, dass es an der Zeit ist, die Spielregeln des Lebens kennen zu lernen. So wählte sie danach ein Leben mit theoretischer spiritueller Schulung und für das jetzige Leben die praktische Umsetzung des Gelernten."
„Kannst du mir das mit dem Leben mit weniger Herausforderungen noch einmal näher erklären. Wie sollte das gehen?" Anton war hellwach und hörte aufmerksam zu. Die Geschichte fing an richtig spannend zu werden. „Grob gesagt kann man Liebesbeziehungen in zwei Kategorien einteilen. Zum Einen in Beziehungen zum Wohle und zum Anderen in Beziehungen zum Heile. In einer sogenannten Wohlfühlbeziehung herrscht das Gesetz von *Gleich und Gleich gesellt sich gern.* In einer Beziehung zum Heile gilt dagegen eher das Motto *Gegensätze ziehen sich an.* Ich erkläre es dir anhand eines Beispiels. Stell dir vor, ein Mann ist überaus ordentlich und überkorrekt. Diese Eigenschaften zeigen, dass er sich zu den genannten Dingen nicht gerade in der entspannten Mitte der Polarität aufhält, sondern schon eher extrem in einem Pol."
„He, was ist da denn extrem dran, wenn er so ist wie du beschreibst? Das finde ich ja total normal!" konterte Anton. Wilma lächelte leicht. „Findest du dich in all dem wieder?" „Ja, so war ich wohl auch", meinte Anton jetzt nachdenklich. „Ist das nicht gut?"

„Es geht wie immer nicht um gut oder schlecht, es geht eher darum wie entspannt es sich damit lebt. Lass es uns näher betrachten. Wenn man überaus ordentlich und überkorrekt ist, dann verlangt man das meist auch vom Partner, denn mit Unordnung und Unkorrektheit kann der Betreffende schlecht umgehen. Es hat ja einen Grund warum man so überkorrekt und überordentlich ist. Vielleicht ist es eine Prägung aus der Kindheit. Du erinnerst dich an die Prägung und wie das gehen kann?"

„Ja, ich glaube schon. Als ich ein Kind war hat meine Mama mich immer gelobt, wenn ich mein Zimmer aufgeräumt hatte. Dann sagte sie, ich sei ihr lieber Sohn und hat mich belohnt. Wenn ich nicht aufgeräumt hatte, hat sie geschimpft und das war nicht so schön. So habe ich einfach immer aufgeräumt, denn ich wollte ja geliebt werden von meiner Mama." Fragend blickte Anton Wilma an. Da sie ihm aufmunternd zuzwinkerte fuhr er fort.

„Darum war ich dann immer so überkorrekt und überordentlich, weil wenn ich es nicht war, die verdrängten unguten Gefühle spürbar wurden und ich mich sehr unwohl fühlte. Mit der Handlung überkorrekt und überordentlich zu sein, stellte sich das Wohlgefühl dann wieder ein. Oh Wilma, mir wird gerade bewusst wie anstrengend das war. Ich erinnere mich gerade an viele Situationen aus meinem letzten Leben. Wenn ich müde und kaputt von der Arbeit kam, konnte ich mir keine Pause gönnen solange noch unerledigte Arbeiten auf mich warteten. Erst musste ich die Arbeiten erledigen und dann konnte ich mir eine Pause gönnen. Jetzt verstehe ich das; es war das alte verdrängte Gefühl, das mich dazu drängte. Wenn alles korrekt und ordentlich war, dann konnte ich mich entspannen und fühlte mich wohl. Hast du das Beispiel genommen, weil ich mich erinnern sollte?" fragte er nun erstaunt. „Ja, klar, so lernst du doch am besten!" Wilma lächelte ihn freudestrahlend an. „Ich bin stolz auf dich, du lernst schnell."

Motiviert fuhr Anton fort. „Jetzt kommt das mit der Resonanz. Weil ich die Gefühle verdrängt hatte, zog ich Menschen mit dem Thema an. Was ich mir nicht erlauben kann, darf sich auch kein anderer erlauben. Darum will ich, dass mein Gegenüber so ist, wie ich bin, in dem Fall überordentlich und überkorrekt. Wenn er nicht so ist, kritisiere ich ihn und will mit ihm nichts zu tun haben. Dann suche ich mir lieber Leute, die so sind wie ich, weil ich mich dann nicht aufregen muss und besser mit ihnen zurechtkomme. Genau, so ging es mir auch immer mit meiner Frau. Die ging mir fürchterlich auf die Nerven mit ihrer Schlamperei und Unzuverlässigkeit. Auch von einigen Kollegen war ich nur genervt und es gab immer Konflikte mit denen, die anders waren als ich. Wie geht man richtig damit um Wilma?“, fragt er nun etwas hilflos klingend.
„Das ist relativ einfach“, antwortete Wilma. „Aufgrund der Resonanz ziehst du das an, was du zu lernen hast. Wenn du zu extrem in einem Pol bist, wirst du automatisch auf Menschen treffen, die im Gegenpol zu extrem sind. Die Begegnung gibt euch beiden die Chance zu erkennen, dass ihr zu extrem seid und dass es eure Aufgabe ist, euer Verhalten zu reflektieren und in die entspannte Mitte zu bringen. Du hättest erkennen müssen, dass du zu korrekt und zu ordentlich bist. Erst dann hättest du lernen können, auch mal etwas liegen zu lassen oder auch nicht ganz so korrekt sein zu müssen. Deine Frau hätte sich auch erkennen müssen und ihr Verhalten ebenso in die Mitte bringen müssen. Auf diesem Wege hättet ihr euch beide in eurer Beziehung heilen können.
Wenn die Seele in einer Beziehung heilen möchte, dann verliebt man sich in einen Menschen, der einem die Gegensätze aufzeigt und spiegelt. Zu denen, die so sind wie man selbst ist, fühlt man sich dann nicht hingezogen, die findet man meist langweilig. Erst durch den Gegenpol kann man sein eigenes Verhalten und Denken erkennen und überprüfen und Veränderungen herbeiführen. Das nennt man dann eine Beziehung zum Heile.

Je extremer die Gegensätze, desto heftiger geht's in der Beziehung ab. Letztlich strebt jede Seele zum Ausgleich, aber es kann mehrere Gründe geben, warum ein Mensch in Liebesdingen lieber nicht die Herausforderung sucht. Es könnte sein, dass er andere heftige Themen bearbeiten muss, wie zum Beispiel Mangeldenken in Sachen Geld oder so etwas in der Art und aus diesem Grund in seiner Liebesbeziehung seine Ruhe und Stabilität haben will. Oder er will einfach einmal ein Leben ohne Herausforderungen ohne große Höhen und Tiefen erleben. Aus welchem Grund auch immer, wenn er sich für eine sogenannte Wohlfühlbeziehung entscheidet, dann verliebt er sich eher in jemanden, der ihm gleicht. Da gibt es dann keine großen Höhen, keine dramatische Leidenschaft, keine großen Tiefen und keine dramatischen emotionalen Ausraster. In Bezug auf das Thema Ordnung oder Unordnung könnten sich dann beide Partner in einem extremen Pol aufhalten, aber weil sie die gleichen Vorlieben hätten, gäbe es keine Konflikte.
Aber auch alle anderen Menschen spiegeln einem das eigene Denken, Verhalten und Fühlen. Auch das ist eine spirituelle Gesetzmäßigkeit und man nennt es das *Gesetz der Spiegelung*. Du sendest all deine bewussten und unbewussten Gedanken, Emotionen, Verhaltensweisen, all dein Sein als Impulse ins Universum hinein und das Universum antwortet dir mit deinem Leben. Und so sind alle Menschen und alle Begebenheiten in deinem Leben nur ein Spiegel deiner eigenen inneren Programmierung. Damit wir uns selbst erkennen, begegnen wir anderen. Und diese Spiegelung findet natürlich nicht nur in Liebesbeziehungen statt, sondern in allen zwischenmenschlichen Beziehungen. Mit der Geburt beginnt es schon. Das Elternhaus ist die erste Spiegelung von dir selbst. Niemand wird als Opfer geboren.
Stell dir vor, du schaust in einen Spiegel und deine Haare sind unordentlich. Wen kämmst du? Das Spiegelbild oder dich?"
„Natürlich mich!" antwortete Anton wie aus der Pistole

geschossen. „Mein Spiegelbild zu kämmen wäre ja total idiotisch!“ „Ja, genau. Wenn du eine Veränderung im Spiegelbild erzeugen willst, musst du die Veränderung bei dir vornehmen und dein Spiegelbild zeigt dir sofort die Veränderung“, stimmte Wilma ihm zu. „Und so verhält es sich auch mit dem Leben. Wenn dir irgendjemand oder irgendetwas im Außen nicht gefällt, finde heraus, was du an dir verändern musst und dann verändere es in dir. Automatisch wird es sich im Außen auch verändern.
Wenn du weg gehst von Menschen, weil sie dich nerven und du nicht schaust, was das mit dir zu tun hat, dann werden neue Menschen in dein Leben kommen, die genauso sind. Du bekommst die Lektionen so lange gespiegelt, bis du sie erkennst und erlöst. Und es wäre ziemlich idiotisch – um es mit deinen Worten zu sagen - die anderen weiterhin zu kritisieren, anstatt sich an die eigene Nase zu fassen und sich selbst zu fragen: warum erlebe ich das?“

„Oh Wilma, da ist in meinem Leben ja eine Menge schief gelaufen!“ In Antons Stimme lag Bedauern. „Mach kein Problem daraus. Freu dich doch, dass du es jetzt erkennst und alles was du jetzt lernst, kannst du im nächsten Leben anwenden.“ „Gut, dann lass ich das Bedauern jetzt los, macht echt keinen Sinn länger daran festzuhalten, das hab ich schon gelernt. Super, ich bin gut!“ lobte er sich gut gelaunt. „Warum verlieben wir uns eigentlich? Gibt es dafür eine schlüssige Erklärung?“

„Ja, die gibt es. Natürlich kann man diese Antwort aus unterschiedlichen Vorstellungen heraus beantworten und ich liefere dir jetzt die spirituelle Erklärung.“ Wilma fasst sich an den Kopf und schien zu überlegen wie sie beginnen sollte.

„Auf der körperlichen Ebene bist du entweder Mann oder Frau. Somit bist du auf dieser Ebene unvollständig und sehnst dich nach der gegenteiligen Energie. Du bist wie die Hälfte vom Ganzen und hast Sehnsucht nach der Ganzheit. Und diese Sehnsucht spürt man als männlich-weibliche Anziehung. Die Wurzel dieser Sehnsucht ist spiritueller Natur. Du kommst aus der Einheit, aus

Gott, nenne es wie du willst. Das Wort Gott wird oft missbraucht und falsch verstanden. Gott ist alles und in allem und alles ist in Gott. Gott ist Energie. Anstatt Gott kannst du auch Liebe, Einheit, das Formlose, das Eine oder viele andere Begriffe verwenden. Es ist die Einheit jenseits vom Ich und dahin willst du zurück. Das ist die wirkliche Sehnsucht in dir. Mit der Geburt bist du scheinbar aus der Einheit gefallen. Du identifizierst dich mit deinem Ego-Ich und weißt nicht mehr, dass Gott in dir ist und du nirgends anders suchen musst, als in dir selbst. In deiner Unwissenheit suchst du die Liebe im Außen und kannst sie nie wirklich finden. Sich zu verlieben ist eine Möglichkeit zur Ganzheit zu kommen."

„Wow, das habe ich ja noch nie gehört und das stellt ja alles in Frage, was ich bisher über Beziehungen gelernt habe. Ich dachte immer, eine Beziehung ist dazu da, um mich und meine Partnerin glücklich zu machen, aber eine andere Aufgabe habe ich darin nicht gesehen." Anton wirkte verunsichert und erstaunt zugleich.

„Eine Beziehung ist in erster Linie nicht dazu da, dich glücklich zu machen, sondern bewusst! Du brauchst Beziehungen, um dich erkennen zu können. Das schließt natürlich nicht aus, dass du in einer Beziehung glücklich sein kannst! Beziehungen zur Bewusstwerdung zu leben, ist die spirituelle Sicht und erst in den nächsten Jahrzehnten fangen immer mehr Menschen an, dies zu verstehen. Bisher sind es nur wenige Menschen, die daran interessiert sind und die Kenntnis davon haben. Das Leid in Beziehungen wird in den nächsten Jahren immer mehr zunehmen und die Menschen für diese Sichtweisen öffnen. Leid bringt Menschen weg von der Oberflächlichkeit des Lebens, und hinein in die Tiefen des Seins.

Jenna hat in ihrer letzten Inkarnation all das theoretische Wissen darüber schon studiert und tief innen weiß sie um all das. Und so hat sich Jenna eine Liebesbeziehung zum Heile gewählt, um letztlich in die Einheit zu kommen. All ihre extremen Eigenschaften werden ihr gespiegelt werden. Ebenso all ihre verdrängten Gefühle und ihre Verlustangst, sowie auch alle anderen Ängste, all ihr Werten und Urteilen. Es gibt eine Seele, die der eigenen Seele am nächsten ist. Zwischen diesen Seelen herrscht eine totale magnetische Anziehungskraft, der man sich nicht entziehen kann. Man nennt sie die Dualseele oder auch die Zwillingsseele. Einige Menschen auf Erden träumen davon, dieser besonderen Seele zu begegnen und malen sich die schönsten Liebesgeschichten aus. Aber bevor man mit seiner Dualseele verschmelzen kann, muss man seine eigene Ganzheit erreicht haben. Die eigene Ganzheit hat man erreicht, wenn man die Quelle der Glückseligkeit in seinem eigenen Inneren gefunden hat und keinen anderen mehr braucht, der einen glücklich macht. Erst dann kann man in einer Beziehung leben, ohne sich selbst zu verlieren. Erst dann enden emotionale Abhängigkeiten.

Auf deinem Weg wirst du viele Seelengefährten treffen, die dir helfen, deine Lektionen zu lernen, aber die Dualseele hat eine ganz besondere Aufgabe. Ihre Aufgabe ist es, dich zu deiner Ganzheit zu bringen und nicht, wie du schon weißt, dich glücklich zu machen. Es ist nicht immer zwingend, dass sich Dualseelen nur für Liebesbeziehungen verabreden. Sie können auch in anderen Beziehungen, wie in familiären, kollegialen, freundschaftlichen oder anderen Verbindungen vorkommen. Aber in Liebesdingen ist es der Kracher! Darum hab ich mir Jenna als Schützling ausgesucht, ich liebe diese Magie!“ Wilma strahlte jetzt übers ganze Gesicht und zeigte auf die Leinwand. „Mache es dir bequem und wir schauen jetzt einmal, was Jenna macht.“

Kapitel 3 Das Schicksal

Ein Auto hupte vor Jennas Zuhause. Sie klappte ihr Buch zusammen, schnappte sich ihren Koffer und lief vor die Tür. „Hallo Jenna“, stürmisch kam Leila ihr entgegen und umarmte sie herzlich. „Jetzt geht’s lohos! Ich freue mich so!“ „Ich auch!“ Lachend erwiderte sie Leilas Umarmung. Sie waren Freundinnen seit ihrer frühsten Kindheit und waren sich total vertraut. Sie unternahmen so viel es ging gemeinsam und wussten alles voneinander. Leilas Vater verstaute Jennas Koffer im Kofferraum und Jenna schloss sorgfältig die Haustür ab. Von ihrer Familie hatte sie sich schon in der Früh verabschiedet, denn diese waren jetzt alle noch unterwegs. Die Fahrt zum Flughafen verging im Nu, denn die zwei Frauen hatten sich wie immer viel zu erzählen. Leila arbeitete als Krankenschwester im städtischen Krankenhaus und beschwerte sich gerade lautstark über die Pflegedienstleitung und deren Dienstplaneinteilung.

Leilas Vater ließ die zwei direkt vor dem Flughafeneingang aussteigen. Er half ihnen noch die Koffer auf einen Kofferkuli zu laden und verabschiedete sich dann auch rasch. Er musste zurück an seinen Arbeitsplatz und wenn die zwei zusammen waren, war sowieso jeder Dritte überflüssig.

Schwatzend, ihre Koffer vor sich herschiebend, betraten Jenna und Leila das Flughafengebäude und gingen direkt zum Check – In Schalter. Alles verlief reibungslos und knappe sechs Stunden später stiegen sie aus dem Transferbus und standen vor ihrem Hotel. Sie hatten ein Hotel direkt am Strand gebucht und voller Vorfreude betraten sie dieses. Geduldig warteten sie, bis sie an der Reihe waren einzuchecken und bezogen dann ihr Zimmer.

Leila ließ sich auf das Bett am Fenster fallen. „Wenn es dir recht ist, schlafe ich am Fenster.“ „Ja, ist mir egal“, sagte Jenna und inspizierte zuerst den Balkon. „Hinterhof und Mülltonnen statt Meerblick.“ Etwas Bedauern klang in Jennas Stimme mit. „Aber was soll's, dafür war es noch mal 100,00 DM billiger und wir sind ja sowieso die meiste Zeit am Strand."

„Auspacken oder Strand?" fragte Leila vergnügt. „Strand!" antwortete Jenna ebenfalls bestens gelaunt. Etwas später lagen sie am langen Sandstrand und genossen die letzten Sonnenstrahlen des Tages. „Hast du dich noch von Michael verabschiedet?" fragte Jenna Leila vorsichtig. Michael war Leilas derzeitiger Freund und das Thema war aufgrund jüngster Vorfälle etwas heikel. Seit ein paar Tagen herrschte Funkstille zwischen den beiden, denn Leila war beleidigt gegangen, nachdem Michael es vorgezogen hatte, mit seinen Kumpels ein Fußballspiel im Fernsehen anzuschauen, anstatt mit ihr ins Kino zu gehen. „Wenn ich dir etwas bedeuten würde, dann würdest du mit mir ins Kino gehen, anstatt mit deinen Kumpels hier zu bleiben", hatte sie lautstark verkündet und war wütend gegangen. Es waren schon drei Tage vergangen und sie war immer noch wütend und so geschah es ihm recht, dass sie einfach so geflogen war. „Nein, ich habe mich nicht gemeldet. Er ist dran. Der muss sich schon ein bisschen anstrengen, wenn er mit mir zusammen sein will. Wo kommen wir denn da hin, wenn wir das durchgehen lassen? Themawechsel, sonst bekomme ich nur schlechte Laune!"

Leila machte eine abwehrende Handbewegung und schaute dabei zur Promenade. „Lass uns lieber gucken was hier Gutes rumläuft!" „Von Männern habe ich erst einmal die Nase voll", antwortete Jenna trocken. „Ich habe null Interesse daran, jemanden kennenzulernen. Erinnere mich bitte daran, falls ich doch jemanden treffen sollte und Gefahr laufe, mich einzulassen!" „Mach ich", erwiderte Leila lachend, „ich werde dich erinnern."

Anton schaute Wilma fragend an. „Warum hat sie von Männern die Nase voll? Was hat sie denn Schlimmes erlebt?" „Ich hatte dir doch von ihren gelebten unverbindlichen Liebesbeziehungen in ihrer letzten Inkarnation erzählt und dass sie diesbezüglich noch ein paar offene Rechnungen zu begleichen hatte. Tja und diese

Rechnungen hat sie praktisch von ihrem fünfzehnten Lebensjahr bis jetzt beglichen. Nicht sehr schön, aber auch nicht so tragisch, war einfach ihr Karma und somit nicht zu ändern.“ Wilmas Tonfall klang recht gleichmütig und Anton schaute sie erwartungsvoll an. „Und?“ „Was und?“ fragte Wilma. „Geht’s auch ein bisschen ausführlicher?“ Anton platzte fast vor Neugierde. „Klar, geht’s auch ausführlicher.“ Wilma grinste Anton spitzbübisch an. „Natürlich erzähle ich es dir ausführlicher, ich wollte es nur etwas spannender für dich inszenieren.“ „Das ist dir gelungen! Nun leg schon los!“ forderte er sie ungeduldig auf.

„Mit fünfzehn verliebte sich Jenna in einen Mitschüler. Er fand sie auch ganz nett und sie wurden schnell ein Paar. Nach zehn Tagen hat er die Beziehung jäh beendet, da er sich nicht mehr sicher war, ob er mit ihr zusammen sein wollte oder nicht. So wurde es eine on und off Beziehung und er bestimmte, wann on und wann off war. Jenna litt darunter, aber sie war nicht in der Lage sich ganz abzuwenden. Wenn er dann wieder einmal die Beziehung beendet hatte, hoffte sie er käme zurück. Das tat er dann auch meistens und so hielt sie bis zu ihrem achtzehnten Lebensjahr an dieser Beziehung fest. Mit achtzehn war sie dann von einem auf den anderen Tag von seiner Anziehung befreit. Die karmische Rechnung war beglichen.“ „Wie, Rechnung beglichen?“ Anton schaute verdutzt. „Ganz einfach“, sprach Wilma wie selbstverständlich, „im letzten Leben hatte sie sich ihm gegenüber unverbindlich verhalten und genau diese Zeitspanne hat sie mit ihm jetzt abgetragen. So ist das unerledigte Karma zwischen denen beiden ausgeglichen.“

„Wow, so geht das?“ Anton schaute nachdenklich. „Und wie geht’s weiter?“ Fragend blickte er zu Wilma. Diese überlegte kurz. „Dann war ein Jahr Pause und dann traf sie mit neunzehn die nächste offene Rechnung. Er hieß Alexander. Auch so einer, der nicht wusste was er wollte und sie spielte das gleiche Spiel, wie beim Vorgänger. Ging auch nicht anders, denn auch diese

Rechnung musste beglichen werden.“ „Hatte sie das mit dem im letzten Leben auch gemacht?“ Anton Stimme überschlug sich fast vor Aufregung. „Ja, das war auch eine von ihren unverbindlichen Beziehungen. Nachdem ihr Karma abgetragen war, war sie auch von der Anziehung zu Alex befreit“, erklärte Wilma ihm.
„Wie muss ich mir das vorstellen, die Anziehung hört einfach auf, einfach so?“ Fragend schaute Anton zu Wilma. „Ja, da kannst du machen was du willst, wenn die Zeit reif ist, dann wird es geschehen und wenn die Zeit nicht reif ist, wird es nicht geschehen. Ganz einfach. Alex Zeit ist vor drei Wochen abgelaufen und Jenna fühlt sich jetzt wieder befreit. An jemandem zu hängen, der einen nicht richtig will und dann doch wieder, ist schon sehr anstrengend und nicht gerade erfüllend. Jetzt fühlt sie sich wieder freier und zufriedener und den Zustand möchte sie beibehalten. Darum sagt sie, sie hat die Nase voll von Männern und bleibt lieber allein.“
„Und wie lange wird sie noch alleine bleiben?“ fragte Anton interessiert. Wilma lächelte genüsslich. „Noch genau drei Stunden. Und dann macht es peng und der Blitz schlägt ein!“ Bei dem Wort peng klatschte Wilma begeistert in die Hände und strahlte Anton funkelnd an. „Super, und ich bin dabei!“ freute sich Anton. „So peng, wie du das jetzt darstellst, hat es bei mir nämlich noch nie gemacht.“ „Das tut mir leid für dich“, sagte Wilma mit leichtem Bedauern in der Stimme. „Aber wie heißt es so schön, *was nicht ist, kann ja noch werden*. Jetzt erlebst du es ja schon einmal als Zuschauer und auch das ist schon total aufregend.“
„Ich muss mal für kleine Mädchen, du auch?“ fragend sah Leila zu Jenna. „Nein, ich muss jetzt nicht.“ „Okay, dann geh ich einmal ein stilles Örtchen suchen und du bleibst hier“, entschied Leila. „Ich kann auch mitkommen“, erwiderte Jenna. „Nee, lass mal, ich bin gleich wieder da.“ Leila sprang auf und eilte in Richtung Strandpromenade davon. Jenna legte sich in den Sand, schloss die Augen und hörte dem sanften Rauschen der Wellen

zu. Einfach traumhaft schön hier, dachte sie bei sich, hier könnte ich ewig liegen bleiben. So störte es sie auch nicht, dass Leila nach einer Stunde immer noch nicht zurück war. Wahrscheinlich war sie auf dem Weg zum WC wieder einem Traumtypen begegnet und hatte heftig geflirtet oder eine Boutique hatte ihren Weg gekreuzt. Bei diesem Gedanken lächelte Jenna still in sich hinein. Das wäre wieder typisch für Leila.

„Im Gegensatz zu Leila ist Jenna eine sehr treue Seele", erklärte Wilma. „Sie verliebt sich nicht so häufig und bisher lebte sie auch nur die zwei besagten Beziehungen. Da gab es keine weiteren Flirts oder weitere Schwärmereien. Leila dagegen nimmt alles leichter, verlässt Beziehungen relativ schmerzfrei und geht auch schnell neue Beziehungen ein. In Bezug auf Beziehungen ist Jenna moralisch stark durch ihre Umwelt geprägt. Ihr Vater, mit seiner Wunde des Betrugs und seinen Vorstellungen von Treue und Sicherheit, und ebenso die Mutter, mit ihren Vorstellungen von Pflichterfüllung, haben sie dementsprechend beeinflusst. Diese Vorstellungen findet sie auch in ihren Liebesromanen wieder. Die Helden darin sind moralisch gut und machen alles richtig. Und so hat Jenna in Bezug auf Beziehungen auch feste Vorstellungen wie man zu sein hat, was man tun darf und nicht tun sollte, was richtig und was falsch ist. Wie schon gesagt hat sie zum Thema *Werten und Urteilen* noch einiges zu lernen und die Lektion beginnt heute."

„He du Schlafmütze, aufwachen", rief Leila lachend und ließ sich neben Jenna in den Sand fallen. „Ich schlafe nicht, ich ruhe nur", antwortete Jenna entspannt. „Wo warst du so lange?" „Du glaubst es nicht, aber ich habe einen super tollen Typen kennengelernt." Leilas Stimme klang ganz euphorisch. „Er heißt Sven und kommt aus München. Er und ein paar Freunde von ihm standen vor dem Lokal in dem ich Pipi machen war. Die haben irgendwie eine Landkarte studiert und da er mir gleich gefallen hat, hab ich ihn wie unabsichtlich angerempelt. Du weißt schon, meine Anmachmasche Nummer drei", gluckste sie fröhlich. „Und er sprang

gleich drauf an." „Du lässt ja mal wieder nichts anbrennen", kommentierte Jenna trocken. „Wir haben ein bisschen geredet", fuhr Leila fort, „und jetzt halt dich fest, wir haben uns für später verabredet! Also, auf geht's, wir müssen los!"
„Wie, was, verabredet? Was soll das heißen?" fragte Jenna nun leicht irritiert. „Muss ich da mit?" „Klar, musst du mit. Ist ja eher eine lockere wir-kommen-mal-vorbei-Verabredung. In dem Lokal gibt es heute Abend eine öffentliche Party und er hat gesagt, sie seien dort. Ich habe offen gelassen, ob wir da sein werden. So sicher soll sich der Typ meiner noch gar nicht sein, aber natürlich gehen wir hin! Also, zack zack, steh auf, wir müssen zurück ins Hotel und uns umziehen." Sie packte Jenna an die Hand, zog sie hoch und hinter sich her. „Okay, okay, ich komme ja schon, brauchst mir nicht gleich den Arm auszureißen! Viel Lust habe ich zwar nicht, aber dir zuliebe gehe ich natürlich mit."

Gegen 21.00 Uhr näherten sich Jenna und Leila dem besagten Lokal. *NIKOLAI* stand in goldenen Buchstaben auf einer weinroten Markise und das ganze Ambiente des Lokals machte auf Jenna einen edlen Eindruck. Das Lokal schien sehr beliebt zu sein, denn die großzügige Terrasse war schon total überfüllt. Aus den Boxen ertönte Popmusik und die Menschen saßen schwatzend und lachend beieinander. Jenna folgte Leila, die sich zielstrebig den Weg durch die Massen bahnte. „Komm, da vorne sind sie." Leila deutete auf einen Tisch nahe dem Eingang des Lokals. Von weitem erkannte Jenna, dass sechs Männer an dem Tisch saßen. Betont lässig näherte sich Leila dem Tisch und begrüßte nun einen Mann, der sich bei ihrem Anblick erhob. Jenna stand hinter ihr und beobachtete die Begrüßung. Nebenbei ließ sie ihren Blick in die Runde schweifen, aber sie konnte noch nicht erkennen, wer mit an dem Tisch saß, denn aufgrund der vielen Menschen war alles etwas eng und Leila und ihr neuer Bekannter versperrten ihr zudem die Sicht.

„Das ist meine Freundin Jenna“, hörte sie Leila jetzt sagen. „Und das ist Sven.“ Jenna antwortete auf Svens „Hallo“ mit einem lockeren „Hi“. „Setzt euch doch zu uns“, lud Sven sie jetzt ein. Sein Blick lag fragend auf Leila und diese stimmte betont cool zu. Sven wandte sich seinen Freunden zu. „Macht mal etwas Platz, die Ladys hier leisten uns Gesellschaft.“ Ein lautes Stühle rücken begann und Sven trat beiseite um ihnen den Weg frei zu machen. Jenna trat auf den Tisch zu und dann sah sie ihn. Sein Blick traf den ihren und für einen Moment hatte sie das Gefühl, ihr Herz bliebe stehen und im nächsten Moment schlug es ihr bis zum Hals. Plötzlich waren alle Zellen in ihr lebendig und sie fühlte sich wie elektrisiert. Wow, was ist denn das für ein toller Typ, dachte sie bei sich und bemühte sich um eine unauffällige Haltung.
„Robert, Matthias, Rolf, Andreas und Pascal“, stelle Sven seine Freunde nun vor. „Leila und Jenna.“ Ein lautes Hallo ertönte und Sven schob Jenna zu dem freien Platz neben diesem Traum von Mann. „Setz dich zu Pascal.“ Nichts was ich lieber täte, dachte Jenna bei sich und nahm Platz. Jetzt saß er links von ihr und Andreas an ihrer rechten Seite. Pascal und sie saßen über Eck an einem großen Tisch und so konnten sie sich direkt anschauen. Obwohl sie ihn vor ein paar Minuten das erste Mal gesehen hatte, kam er ihr irgendwie total vertraut vor. „Was möchtest du trinken?“ fragte er und deutete auf die Flaschen, die auf dem Tisch standen. „Auswahl genug“, fügte er lächelnd hinzu. „Ich nehme eine Cola“, flüsterte sie mit belegter Stimme. Er schenkte ihr ein und stellte das Glas vor sie hin. Dann hob er sein mit Bier gefülltes Glas und prostete ihr zu. „Auf einen schönen Abend.“ Er sah ihr direkt in die Augen und Jenna erwiderte seinen Blick. „Ja, auf einen schönen Abend“, sagte sie. „Wie lange seid ihr schon hier?“ fragte er interessiert. „Wir sind heute erst angekommen und bleiben zwei Wochen“, gab Jenna bereitwillig Auskunft. „Und ihr?“ „Wir sind nur noch bis morgen hier. Wir sind mit einer Segeljacht unterwegs und morgen früh geht’s

weiter.“ „Segeljacht, das klingt nach Abenteuer“, meinte Jenna. „Ja, das ist es.“ Pascal strahlte sie an. „Wir kennen uns alle seit der Schulzeit und alle paar Jahre unternehmen wir einen gemeinsamen Segeltörn. Jeden Tag steuern wir einen neuen Hafen an, erkunden das Land, feiern abends ein bisschen und dann geht's weiter.“ Oh, schade, dachte Jenna, aber sie ließ sich ihre Enttäuschung nicht anmerken und sagte laut „Das klingt super.“ „Ja, es macht Spaß, ich segle für mein Leben gern.“ „He Pascal, reich mir mal die Cola rüber“, rief Sven vom andern Ende des Tisches. Jenna blickte zu Leila, die sich prächtig zu amüsieren schien. Sie entspannte sich in ihrem Stuhl und legte ihre Hände unter dem Tisch in den Schoss. Pascal und sie folgten nun der allgemeinen Unterhaltung und auch, wenn sie ihn jetzt nicht anblickte, war sie mit ihrer Aufmerksamkeit nur bei ihm und spürte seine Aufmerksamkeit bei ihr. Und ohne Worte und wie selbstverständlich fanden sich ihre Hände unter dem Tisch. Seine Hände umschlossen die ihren warm und fest und irgendwie total vertraut. Das ist doch völlig irre, dachte Jenna bei sich. Was mache ich hier? Ich kenne ihn doch erst seit zehn Minuten und sitze hier Händchen haltend mit ihm rum, spinne ich jetzt total!? Der Kopf hatte noch ein paar weitere Kommentare parat, aber plötzlich war das Herzgefühl tausendmal stärker und das sagte, alles ist gut. So gab sie sich diesem Gefühl in sich einfach hin und der Verstand hatte keine Macht mehr über sie.

„Huhuhu, alles ist gut, huhuhu, alles ist gut“, summte Wilma vor sich hin. „Ja, ja, alles ist gut, lass es zu, mmmmmmmmhhhhh, mmmmmhhhh, alles ist schön“, fröhlich sang und summte sie weiter. Anton schaute sie völlig irritiert an. „Singst du oder was soll das werden?“ Wilma strahlte ihn an. „Ich produziere Einlass- und Wohlfühlgefühle und sende sie in Jennas Richtung. Das entspannt sie und macht den Kopf frei.“ „Häh?“ Anton schaute etwas dämlich aus der Wäsche und Wilma lachte jetzt schallend auf. „Ich habe dir doch erzählt, dass ich Jenna ab und zu Energien schicke, um sie zu unterstützen und durch schwierige Situationen

zu bringen. Das hier ist jetzt so eine Situation. Ich produziere entsprechende Energien, entweder mit Singen, mit Worten, mit Gedanken, mit meinem Zauberstab, mit Tanzen, eben wonach mir ist und was mir gerade zur Verfügung steht. Du hast doch gesehen wie ihr Kopfkarussell losging und das habe ich gestoppt. Es war nicht sinnvoll, in so einer Situation so zu denken, denn sie soll sich ja einlassen und nicht aus Verstandesgründen einen Rückzieher machen. Hat doch geklappt! Jetzt geht's weiter, schau hin" sagte sie und deutete auf die Leinwand.
„Wo hast du deinen Freund", fragte Pascal ohne Umschweife. Jenna schaute ihm in die Augen und sagte „Ich habe keinen Freund." Er schaute sie überrascht an und sagte „Ich kann mir gar nicht vorstellen, dass eine Frau wie du alleine ist." „Doch, bin ich, und du?" Fragend blickte sie ihn an. „Ich auch", sagte er spontan, blickte dabei leicht nach unten und wich ihrem Blick aus, aber sie registrierte es nicht. Stattdessen sagte sie „ich kann mir auch gar nicht vorstellen, dass ein Mann wie du alleine ist!" Fröhlich schaute sie ihn an. Was für ein Mann, dachte sie. Gut aussehend, einen trainierten Körper, wunderschöne grau-blaue Augen, gebräunte Haut, dunkle Haare, sie fand ihn einfach wunderschön.
„Der hat weggeguckt! Wilma, hast du das gesehen, der lügt, der ist gar nicht frei!" Anton schaute Wilma völlig entgeistert an. „Hast du das nicht gesehen? Du bist doch ihr Engel und kannst das doch nicht zulassen! Die rennt doch voll in ihr Unglück und du unterstützt das auch noch! Was bist du denn für ein Engel?" Vorwurfsvoll sah er sie jetzt an. Wilma begegnete seinem Blick mit völliger Gelassenheit. „Ja, stimmt, er ist nicht frei, aber sie muss sich trotzdem einlassen. Er ist perfekt für ihre Aufgabe. Und diese hat sie, wenn ich dich erinnern darf, selbst gewählt. Also, alles ist gut, beruhige dich." „Das verstehe ich nicht", brummte Anton vor sich hin. „Musst du auch noch nicht. Soll ich dir auch etwas summen oder geht's so?", zwinkerte Wilma ihm

zu. „Konzentriere dich lieber auf Jenna, damit da nichts schief geht!“ antwortete er immer noch etwas brummig.
„Wie alt bist du?“ fragte Jenna Pascal jetzt direkt. „Vierunddreißig, und du?“ „Einundzwanzig.“ Ein Frage-Antwort-Spiel begann und sie erzählten sich woher sie kamen, sprachen über ihre Berufe, Freunde und Familie. Ab und zu beteiligten sie sich an den allgemeinen Tischgesprächen, aber insgeheim waren die anderen nicht mehr von Bedeutung. Jenna spürte ihre Hände in seinen und genoss die Berührung und seine Nähe. Es ist, als wenn ich dies schon mal erlebt habe, dachte sie bei sich. Vielleicht habe ich diese Begegnung ja geträumt?
Die Stunden vergingen wie im Flug und es war schon weit nach Mitternacht als Robert und Andreas verkündeten, sie seien müde und sie würden jetzt schlafen gehen. Rolf und Matthias schlossen sich ihnen an und so blieben neben ihnen nur noch Leila und Sven am Tisch zurück. Sven schaute zu ihnen rüber und sagte „Frühstück morgen früh um neun auf der Jacht, seid pünktlich, wir müssen um zehn ablegen.“ Dann nahm er Leila einfach an die Hand. Leila zwinkerte Jenna lächelnd zu und dann verließen die zwei das Lokal.
„Huhuhu, alles ist gut, huhuhu, alles ist gut, mmmhhh, mmmhhh“, hörte Anton Wilma wieder singen. Skeptisch schaute er abwechselnd zu Wilma und dann wieder auf die Leinwand und verstand die Welt nicht mehr. Wieso zum Teufel unterstützt ein Engel, dass sich ein Mädchen auf einen Typen einlässt, der vielleicht Frau und Kind zu Hause hat und diese anlügt? Er verstand jetzt gar nichts mehr und leichte Zweifel bezüglich Wilmas Handlungen beschlichen ihn. „Huhuhu, Antönchen, alles ist guhuut, mmmmhhhh“, sang Wilma jetzt in seine Richtung. „Vertrau mir, Anton, ich habe alles im Griff“, sagte sie zuversichtlich. „Er ist ihre Dualseele und er erfüllt einfach seinen seelischen Auftrag und nun muss ich weitersingen!“
He, dachte Jenna, ihr könnt doch nicht einfach so gehen. Das Gedankenrad in ihrem Kopf ging wieder los. Leila, du kannst

doch nicht einfach so mit ihm mitgehen. Du bist doch mit Michael zusammen und du solltest ihn nicht betrügen. Und du kannst doch mich nicht so hier sitzen lassen. Und ich kann doch nicht einfach am ersten Abend gleich die Nacht mit einem Mann verbringen. Das tut man doch nicht! Das wäre doch zu billig, ich sollte mir mehr wert sein! Und morgen früh reist er sowieso ab und das bringt doch alles nichts. Der innere Kritiker versuchte mit aller Macht die Oberhand zu gewinnen, aber ein Blick aus seinen Augen und sein lächelnder Mund, der jetzt die Worte *Komm mit!* sprach, brachten das Gedankenrad genauso schnell wieder zum Stoppen wie es angesprungen war. Sie nahm seine ausgestreckte Hand und ließ sich von ihm Richtung Meer führen. Am Strand entdeckten sie ein paar Liegen und legten sich dicht aneinander gekuschelt auf eine drauf. Die Luft war lau, es hatte sicher noch fünfundzwanzig Grad, das Meer war ruhig und die Wellen plätscherten leise an den Strand. Alles war wie geschaffen für eine romantische Sommernacht. Worte waren überflüssig, ihre Körper harmonierten perfekt. Sie fühlten beide diese magische Anziehungskraft und den Zauber ihrer Begegnung und genossen ihre Küsse, die Berührungen und die Zärtlichkeit mit der sie sich gegenseitig liebkosten. Bis zum Äußersten gingen sie nicht. Sie sprachen nicht darüber, aber irgendwie war beiden klar, dass dies weder der richtige Ort noch die richtige Zeit dafür war. Arm in Arm erlebten sie den Sonnenaufgang und beide fühlten sie sich so glücklich wie nie zuvor in ihrem Leben. Da war etwas erwacht, was sie zuvor noch nie gefühlt hatten und es war zu neu um es in Worte zu fassen. Außerdem fühlten sie sich beide zu gehemmt um auszusprechen, was in ihnen vorging. Was, wenn es dem anderen nicht so ging?
Die Zeit verflog im Nu und es wurde höchste Zeit, sich auf den Weg zur Jacht zu machen. Etwas atemlos kamen sie um kurz nach neun dort an und wurden lautstark von der Gruppe empfangen. Es folgten herzliche Begrüßungen. „Wir dachten schon ihr seid verschollen“, grinste Sven sie an. „Kommt, setzt euch“,

einladend zeigte er auf die freien Plätze und zu Jenna gewandt sagte er „Bedien dich und lass es dir schmecken." Leila saß neben ihm und zwinkerte ihr jetzt vielsagend zu. Solche Aktionen war diese von ihrer vernünftigen Freundin nicht gewöhnt und die Neugierde stand ihr förmlich ins Gesicht geschrieben. Nach dem Frühstück räumten Andreas und Robert den Tisch ab und die anderen bereiteten die Jacht zum Auslaufen vor. Der Moment des Abschieds war gekommen. Sie würde nicht nach seiner Adresse fragen, nahm Jenna sich vor. Wenn er sie wiedersehen wollte, könnte er sie fragen. Das Hin und Her aus den früheren Beziehungen hatte sie endgültig satt. Wenn jemand mit ihr zusammen sein wollte, dann musste er den ersten Schritt tun. Sie hatte den Gedanken noch nicht zu Ende gedacht, da fragte er auch schon „Gibst du mir deine Adresse?" „Ja, gerne", antwortete sie sofort. Er nahm Block und Stift vom Tisch und sagte „Leg los." Jenna nannte ihm ihre Adresse, er notierte sich alles sehr sorgfältig und steckte den Zettel dann lächelnd in seine Hosentasche. „Ich schreib dir, bestimmt", fügte er nachdrücklich hinzu. „Und genieß deinen Urlaub." „Mach ich", antwortete Jenna mit etwas Trauer in der Stimme, „und ich würde mich sehr freuen, wenn du mir schreibst."
Anton schaute irritiert zu Wilma. „Heulst du?" fragte er erstaunt. Wilma stieß jetzt einen tiefen Seufzer aus. „Es ist einfach zu schön sich zu verlieben. Ich fühle mit ihr. Über Jenna kann ich diese Gefühle miterleben und ich genieße diese einfach in vollen Zügen. Meine Tränen sind also Glückstränen. Spürst du das denn nicht Anton, diesen Zauber des Verliebtseins?" „Nö, spüre ich nicht. Ich trau dem Typen noch nicht. Das mit dem Lügen finde ich immer noch nicht gut und ich verstehe es nicht. Lass mir mal meine Skepsis und ich lass dir deine guten Gefühle." „Okay", sagte Wilma, „wie du willst, dann genieß doch mal deine Skepsis etwas mehr." Ganz langsam breitete sich ein Lächeln auf Antons Gesicht aus. „Ah ja, die Emotionen und die Freiheit sie zu bewerten! Das hatte ich schon wieder vergessen! Danke für die

Erinnerung! Ich entscheide skeptisch zu bleiben und genieße jetzt meine Skepsis wie du die Verliebtheit! Da geht's mir ja gleich besser!"

Leila und Jenna standen immer noch am Hafen und winkten ihnen nach. „Ich brenne auf die News", platzte Leila jetzt raus. „Komm wir gehen in das Café dort drüben und du musst mir alles haargenau erzählen." „Gleich", antwortete Jenna, „ich will noch so lange hier stehen bleiben bis ich das Segelboot nicht mehr sehen kann." „Was soll der Quatsch denn, du kannst ihn ja doch nicht mehr erkennen, totale Zeitverschwendung", erwiderte Leila nüchtern. „Ich will diesen Moment noch genießen, noch ist er nicht ganz weg, ein paar Minuten noch", bat Jenna jetzt. „Du bist hoffnungslos romantisch, aber gut, wenn du das brauchst, dann warte ich mit dir". Leila legte ihr den Arm um die Schultern und schwieg mit ihr. Erst als nur noch ein kleiner Punkt am Horizont zu sehen war, war Jenna bereit zu gehen.

Jenna erzählte Leila in allen Einzelheiten von ihren Erlebnissen mit Pascal und ihre Augen strahlten dabei. „Dich hat's ja voll erwischt", staunte Leila nicht schlecht. „Wie war das noch? Ich sollte dich doch erinnern, dass du eigentlich von Männern die Nase voll hast", fügte sie witzelnd hinzu. „Ob er sich wohl meldet?" fragend schaute sie Leila an. „Ich würde mir da jetzt nicht so viel Hoffnung machen und ganz cool bleiben", riet Leila ihr. „Sieh es doch als einen netten Abend und gut ist. Dann kannst auch nicht enttäuscht werden. Und wenn er sich dann doch meldet, ist es doch umso schöner." Jenna kommentierte Leilas Aussage nicht weiter und lenkte das Gespräch auf Sven. „Wie war denn dein Abend mit Sven", fragte sie interessiert?

„Ganz nett. Er ist verheiratet, hat drei Kinder und hat mir gleich gesagt, dass außer etwas flirten nichts drin ist. Ich habe ihm dann auch gesagt, dass ich einen Freund habe und auch nicht viel von ihm will. Der soll ja nicht meinen, dass ich hinter ihm herlaufe. Wir haben dann ein bisschen rumgeknutscht und ich wollte ihn verführen, aber er wollte nicht mehr. Er hat mir dann die

Übernachtung auf dem Besucherbett angeboten. Hat mein Ego schon etwas angeknackst, aber was soll's. Auch andere Mütter haben schöne Söhne und der Urlaub ist ja noch nicht vorbei."

Die nächsten dreizehn Tage war Jenna körperlich anwesend, aber mit ihren Gedanken und mit ihrem Herzen war sie die meiste Zeit bei Pascal. Immer wieder spulte sie gedanklich die Erinnerungen an die gemeinsam verlebten Stunden ab und genoss die schönen Gefühle. Eigentlich hatte sie an nichts anderem mehr wirkliches Interesse und am liebsten würde sie den Rest vom Urlaub in Erinnerungen schwelgen, aber sie überspielte ihre Lustlosigkeit, da sie Leila den Urlaub nicht verderben wollte. Leila war voller Unternehmungslust und so waren sie ständig unterwegs: Strand, shoppen, Fitnesscenter und in die Disco bis tief in die Nacht.

Sie saßen im Flieger und befanden sich auf dem Rückflug. Jenna hatte die Augen geschlossen und konnte so ungestört ihren Gedanken nachhängen. Seit Tagen kreisten ihre Gedanken immer wieder um den gleichen Inhalt. Da war ein ständiges Schwanken zwischen Hoffen und Bangen in ihr. „Ob er wohl schreibt? Er weiß ja, dass ich noch hier bin und warum sollte er dann schon schreiben. Vielleicht schreibt er ja erst wenn ich wieder zu Hause bin? Vielleicht schreibt er aber auch gar nicht? Ob er mich wohl schon vergessen hat? Ob ich wohl nur so ein Flirt bin? Oder ob er auch so oft an mich denkt? Ich wünsche mir so sehr, dass er schreibt. Bitte, bitte lieber Gott, mach dass er schreibt! Und wenn er nicht schreibt? Wenn ich nie wieder von ihm höre? Kann das auch sein? Nee, das kann doch nicht sein. Er schreibt. Er wird schreiben. Aber wenn er nicht schreibt? Und überhaupt, er wohnt in München. Hat das überhaupt Sinn?
Er hatte ihr erzählt, dass er in München wohnt und dass er dort zusammen mit einem Freund eine Versicherungsagentur betreibt. Geboren sei er in Weiden in der Oberpfalz, aber schon im Alter von zwanzig sei er nach München gezogen. Das ist auch schon

alles, mehr weiß ich gar nicht von ihm, dachte sie jetzt bei sich. Die Anschnallzeichen leuchteten auf und schon wurde der Landeanflug angekündigt. Zwanzig Minuten später setzte der Pilot den Flieger sanft auf die Rollbahn auf und die Passagiere klatschen Beifall. Die allgemeine Ausstiegshektik war ansteckend und griff jetzt auch auf Leila und Jenna über und durch den nun folgenden Trubel hatten Jennas Gedanken an Pascal eine kleine Pause. Leilas Vater holte sie beide vom Flughafen ab und so waren sie im Nu zu Hause. Jennas Nerven waren innerlich zum Zerreißen gespannt. Sie konnte es kaum abwarten, nachzusehen, ob Post für sie da war und so verabschiedete sie sich zügig von Leila und deren Vater. „Danke fürs Abholen“, sagte sie zu ihm gewandt und dann umarmte sie Leila. „War schön mit dir. Wir sehen uns ja noch die Tage, ich melde mich!“ „Ja, mach das!“ Leila stieg ein und Jenna winkte dem davonfahrenden Wagen anstandshalber noch nach und dann eilte sie ins Haus. Ihre Eltern saßen in der Küche und aßen gerade zu Abend.
„Hi, Mama, Hi Papa“, begrüßte sie ihre Eltern und trat zum Tisch. Und dann folgte gleich die wichtigste Frage „Hab ich Post bekommen?“ „Hallo Kind“, sagte ihre Mutter. „Ja, deine Post liegt im Flur. Setzt dich doch erst einmal hin und erzähl uns etwas von deinem Urlaub. War es schön? Und hast du schon etwas gegessen?“ „Ja, Mama, hab ich. Ich komme gleich.“
Sie rannte fast in den Flur, schnappte sich ihre Post und lief eilig in ihr Zimmer. Noch im Laufen sortierte sie die Post und plötzlich hielt sie einen Brief von ihm in der Hand. Und noch einer! Zwei Briefe von Pascal! Sie schwang sich auf ihr Bett und warf die andere Post achtlos auf den Boden. Die zwei Briefe drückte sie an ihre Brust und fühlte ein totales Glücksgefühl. Allein die Tatsache, dass er geschrieben hatte, verlieh ihr Flügel. Dabei kannte sie den Inhalt noch gar nicht. Er hatte geschrieben und das kostete sie jetzt voll aus. Erst ein paar Minuten später öffnete sie mit zittrigen Fingern den ersten Brief. Sie hatte Pascal am 17.08.1984 kennengelernt und der Brief war auf den

19.08.1984 datiert. Wow, er hat den Brief gleich einen Tag nach unserem Abschied geschrieben, fuhr es ihr durch den Kopf und sie begann zu lesen.

Liebste Jenna,

ich weiß du bist noch längst nicht zu Hause, aber ich habe das dringende Bedürfnis, dir jetzt schon zu schreiben. Ich habe mich so sehr in dich verliebt und ich hoffe, dass dies nicht einseitig ist! Das ist dann wohl die berühmte Liebe auf den ersten Blick. Diese Gefühle waren mir bisher total fremd und ich schwanke zwischen Hoffen und Bangen und warte sehnsüchtig auf deine Antwort. Ich denke die ganze Zeit nur an dich und kann mich gar nicht auf meine Arbeit konzentrieren.
Am besten schreibst du mir an meine Geschäftsadresse, da erhalte ich die Post schon gleich in der Früh. Ich kann es kaum abwarten.

Ich sende dir 1000 Küsse und eine große Portion Liebe!

Dein Pascal

Freudentränen schossen ihr in die Augen. Wahnsinn, ihm geht es wie mir. Gott, ist das schön. Danke, danke, danke! Sie nahm den Brief und hielt ihn an die Brust und tanzte so durchs Zimmer. Er liebt mich! Aufgeregt griff sie jetzt nach dem zweiten Brief und öffnete ihn begierig. Datiert war er auf den 24.08., heute war der 30.08.1984. Mit Herzklopfen begann sie zu lesen.

Liebste Jenna,

ich weiß du bist immer noch nicht zu Hause und ich kann noch gar nicht mit einer Antwort rechnen, aber ich muss dir einfach schreiben, dann fühle ich mich dir näher! Ist das nicht verrückt.

Wir haben uns nur ein paar Stunden gesehen und ich kann an nichts anders denken, als immer nur an dich. Wie geht es dir mit mir? Ich bete, dass es dir auch so geht, wie mir. Dabei bin ich gar nicht gläubig, aber ich ertappe mich dabei, dass ich bete. Ich bin total neben der Spur. Was machst du nur mit mir? Also, ich denke an dich. Immer. Schreib mir bitte bald. Ich halte es nicht mehr aus, nichts zu wissen.

1000 Küsse und eine ganz feste Umarmung!

Dein Pascal

Sie hielt den Brief in den Händen und konnte es kaum glauben. Das ist ja genauso toll wie in meinen Liebesromanen! Sie hob die zu Boden gefallenen Briefumschläge auf und studierte den Absender. Versicherungsagentur Pascal Heider und Thomas Brenner, Hohenzollernstr. 130, 8000 München stand dort per Stempelaufdruck. Ob ich ihn anrufe? Oder schreibe? Was soll ich tun? Ich muss sofort zu Leila! Sie nahm die Briefe und eilte die Treppen hinab. „Mama, ich habe noch etwas vergessen, ich muss noch einmal zu Leila“, rief sie vom Flur aus in die Küche hinein. „Aber Kind“, mehr hörte sie nicht, da war die Tür schon zugefallen.
Sie sprang in ihren VW Käfer und fuhr mit erhöhtem Tempo zu Leila. Jenna war ein gern gesehener Gast im Hause von Leila’s Eltern und wurde sogleich herzlich von Leila’s Mutter begrüßt. „Ihr seid wohl auch unzertrennlich“, kommentierte sie lächelnd als sie Jenna erblickte. „Ja, ich habe noch etwas vergessen. Ist Leila oben?“ „Ja, geh nur hoch. Sie ist sicher in ihrem Zimmer.“ Jenna stürmte die Treppen hoch und riss die Tür zu Leila’s Zimmer auf. „Leila, er hat geschrieben!“ Stürmisch fiel sie ihrer verdutzen Freundin um den Hals und tanzte um sie herum. „Er hat geschrieben, er hat geschriiehhhben, er hat geschriiieehhhben. Was sagst du jetzt? Lies selbst!“ Freudestrahlend hielt sie Leila

ihre Briefe hin und sah ihr erwartungsvoll zu, als diese sogleich zu lesen begann. „Oh mein Gott, das ist ja der absolute Hammer“, rief nun auch Leila begeistert aus. „Solche Briefe hab ich noch nie bekommen. Da merkt man gleich, dass der etwas älter ist. Wie alt ist er überhaupt?“ „Vierunddreißig“, antwortete Jenna aufgeregt. „Soll ich ihm schreiben oder soll ich ihn anrufen?“ Erwartungsvoll sah sie Leila an. „Was meinst du? Ist anrufen zu aufdringlich?“ Leila überlegte laut. „Wenn du anrufst ist er sich deiner zu sicher. Lass ihn doch noch etwas zappeln. Ich würde ihm schreiben.“ „Meiner zu sicher? Zappeln lassen? Er hat doch ganz offen geschrieben, dass er genauso fühlt wie ich!“

„Jenna Schätzchen, in Bezug auf Männer musst du echt noch viel lernen. Aber am besten machst du es so wie du meinst“, lenkte Leila ein. „Ja, da hast du wohl recht, ich muss es machen wie ich es meine. Aber es ist doch toll, dass er geschrieben hat. Findest du das nicht auch toll?“ Zustimmung heischend schaute sie Leila an. „Ja, das ist super!“ Leila lächelte ihr zustimmend zu. „Ich freue mich für dich. Scheint so, als hätte es ihn genauso erwischt, wie dich!“

„Komm, wir rufen die Auskunft an und erkundigen uns mal nach seiner Telefonnummer“, schlug Leila vor. „Ja, das machen wir! Dann kann ich ja immer noch überlegen, ob ich anrufe oder nicht. Innerhalb von drei Minuten war Jenna im Besitz seiner Telefonnummern. Da er eine Versicherungsagentur hatte, war er leicht ausfindig zu machen. Die Auskunft nannte ihr die Geschäftsnummer sowie die Privatnummer. Sie hielt den kleinen Zettel mit seinen Nummern in der Hand, drückte diesen ganz fest an ihre Brust und schloss dabei die Augen. Soll ich anrufen?

„Jaahhhh, jaaahhhh, ruf an, jaaaahhhh, jaaahhhhaaa, ruf an“ sang Wilma jetzt gut gelaunt. Anton schaute kritisch zu Wilma „Beeinflusst du sie schon wieder?“ „Klar, sie braucht ein bisschen Nachhilfe“, gluckste Wilma fröhlich.

„Ich mach es, ich ruf an, ich weiß es ist richtig!“ Jenna schaute Leila entschlossen an. „Gut, willst du von hier aus anrufen?“

„Meinst du das geht?“ „Klar, wir gehen einfach in Papas Büro. Der ist nicht da und da bist du ungestört. Soll ich rausgehen?“ „Ja, bitte, ich bin so aufgeregt, ich kann das nicht, wenn jemand mit im Raum ist. Ist das okay für dich?“ Entschuldigend sah sie Leila an. „Klar, kein Problem, ich warte in meinem Zimmer.“ Leila führte sie in das Arbeitszimmer ihres Vaters, welches gleich neben Leilas Zimmer lag. Jetzt war Jenna allein. Sie schaute zur Wanduhr. Zwanzig Uhr. Ob er schon zu Hause war? Oder ob sie doch lieber schreiben sollte? Nein, ich ruf jetzt an. Durchatmen Jenna, ganz ruhig, atmen, beruhigte sie sich selbst. Mit zittrigen Händen wählte sie seine Privatnummer. Es läutete dreimal und dann wurde der Hörer abgenommen.
„Huber“ meldete sich eine wohlklingende Frauenstimme. Im ersten Moment dachte Jenna sich nichts dabei und sprach unbekümmert in den Hörer hinein. „Hallo, hier ist Jenna Sommer, wohnt bei ihnen auch ein Pascal Heider?“ „Ja, der wohnt auch hier“, antwortete die Stimme freundlich. „Könnte ich ihn kurz sprechen?“ „Ja, ich hole ihn, einen Moment bitte.“ Jenna dachte sich in dem Moment noch nichts Dramatisches. Es war ja nichts Ungewöhnliches, wenn sich eine Frauenstimme meldete. Es könnte eine Freundin oder eine Verwandte sein, er könnte in einer WG wohnen oder Sonstiges. Es kam öfter einmal vor, dass sie bei ihren männlichen Freunden in deren Wohnung auch den Hörer abnahm, wenn diese gerade beschäftigt waren. Es dauerte ein paar Minuten und dann hörte sie die vertraute Stimme „Heider“ sagen und ihr Herzschlag setzte wieder einen Takt aus. Etwas atemlos sagte sie „ich bin es, Jenna.“ Erwartungsvolles Schweigen entstand. Sie hörte das Blut in ihren Ohren rauschen und ihr Herz klopfte so laut, dass sie meinte er müsse es hören. Gefühlt vergingen Minuten, aber es waren natürlich nur ein paar Sekunden und ein verspanntes „Hallo“ ertönte. Und auf einmal wusste sie es. Die Frau am Telefon war keine harmlose Bekannte. Tonlos fragte sie „War das deine Freundin?“ Gefühlte Minuten Schweigen und dann ertönte ein verzweifelt klingendes Ja. „Dann

hat sich das mit uns ja erledigt“, sagte sie tonlos und legte auf. Völlig geschockt stand sie ein paar Minuten da. Dann stiegen ihr die Tränen in die Augen. Sie konnte es kaum glauben. Sie verließ das Arbeitszimmer und betrat leise Leilas Zimmer. Diese schaute ihr erwartungsvoll entgegen. „Und, wie war’s?“ fragte sie lautstark. Erst dann bemerkte sie Jennas trauriges Gesicht. „Was ist denn passiert?“ Leila streckte Jenna ihre Arme entgegen und diese ließ sich kraftlos hineinfallen. „Er hat eine Freundin. Er hat gelogen, er ist gar nicht frei.“ Und dann konnte sie die Tränen nicht mehr zurückhalten und weinte hemmungslos in den Armen ihrer Freundin. Diese war klug genug um zu schweigen. Jedes Wort wäre jetzt falsch gewesen, das spürte Leila. Am liebsten hätte sie natürlich ordentlich über Pascal gelästert, aber das würde auch nichts besser machen. Die arme Jenna. Jetzt hatte sie sich endlich einmal wieder verliebt und nun diese Pleite!
„Ich kann jetzt nicht heimgehen.“ Hilfesuchend schaute Jenna Leila mit großen traurigen Augen an. „Meine Eltern würden fragen was los ist und ich will denen das nicht erzählen.“ „Kein Problem“, beruhigte Leila sie. „ich ruf an und sag du schläfst bei mir. Wir haben ja beide noch Urlaub und so ist das ja gar nicht so ungewöhnlich. Leg dich schon mal ins Bett, du kennst dich ja aus. Im Bad ist alles was du brauchst und einen Schlafanzug findest du im Schrank oben links. Du darfst auch mein Micky Mouse Shirt nehmen, das dir so gut gefällt!“ Vor lauter Rührung über die Zuwendung ihrer Freundin fing Jenna gleich wieder zu weinen an. Sie ließ sich einfach auf deren Bett fallen und weinte einfach weiter.
„Ich krieg gleich einen Anfall! Hab ich doch gleich gesagt, dass das schief geht. Jetzt haben wir den Salat!“ Antons Gesicht war vor Erregung dunkelrot angelaufen. „Ich könnte dem glatt eine reinhauen, schau wie unglücklich er sie gemacht hat“, schnaubte er weiter. „He, nun mal langsam, reg dich ab, alles im grünen Bereich!“ Wilma hob beschwichtigend die Hände aber so leicht war Anton nicht zu beruhigen. „Grün? Ich sehe Rot!“ „Nun

komm mal wieder runter, das gehört alles zum Plan, alles ist gut."
„Du willst mir jetzt nicht einreden, dass es in Ordnung ist wie sie leidet?" schnaubte Anton verächtlich. „Ja, das ist normal, das sind die Emotionen in der Polarität. Wenn dich etwas im Außen so glücklich machen kann, kann das Gleiche dich auch ebenso traurig machen. Je höher du fliegst, desto tiefer fällst du. Jenna wird der Liebe wegen noch viele Tränen vergießen und ebenso der Liebe wegen noch oft im siebten Himmel schweben. Sie wird durch Pascal mehr als jemals zuvor in Kontakt mit ihrer Bedürftigkeit nach Liebe kommen. Und nur, wenn sie sich darauf einlässt und ihre Bedürftigkeit in echte Liebe umwandelt, kann sie sich befreien."
Wilma schaute erwartungsvoll auf Anton. „Echte Liebe", was meinst du damit", fragte er nicht mehr ganz so aufgebracht. „Echte Liebe ist bedingungslose Liebe. Liebe ohne Ego, ohne ein Ich, das etwas vom anderen braucht", erklärte Wilma geduldig. „Gibt es so etwas? Gibt es so etwas auf der Erde zwischen Mann und Frau?" Zweifelnd hob Anton die Augenbrauen. „Zugegeben, das ist noch sehr selten", erwiderte Wilma mit sanfter Stimme, „aber in den nächsten Jahrzehnten werden immer mehr Menschen von abhängigen Beziehungen, in denen kindliche Muster gelebt werden und Bedürftigkeit vorherrscht, loslassen können und immer fähiger werden wahrhaft zu lieben. Du hast doch sicher schon mal etwas von dem Hohelied der Liebe gehört?"
„Ja, das ist doch ein beliebter Predigttext bei kirchlichen Trauungen. Meinst du den Text?" Fragend blickte Anton zu Wilma. „Ja, genau!" antwortete Wilma. Stolz fügte Anton hinzu „Den kenn ich aus dem Neuen Testament, damit kenne ich mich ein bisschen aus. Der Paulus von Tarsus war ja ein Missionar des Christentums und der schrieb die Zeilen in einem Brief an die Korinther, einem Volk, das in der griechischen Hafenstadt namens Korinth lebte, auch unter Korinther 13 bekannt." „Sehr gut", lobte Wilma, „kennst du auch den Inhalt und was noch wichtiger ist, verstehst du die Bedeutung?"

Anton kräuselte leicht die Stirn und dann legte er los: „Die Liebe hält alles aus. Nun aber bleiben Glaube, Hoffnung und Liebe, und die Liebe ist die größte unter ihnen. Oder so ähnlich“, rezitierte Anton feierlich. Erwartungsvoll sah er Wilma an. „Etwas unvollständig, aber ansonsten schon ganz gut. Ich bin beeindruckt!“ Lächelnd sah Wilma Anton an und dieser freute sich sichtlich über Wilmas Lob. „Ich rezitiere noch einmal ein paar wichtige Zeilen für dich.“ Mit feierlicher Stimme fuhr sie fort.

„Die Liebe ist langmütig und freundlich, die Liebe eifert sich nicht, die Liebe treibt nicht Mutwillen, sie bläht sich nicht auf, sie stellt sich nicht ungebärdig, sie sucht nicht das ihre, sie lässt sich nicht erbitten, sie rechnet das Böse nicht zu, sie freut sich nicht der Ungerechtigkeit, sie freut sich aber der Wahrheit, sie verträgt alles, sie glaubt alles, sie hofft alles, sie duldet alles.

Die Liebe höret nimmer auf, so doch die Weissagungen aufhören werden und die Sprachen aufhören werden und die Erkenntnis aufhören wird. Denn unser Wissen ist Stückwerk, und unser Weissagen ist Stückwerk. Wenn aber kommen wird das Vollkommene, so wird das Stückwerk aufhören.

Als ich ein Kind war, redete ich wie ein Kind, dachte wie ein Kind, urteilte wie ein Kind. Als ich ein Mann wurde, legte ich ab, was Kind an mir war. Jetzt schauen wir in einen Spiegel und sehen nur rätselhafte Umrisse, dann aber schauen wir von Angesicht zu Angesicht. Jetzt erkenne ich unvollkommen, dann aber werde ich durch und durch erkennen, so wie auch ich durch und durch erkannt worden bin. Nun aber bleiben Glaube, Hoffnung, Liebe, diese drei; doch am größten unter ihnen ist die Liebe.“

„Klingt sehr schön“, schwärmte Anton jetzt. „Bei meiner Hochzeit hat der Pastor den Text auch gesprochen. Ich habe meine Frau so geliebt, aber sie hat mich ja betrogen und damit unsere Ehe zerstört." Sofort war der schwärmerische Ausdruck in Antons Stimme verflogen und jetzt klang er wieder wie ein totales Opfer. „Papperlapapp, alles Blödsinn", stieß Wilma hervor, „deine Liebesfähigkeit entsprach der eines Kleinkindes. Die meisten Menschen auf der Erde befinden sich diesbezüglich noch im Kindergartenstadium."

„Willst du etwa behaupten, ich hätte sie nicht geliebt?" Entrüstet sah Anton Wilma an. „Ja, genau das behaupte ich. Es ging ja nicht, in dir war noch zu viel Angst", fuhr sie jetzt versöhnlicher fort. „Wenn du sie wirklich geliebt hättest, hätte sie dich mit nichts kränken können, denn wahre Liebe erträgt alles, erduldet alles. Damit ist kein Erdulden gemeint im Sinne von es gefällt mir zwar nicht, aber ich halte alles aus, verdränge meine Bedürfnisse und halte still, weil ich nicht verlieren will. Damit ist gemeint, dass da kein Ich mehr ist, welches etwas vom anderen braucht. Wenn du diese Liebe erleben willst, dann musst du dich selbst verlieren. Ein Ego-Ich ist mit dieser Liebe nicht vereinbar. Je mehr du dein Ego-Ich verlierst, je mehr wirst du von dieser Liebe erfüllt sein. Wenn dein Ego-Ich auf Null geschmolzen ist, ist die Liebe alles. Und genau diese Liebe ist die Leiter zum Himmelstor. Und genau diese Liebe will Jenna in ihrem Leben verwirklichen. Und darum muss sie mit all ihrer Bedürftigkeit in Kontakt kommen, damit die Bedürftigkeit mitsamt dem Ego-Ich in ihr schmelzen kann. Kannst du mir folgen?"

„Nicht ganz. Erkläre mir doch noch einmal etwas genauer, was du mit Kindergartenstadium meinst", bat Anton kleinlaut.

„Okay, ich gebe dir ein paar Beispiele. All die Spielchen, die Leila so gerne spielt, sind Kindergarten. Nicht gleich zeigen, was man fühlt, nicht ehrlich aussprechen, was man meint, noch etwas hinhalten, um mehr Interesse zu wecken, Interessen vortäuschen, um sich interessanter zu machen, wenn man gekränkt wurde, jemandem die kalte Schulter zeigen. Aber auch Forderungen wie zum Beispiel, wenn du mich liebst, dann verlässt du mich nicht

oder wenn du mich liebst, wirst du mich nicht betrügen, sondern du wirst dir gefälligst deine Gefühle verkneifen und dich nicht anderweitig verlieben und mir treu bleiben und vieles mehr, sprechen von kindlicher Liebe. Du kannst sie auch abhängige Liebe nennen.
Jedes Mal, wenn ich einen Grund aufzählen kann, warum ich liebe oder nicht mehr liebe, ist das Ego mit im Spiel. Zum Beispiel: ich liebe ihn, weil er so fürsorglich ist, ich liebe ihn, weil er so schön ist, ich liebe sie, weil sie so sexy ist, ich liebe ihn nicht mehr, weil er mich betrogen hat, ich liebe sie nicht mehr, weil sie mich immer so vor anderen demütigt, ich liebe sie nicht mehr, weil sie mich belügt und so weiter und so weiter. Wenn der Grad deiner Liebe abhängig ist von dem, was ein anderer tut oder sagt, ist es keine Liebe, sondern immer noch Bedürftigkeit. Liebe ist kein Geschäft bei dem man etwas aushandelt. Wenn die Liebe über alle Wünsche und Bedürfnisse erhaben ist, wird sie zu einem sehr sanften Teilen, einem tiefen Verstehen und an diesem Punkt kann dich nichts und niemand mehr unglücklich machen.
Es ist Liebe, wenn du nicht erklären kannst, warum du liebst. Liebe ist eine Erfahrung, sie kann nicht erklärt werden, sie ist einfach da. Und das was Jenna und Pascal fühlen ist Liebe pur. Dem kann man sich nicht entziehen. Sie ist unerklärlich, nicht steuerbar, magisch. Diese Liebe kannst du nicht festhalten oder einsperren, nicht mit dem Kopf bestimmen, dass sie da sein soll. Diese Liebe ist jenseits vom Verstand und um sie zu spüren, muss der Verstand einfach aussetzen. Diese Liebe ist in dir und durch bestimmte Begegnungen kommst du in Kontakt mit ihr. Du kannst nicht bestimmen, wer das auslösen kann. Es geschieht dir. Wie sagt man so schön: *Amors Pfeil hat bei beiden gut getroffen!* Und genau das war der Plan und darum ist alles im grünen Bereich. Verstanden?“ Fragend blickte Wilma auf Anton. „Ich bekomme langsam eine Ahnung was du mit wahrer Liebe meinst, aber ich kann noch nicht sagen, dass ich es wirklich verstanden habe“, gab er offen zu. „Und außerdem finde ich das alles nicht

sehr realistisch. Normal ist das jedenfalls nicht! Wer liebt denn schon so auf der Erde, ich kenne keinen“, stellte Anton kritisch fest und fügte noch hinzu „Klingt auch sehr anspruchsvoll. Ich bin doch nicht Jesus!“
„Stimmt, Jesus bist du nicht“, stimmte Wilma nüchtern zu. „Und normal ist es auch nicht“, stimmte Wilma ihm weiterhin zu. „Aber was ist schon normal? Normal ist das, was die Masse tut. Aber muss das, was die Masse tut, auch das Richtige sein? Es gibt kurze Wege oder lange Wege nach Hause, aber immer führt der Weg nach Hause. Dein zuhause liegt in dir und früher oder später wird die Seele den Heimweg einleiten wollen. Bei dem einen früher, bei dem anderen später. Was machen da schon ein paar Leben hin oder her.“
Wilma zuckte leicht mit den Schultern und unterstrich damit ihre Aussage und fuhr erklärend fort: „Auf der Erde geschieht gerade eine sogenannte Zeitenwende, die auf kosmischen Zyklen der Himmelsmechanik beruht. Grob gesagt wechseln alle 2000 Erdenjahre die Zeitalter. Jesus wurde zur Zeit einer Zeitenwende geboren und mit ihm und der Christianisierung der Welt begann damals ein Zeitalter, welches man das *Fische-Zeitalter* nannte. Das nun beginnende Zeitalter nennen die Menschen das *Wassermann-Zeitalter*. Der Wechsel ist fließend, da gibt es keinen Schalter der einfach umschaltet und alles ist paletti. Die Übergangsphasen zwischen zwei Zeitaltern sind ziemlich aufregend, oft sogar chaotisch, da vieles sich total verändert und meist vergehen viele Jahrzehnte oder Jahrhunderte bis das Neue wieder das Normale ist. Im Fische-Zeitalter sahen sich die Menschen immer noch als unmündige Kinder Gottes, welche von der Gnade eines außenstehenden Gottes abhängig waren. Jesus kam und brachte das Christusbewusstsein in die Welt. Er lehrte, dass Gott nicht außerhalb von dir ist, sondern in dir und dass jeder Christus in sich selbst hervorbringen muss. Natürlich kamen davor und danach auch viele andere, die den Menschen das

beibrachten, aber weil du dich ja mit Jesus verglichen hast, bleiben wir bei ihm.
Wenn es im Fische-Zeitalter darum ging die Botschaft Jesus zu erkennen, zu erlernen und zu wissen, geht es im Wassermann-Zeitalter darum, das zu erfahren, es umzusetzen und zu leben. Und ich habe dir erzählt, dass Jenna im Leben vor ihrem jetzigen Leben dieses Wissen theoretisch studiert hat und in diesem Leben will sie es erfahren. So wählt sie in Sachen Liebe Meisterklasse statt Kindergarten und das ist schon sehr anspruchsvoll, aber durchaus dieser kommenden Zeit auf der Erde entsprechend! Jenna gehört einfach zu den Pionieren dieser Zeit. Sie ist ja nicht alleine auf diesem Weg. Es gibt schon etliche Menschen, welche die gleiche Aufgabe zu dieser Zeit auf Erden gewählt haben. Diese Menschen werden sich finden und sich gegenseitig unterstützen."
„Puh!", stöhnte Anton, „Klingt anstrengend! Heißt das, ich muss so werden wie Jesus?" Wilma machte ein ernsthaftes Gesicht. „Zu Ersterem, ja, es ist etwas anstrengend, denn du bist immer etwas anders wie die anderen. Du möchtest aber dazu gehören und darum willst du nicht anders sein. Du willst so sein wie die anderen, denn du glaubst dann mögen sie dich mehr. So fängst du an, dich anzupassen um gemocht zu werden, aber damit betrügst du dich selbst und kannst nie zufrieden sein. Erst, wenn du deine Individualität akzeptierst und deinen eigenen Weg gehst, auf dich hörst und nicht auf all die anderen, wird es leichter. Wenn es dann für dich in Ordnung ist, unnormal zu sein, dann kannst du authentisch sein und deine Wahrheit sprechen und leben, egal was andere denken.
Zweitens musst du nicht wie Jesus werden, denn du bist ja schon wie er. Dein Ego-Ich hat nur so viele Gedanken und Geschichten erschaffen, die dir im Weg stehen das zu erkennen und zu leben. Also musst du eigentlich nichts mehr hinzufügen um so zu sein, sondern einfach alles wieder ablegen und dich, im wahrsten Sinne des Wortes, dorthin entwickeln, im Sinne von entledigen, also

praktisch wieder abwickeln. Also heb Jesus vom Thron und stell ihn dorthin wohin er gehört. Nicht über dich, sondern neben dich. Darum hat er oft genug gebeten! Verstanden?“ Fragend blickte Wilma Anton an. „Ich glaub schon! He, das ist ja cool. Jesus nannte mich ja auch seinen Bruder, so richtig kapiere ich das erst jetzt“, zwinkerte er Wilma schelmisch lächelnd zu. „Genau! Und was dein Bruder kann, das kannst du auch. Das hat er auch gesagt!“ erinnerte Wilma ihn freudig. „Stimmt“, pflichtete Anton ihr bei. „Er hat alle Menschen als seine Brüder und Schwestern bezeichnet und so besteht für jeden Menschen die Möglichkeit, so lieben zu können, wie er es konnte.“ „Ja, wenn man das will, kann man das“, fügte Wilma noch hinzu. „Der freie Wille entscheidet, ob jemand das will oder nicht. Anton, ich bin stolz auf dich! Ich glaube du hast jetzt grundlegende Dinge verstanden!“ „Ja, ich glaube so langsam kapiere ich das System“, schmunzelte Anton. „Wie geht’s denn nun weiter mit dem Schwindler und der süßen Jenna? Schwindler mit himmlischen Auftrag“, fügte er noch rasch hinzu als er Wilmas erneutes Stirnrunzeln erblickte.

„Ich zeige dir einmal die Vorgeschichte von Pascal, dann hast du vielleicht noch etwas mehr Verständnis für ihn“, sagte Wilma und zeigte auf die Leinwand. Dort sah man jetzt einen kleinen Jungen am Bett einer Frau sitzen. Der kleine Junge strich der Frau zart übers Gesicht und sagte „Ich bin ja da und ich bleib auch, alles wird gut“. Die Frau lächelte den Jungen schwach an und sagte „Ja, mein Kind, du bleibst schön bei mir und dann wird alles gut.“

„Das ist Pascal im Alter von fünf Jahren“, erklärte Wilma nun. „Die Frau im Bett ist seine Mutter. Sie leidet an Depressionen und ist Alkoholikerin. Pascal ist ein Einzelkind und sein Vater hat seine Mutter vor einem Jahr verlassen. Zwischen ihnen stimmte es schon länger nicht mehr, eigentlich schon vor Pascals Geburt. Seine Mutter spürte das und hat gehofft, mit Pascal wird von alleine alles wieder besser. Unbewusst war Pascal für sie so etwas wie ein Druckmittel, um ihren Mann halten zu können, aber die Rechnung ging nicht auf. Nachdem er sie verlassen hatte, wurde sie depressiv und fing an zu trinken. Zwischen Pascals Eltern gab es im Verlauf einen Rosenkrieg und seine Mutter verbot seinem Vater ihn zu sehen. Pascal hatte auch kein Bedürfnis, seinen Vater zu sehen, denn er stand ja voll unter dem Einfluss seiner Mutter. Und diese hat, wie du dir sicher vorstellen kannst, in ihrer Opferhaltung den Vater in keinem guten Licht dastehen lassen. In ihrer Unbewusstheit wälzte sie all ihr Unglück auf ihren Mann ab und gab ihm die alleinige Schuld für ihren Zustand. In ihr war kein bisschen Bereitschaft zur Selbstreflektion oder Selbstverantwortung. Folgende Worte und ähnliche hörte Pascal ab da täglich: dein Vater ist schuld, dieser Nichtsnutz, verlassen hat er mich für eine Jüngere, der Teufel soll ihn holen, betrogen hat er mich, das darf man nie tun, Pascal, hörst du, du wirst nicht so wie dein Vater, hörst du, du musst immer schön anständig bleiben. Und wenn du eine Frau hast, dann darfst du sie nie unglücklich machen, darfst sie nie verlassen! Versprich mir das. Und Pascal versprach es ihr."

„Oh, der Arme, das war sicher nicht leicht", bedauerte Anton ihn nun. „Nein, das war schwer, aber du darfst nicht vergessen, dass auch Pascal kein Opfer der Umstände ist! Genau wie alle anderen Menschen hat er karmisch die Ursachen gelegt und wird in die Familie hineingeboren, die passend für seine offenen Rechnungen ist", erinnerte Wilma ihn.

„Nachdem meine Frau mich betrogen hatte, war ich ein paarmal in Psychotherapie. Ich erinnere mich, dass die Therapeuten damals sagten, dass alle Eltern für ihre Kinder verantwortlich sind. Es ist ihre Aufgabe sie emotional und materiell zu versorgen! Und wenn die das nicht tun und die Kinder als Folge psychische Störungen entwickeln, dann können die Kinder eigentlich nichts dafür. Warum erzählen die nichts von Karma?" Fragend schaute Anton Wilma an.

„Das kann ich dir gerne erklären und das ist auch ganz einfach zu verstehen“, erwiderte Wilma bereitwillig. „Es gibt auf der Erde viele unterschiedliche Weltanschauungen, aber ganz grob gesagt gibt es zwei, auf die alle anderen irgendwie aufbauen. Eine Weltanschauung ist die, dass der Mensch ein biologisches Wesen ist und alles von und an ihm erst mit der Zeugung entsteht. Alle Emotionen und Gedanken sind aus dieser Sicht nur Reaktionen des Gehirns und mit dem körperlichen Tod sterben auch all diese Gedanken und Emotionen. Es gab nichts vor der Geburt und es gibt nichts nach dem Tod.
Wie kommen die darauf so zu denken? Ungefähr im siebzehnten Jahrhundert haben Naturforscher und Wissenschaftler Instrumente entwickelt mit denen sie anfingen das Universum zu berechnen. Ihre Instrumente konnten nur die gröbere Materie berechnen und somit blieb alles Unsichtbare unberücksichtigt. Daraus entstand die Annahme, dass Atome im leeren Raum kreisen. Wenn du nachts von der Erde aus in den Himmel schaust, dann siehst du viele Sterne und andere Formen, aber du siehst auch ganz viel schwarzes Nichts. Und diese Forscher gingen davon aus, dass alles was schwarz ist, leerer Raum ist. Und wenn du einen Menschen ansiehst, dann siehst du als normaler Mensch auch nur seine Körperform. Du siehst weder seine Gedanken noch seine Emotionen, kein Energiefeld oder so was in der Art. Einer der damaligen Forscher hieß Isaac Newton und dessen Forschungsergebnisse sind heute noch Grundlage der anerkannten Physik auf der Erde. Und die Medizin, die Biologie und auch die Chemie sind auf diesen Grundlagen aufgebaut. Somit wurde mit Beginn der Wissenschaft alles sehr rational auf der Erde und die westliche Welt wurde dadurch sehr geprägt. Viele Menschen glaubten nur noch an das, was beweisbar war und das Verständnis für alte Weisheitslehren ging mehr und mehr verloren und wurde als Humbug abgetan. Aus Sicht der derzeitigen Schulmedizin steuern Gene die Zellen und die Existenz der Seele wird verneint. Die schulmedizinische

Psychologie ist ebenso auf der Physik nach Newton aufgebaut und darum werden frühere Leben ausgeschlossen und die Ursachenforschung für psychische Störungen geht höchstens bis zur Embryonalphase zurück. Alte Weisheitslehren haben die Ergebnisse der Wissenschaft nie anerkannt. Sie waren sich sicher, dass es ein riesiges Energiefeld gibt, welches alles und jeden miteinander verbindet, auch wenn es unsichtbar und nicht messbar war. Und das ist die andere Weltanschauung. Aus deren Sicht gibt es keinen leeren Raum, sondern alles was scheinbar leer ist, ist gefüllt mit Energie. Aus deren Sicht hat jeder Mensch ein Energiefeld und über dieses Energiefeld ist jeder mit jedem und allem verbunden. Seit ca. 80 Jahren gibt es auf der Erde jetzt eine neue Physik, man nennt sie die Quantenphysik, die Physik der kleinsten Teilchen. Und die Quantenphysik bestätigt die Annahme alter Weisheitslehren. Die neuen Geräte sind weiter entwickelt und können das, was früher als unsichtbar eingestuft wurde, jetzt messen und nachweisen. Sie bestätigt das Vorhandensein des Energiefeldes und auch, dass alles mit allem verbunden ist. Ist ja auch irgendwie logisch. Wie sonst sollten Dinge wie Telepathie etc. funktionieren? Wie sonst sollten Gebete eine Wirkung haben, wenn es nicht irgendetwas gibt, das die Informationen weiterträgt?
Und dieses Energiefeld kannst du nun nennen wie du willst. Dafür gibt es viele Namen. Wir sprachen ja schon darüber. Gott, die Einheit, das Formlose, die Matrix und vieles mehr. Aus dieser Sicht sind im Energiefeld eines jeden Menschen all seine Emotionen, Gedanken und alles was zu ihm gehört, gespeichert und alles, was unerledigt ist, nimmt er mit. Auch da gibt es wieder viele unterschiedliche Vorstellungen, auf die ich jetzt nicht näher eingehen will. Aber so erklärt sich der Grund, warum die auf der Erde schulmedizinisch anerkannte Psychotherapie ihre Grenzen hat."
„Ja, das sind dann ja echt zwei verschiedene Schuhe, die nicht zusammen passen", kommentierte Anton trocken. „Was ich nicht

verstehe, warum hat mein guter Bruder Jesus denn nichts von der Wiedergeburt erzählt. Warum glauben die Christen im Vergleich zu vielen Religionen nicht an die Wiedergeburt?" „Och, die Christen haben ab und zu ihre Texte in der Heiligen Schrift ein bisschen verändert. Jesus selbst lehrte die Wiedergeburt und bis gute 300 Jahre nach seinem Tod war die Wiedergeburt fester Bestandteil des christlichen Glaubens. Aber auch darauf gehe ich jetzt aus Zeitgründen nicht näher ein, denn sonst kommen wir zu weit vom Thema ab", sagte Wilma und lenkte das Gespräch wieder in eine andere Richtung.

„Interessant ist jetzt noch die psychologische Sicht der frühkindlichen Entwicklung. Es ist ja nicht falsch, was die Psychologen so denken, sondern es ist einfach nur etwas unvollständig. Vorne und hinten fehlt etwas, aber als Zwischenstück ist das Ganze durchaus brauchbar! Also hör gut zu", forderte sie ihn auf.

„Schau dir Pascal an! Welchen Eindruck macht er auf dich?" „Ängstlich", antwortete Anton spontan. „und unsicher", fügte er hinzu. „Er sieht sehr hilflos aus." „Ja, genau so fühlt er sich auch. Seine Mutter ist alles was er hat und er möchte, dass es ihr gut geht. Wenn er sie krank und depressiv erlebt, hat er keinen Halt und fühlt sich hilflos. Diese unangenehmen Gefühle versucht er zu verdrängen und schlüpft in die Rolle des Helfers und des Retters. Anstatt zu sagen he, ich fühle mich hilflos, ich brauche dich stark, ich bin doch das Kind und du meine Mutter, verdrängt er den Schmerz und ist stark für sie. Das sind ganz normale Abwehrmechanismen eines gesunden Kindes, die da am Werk sind. Das hatte ich dir ja schon öfter erklärt. Erinnerst du dich?" Fragend blickte Wilma Anton an und dieser nickte zustimmend. „Ja, ich erinnere mich", antwortete Anton nicht ohne Stolz in der Stimme. „Wenn Kinder psychisch gesund sind, können sie verdrängen, verschieben und so weiter und dann fühlen sie die Emotionen nicht mehr. Aber diese sind dann nur ins Unbewusste verschoben und unbewusst reagiert man aus ihnen. Es entsteht ein

Rollenverhalten, richtig?“ Fragend blickte er zu Wilma. „Ja, super!“ Strahlend blickte Wilma ihn an. „He, du hast ja schon viel gelernt, das freut mich!“
Gut gelaunt fuhr sie fort. „ Du hast doch zu Lebzeiten sicher schon einmal was von dem Ödipuskomplex gehört?“ „Gehört schon“, erwiderte Anton, „aber ich habe nie verstanden was das eigentlich genau ist. Erklärst du es mir?“ „Gerne“, antwortete Wilma und machte dabei eine ausholende Handbewegung. „Das ist ein komplexer Vorgang und da muss ich etwas weiter ausholen.
Ich habe dir doch das mit der Anziehungskraft der gegenteiligen Energie erzählt. So ist es sicher nicht verwunderlich, dass für jeden Jungen die erste große Liebe seine eigene Mutter ist und für jedes Mädchen ist die erste große Liebe ihr Vater. Die ersten sechs Lebensjahre teilt die Psychologie in Entwicklungsphasen ein und die dritte Phase, circa vom vierten bis zum sechsten Lebensjahr, nennt man die ödipale Phase. In dieser Phase fängt das Kind an, mit dem gleichgeschlechtlichen Elternteil zu konkurrieren. Der Junge betrachtet den Vater kritischer und das Mädchen ebenso die Mutter. Und dann fangen die Jungen an zu denken, dass der Papa nicht nett genug zu Mama ist, dass er Mama mehr helfen könnte oder sonstiges. Papa ist einfach nicht gut genug für Mama! Und er fängt an zu glauben, dass er der bessere Partner für seine Mutter wäre. Die Mädchen machen das Gleiche mit ihren Müttern.
Jedes Kind sucht Liebe bei den Eltern und ist emotional wie materiell total abhängig. Wenn Eltern glücklich sind, haben sie auch genug Liebe für ihre Kinder und können sich so verhalten, dass ihre Kinder sich geliebt fühlen. Wenn Mütter oder Väter aber nicht so glücklich sind, aus welchen Gründen auch immer, dann geht das oft nicht. Wenn sie zum Beispiel ärgerlich sind, dann können sie nicht gleichzeitig voller Liebe für jemanden anderen sein. Auch wenn sie es gerne wären und versuchen es vorzuspielen. Kinder spüren das und manchmal fühlen sie sich

auch dafür verantwortlich, obwohl die Stimmung des Elternteils gar nichts mit ihnen zu tun haben muss. Sie haben wie gesagt kein aktives Bewusstsein, welches das sortieren könnte. Auch diese unbewussten Schuldgefühle müssen sie auf jemand anderen projizieren und was liegt da näher, als es dem konkurrierenden Elternteil zuzuschieben. Und so wie die Jungen das mit ihren Vätern machen, so machen Mädchen das mit ihren Müttern.

Die meisten Kinder sind sehr durch die Mütter geprägt, denn in dieser Zeit werden fast alle Kinder noch von den Müttern erzogen. Das ändert sich später, aber derzeit gehen in Deutschland die meisten Männer arbeiten und Frauen sind größtenteils für die Kindererziehung zuständig. Wie auch bei Jenna und Pascal. Wie glücklich ist die Frau mit ihrem Mann? Wie glücklich ist der Mann mit seiner Frau? Wie gehen diese miteinander um? Liebevoll oder kühl? Wie ich dir schon erzählt habe, zeigt man sich am liebsten von seiner besten Seite, jedenfalls bei den Menschen von denen man Liebe will. Wenn also die Frauen unzufrieden sind, glaubst du, dass sie ihren Männern erzählen, wie unzufrieden sie sind? Oder kritisieren sie eher ihre Männer im Beisein der Kinder?“ Erwartungsvoll sah sie Anton an.

„Meine Mutter wollte immer eine heile Welt und Vater war für sie eine heilige Kuh“, entfuhr es Anton. „Hat nur noch gefehlt, dass sie vor ihm geknickst hat. Das ist mir immer fürchterlich auf die Nerven gegangen. Aber jetzt wo du es sagst, fällt es mir wieder ein. Wenn sie sich über ihn geärgert hat, dann hat sie bei uns Kindern über ihn gejammert und wenn er dann wieder da war, hat sie so getan als wenn alles bestens ist. Wie ich das gehasst habe und immer noch tue!“ „Ja, das spürt man“, kommentierte Wilma stirnrunzelnd. „Schau doch mal hin, warum nervt dich das denn immer noch? Es kann sein, dass sie durch ihr Verhalten ein Feindbild vom Vater aufgebaut hat und du noch eine alte verdrängte Wut auf ihn in dir spürst. Oder es kann auch sein, dass du ihre Wut übernommen hast und stellvertretend für sie trägst? Beides wäre möglich. Viele Mütter haben bei ihren Kindern Feindbilder von den Vätern aufgebaut. Ebenso haben viele Mütter ihren Kindern vermittelt, wie nachteilig es ist, eine Frau zu sein. Viele sind sich dessen gar nicht bewusst und es ist auch oft nicht mit böser Absicht geschehen. Da reichen auch schon harmlose Sätze wie „der Papa hat auch nie Zeit, die Mama muss auch immer alles alleine machen, immer verdrücken sich die Männer“ oder so etwas in der Art. Ein Kind in der ödipalen Phase nimmt das kritisch auf. Am Ende des sechsten Lebensjahres hat man die ödipale Phase erfolgreich überstanden wenn man Folgendes erkannt hat: Mama und Papa passen perfekt zusammen! Keiner von beiden ist besser oder schlechter als der andere! Ich muss keinen von beiden retten, das kriegen die alleine hin und ich kann mir selbst einen Mann, beziehungsweise eine Frau, suchen. All dies prägt das Männerbild sowie das Frauenbild der Kinder und beeinflusst natürlich später das eigene Liebesleben.

Wenn ein Junge ohne diese Erkenntnis die ödipale Phase verlässt, bleibt er im ungelösten Konflikt mit Mutter und Vater hängen und das nennt man auf der Erde den Ödipuskomplex. Bei Mädchen nennt man es den Elektrakomplex.“

„Das klingt ja sehr spannend“, Anton runzelte überlegend die Stirn. „Welche Folgen hat es denn, wenn man das nicht schafft, sich davon zu befreien und wie viele schaffen das nicht?“ „Die meisten haben es nicht geschafft, denn es wurde ihnen ja nicht beigebracht. Wenn Eltern keine Kenntnis darüber haben, werden die Kinder in diesen Mustern erzogen und die meisten Eltern haben keine Kenntnis darüber. Diese Theorien wurden ja auch erst in den letzten Jahrzehnten entwickelt und somit verbreitet sich das Wissen darüber erst jetzt so langsam. In Deutschland gab es in den Nachkriegsjahren andere Aufgaben für die Menschen und erst später, mit dem Eintreten des neuen Zeitalters, reflektieren mehr Menschen. Erst dadurch ist es ihnen möglich

ihr eigenes Verhalten zu erkennen und zu ändern. Und erst dann können sie ihre Kinder anders erziehen.
Bezüglich der Folgen ist es einfach zu erklären. Alle Konflikte, die man in Bezug auf Mutter und Vater nicht gelöst hat, projiziert man auf die zukünftigen Liebesbeziehungen. Wenn man eingeschult wird, dann kommen automatisch mehr Kontakte zu anderen Personen zum Leben eines Kindes hinzu. Mitschüler und deren Eltern, Lehrer und so weiter. Dadurch kann ein Kind dazu lernen. Es sieht zum Beispiel, wie die Eltern von Freunden miteinander umgehen oder andere Erwachsene. Dadurch kann es neue Verhaltensmuster kennenlernen und sich bestenfalls hilfreiche Verhaltensmuster von ihnen abschauen. Andernfalls besteht aber auch die Gefahr, dass sich durch das Vergleichen kritische Glaubensmuster noch verstärken und sich die Familiensituation erschwert.
Wenn das Kind, der Jugendliche und danach Erwachsene, sich dann verliebt, hat es alle ungelösten Konflikte im sogenannten eigenen Schatten, in seinem unbewussten Teil, mit dabei. Es sieht diesen jedoch weder bei sich, noch bei dem Objekt seines Begehrens. Anfangs sieht er nur die Sonnenseiten von sich und dem anderen. Alle Kritik ist an den Verstand gekoppelt und wenn man sich verliebt, dann geht der Verstand… „erst mal flöten“, vollendete Anton grinsend den Satz. „Ja, so kann man es auch ausdrücken“, schmunzelte Wilma. „Flöten, komisches Wort, aber ich kenne das Wort auch von der Erde und finde es lustig. Also, je heftiger man sich verliebt, desto mehr Verstand geht flöten!“ „Und das muss so sein, denn sonst würde man sich nicht verlieben! Stimmt‘s?“ Erwartungsvoll sah Anton Wilma an. „Genau!“ bestätigte Wilma ihn. „Erst sieht man die Sonnenseite und verliebt sich total. Das berührt das Herz und so macht man es wieder auf. Dann fühlt man die Liebe im eigenen Inneren und projiziert das fälschlicherweise auf die andere Person. So wird man dann in der Folge abhängig von dieser Person. Und wenn man sich dann so richtig darauf eingelassen hat, macht es *Wumm*,

die Schattenseite zeigt sich und die Heilung kann beginnen! Ganz einfach", schlussfolgerte Wilma. „Du hast gut reden, ganz einfach klingt das nicht. Wie geht's dann weiter mit der Pubertät und so?" frage Anton nun ganz interessiert.
„Gute Frage", lobte Wilma ihn. „In der Pubertät kommen noch einmal alle ungelösten Konflikte so richtig in Gang. In dieser Zeit ist es die Aufgabe eines jeden Jungen, sich von der Mutter zu lösen und die Aufgabe jeder Tochter, sich vom Vater zu lösen. Sie haben noch einmal die Gelegenheit die ödipale Phase erfolgreich abzuschließen, ihre Eltern sich selbst zu überlassen und sich jetzt einen eigenen Mann, beziehungsweise eine eigene Frau, zu suchen."
„Was passiert wenn man das dann immer noch nicht erkennt und unerlöst weitergeht?" Anton war ganz hellhörig geworden. „Dann geht das Spiel weiter und man lebt oft bis zu den Wechseljahren in diesen konfliktreichen Mustern. Da kommt dann nochmal eine Chance zur Erkenntnis und Veränderung. Diese sogenannten *Wechseljahre* durchlaufen sowohl Frauen, als auch die Männer. Da spielen viele Faktoren eine Rolle. Zum Einen sind es hormonelle Veränderungen, die einen ganz schön aus der Bahn werfen können. Zusätzlich verändert sich auch bei vielen so einiges im Außen. Die Kinder sind groß und gehen ihre Wege, die Karriere ist gefestigt, das Haus gebaut. Da kommt oft die Sinnfrage und das Funktionieren wird in Frage gestellt. Die oft unbewusst verschobenen Wünsche und Bedürfnisse kommen noch einmal hoch und man hat die Chance, sich neu zu entdecken. Das geht nicht jedem Menschen so. Viele sind in dem Alter vom vielen Verdrängen schon so müde und vom Herzen her total zu, dass sie sich gar nicht mehr richtig spüren. Entweder haben sie sich mit dem wie es ist arrangiert und geben sich mit dem Zustand zufrieden, oder sie spüren ihre emotionale Unzufriedenheit gar nicht mehr und bei vielen Menschen zeigen sich die seelischen Störungen dann in körperlichen Störungen. Nach dem Motto alles wäre gut, wenn ich diese Krankheit nicht

hätte. In Wahrheit ist die Krankheit in solchen Fällen dann nur ein Ausdruck eines verschobenen Bewusstseinsinhalts. Unangenehme Gedanken werden ins emotionale Feld verschoben. Wenn sie dort nicht gefühlt werden, werden sie noch etwas tiefer, und zwar in den materiellen Körper, verschoben. Und dann muss man das, was man seelisch nicht gelebt hat, körperlich erleben. Auf der Körperebene fangen diese dann auch zu spüren an und leben die verdrängten Energien über Krankheit aus."

„Glaubst du, dass ich auch aus seelischen Gründen einen Herzinfarkt bekommen habe?" fragte Anton nun erstaunt. „Das liegt nahe", bestätigte Wilma seine Vermutung, „denn du hast den Herzschmerz bezüglich deiner Ehefrau ja nie richtig verarbeitet. Du hast immer noch einen Groll auf sie und hast dich bis zu deinem Tod als Opfer der Umstände gefühlt und somit kein Bewusstsein in deine Lage gebracht. In dieser Zeit ist die Psychosomatik, so nennt man den Zusammenhang zwischen Seele und körperlichen Symptomen, in der Schulmedizin noch nicht so anerkannt und viele Mediziner belächeln dies. Aber auch da gibt es Pioniere, die dieses Thema näher beleuchten und es in die Welt bringen. Dadurch wird sich das in den nächsten Jahren und Jahrzehnten drastisch verändern und die Psychosomatik wird ein anerkanntes Fachgebiet in der Medizin werden. Neben anderen Faktoren spielen die seelischen Störungen eine enorm große Rolle in Sachen Gesundheit."

„Mann, das ist ja wirklich spannend. Ob ich mir das jedoch alles so merken kann, bezweifle ich stark!" Anton machte ein ratloses Gesicht. „Macht nichts, wenn wir uns jetzt das Leben von Jenna und Pascal weiter anschauen, wiederhole ich vieles noch einmal. Also, ganz locker bleiben", sagte Wilma aufmunternd.

Sie schauten gleichzeitig auf die Leinwand. Dort war immer noch der kleine Pascal zu sehen. „Der Arme!" Antons Stimme war jetzt voller Mitgefühl. „Wie ging es weiter mit seiner Mutter?" fragte er nun interessiert. „Sie starb als er achtzehn Jahre alt war", fuhr Wilma fort. „So richtig hat sie sich nie von ihrem Verlust erholt, sie blieb kränklich und leicht depressiv. Eine neue Beziehung ist sie nie wieder eingegangen, sie hatte ja Pascal. Ohne dass sie es wollte und ohne dass es ihr bewusst wurde, machte sie ihn zum Partnerersatz. Pascal blieb bis zu ihrem Tod bei ihr wohnen. Er hat sich liebevoll um sie gekümmert. Er hat alles getan, damit es ihr gut geht, das war von Kindheit an sein inneres Bedürfnis und so wurde er zum Mutterretter oder Mutterkümmerer, je nachdem wie du es nennen willst. In dem Muster lebt er bis heute. Du wirst es gleich erleben."

Jenna war froh, dass ihr Urlaub noch nicht vorbei war und sie noch eine paar Tage frei hatte. Auch in der Disco war sie erst wieder in der nächsten Woche zum Dienst eingeteilt. Gott sei Dank. Sie fühlte sich total kraftlos und hatte zu nichts Lust. Leila hatte versucht, sie für diverse Unternehmungen zu motivieren, aber sie konnte sich einfach zu nichts aufraffen. Seit dem Anruf waren erst drei Tage vergangen, aber diese kamen ihr wie eine Ewigkeit vor. Es waren gefühlt die schmerzhaftesten Tage ihres Lebens. Komm, nun übertreib nicht so, ermahnte sie sich in Gedanken selbst. Du hast ihn doch nur ein paar Stunden gesehen! Diese Stunden sind doch im Vergleich zu den anderen Beziehungen ein Klacks und den Liebeskummer danach hast du doch auch überstanden. Mach nicht so ein Drama daraus.
Alles war ganz still im Zimmer, nur das leise Ticken ihres Weckers war zu hören. Sie hob den Kopf und schaute auf den Wecker. Zehn Uhr! Die Sonne schien in ihr Zimmer und draußen sangen die Vögel. „Wie blöd bin ich eigentlich?" sprach sie nun laut zu sich selbst. Sie entschied sich endlich aufzustehen und den kostbaren Tag nicht im Bett zu vertrödeln. „Du kannst mich mal." Zorn lag in ihrer Stimme. So etwas wie Wut kroch in ihr hoch und nach den depressiven Gefühlen der letzten Tage fühlte sich das gar nicht mal so schlecht an. „Echt, du kannst mich mal, du blöder Mistkerl, ich hasse dich und du brauchst dir gar nicht einbilden, dass ich dir hinterher heule. Du bist flüssiger als Gas,

nämlich total überflüssig." Sie redete sich richtig in Rage und das tat verdammt gut! Schon etwas besser gelaunt ging sie hinunter in die Küche und dort begrüßte ihre Mutter sie mit den Worten. „Na, ausgeschlafen? Es ist Post für dich gekommen." „Post?" Hoffnung stieg in ihr auf! Ihre Mutter reichte ihr einen Umschlag und sie erkannte seine Handschrift sofort. Herzklopfen, trockener Mund und Hoffnung! Sie riss ihrer Mutter den Brief fast aus der Hand und rannte hoch in ihr Zimmer. Dort öffnete sie mit zittrigen Händen den Umschlag und nestelte den Brief heraus. Sie konnte es kaum abwarten ihn zu lesen.

Donnerstag, 30.08.1984

Liebste Jenna,
ich bedaure zutiefst, dass du auf diese Art von meiner Beziehung erfahren hast. Ich wollte dir alles erzählen, aber ich hatte so große Angst, dass du mich gleich abweist wenn ich zugebe, kein Single zu sein. Darum habe ich gelogen, aber ich hatte nicht vor, dich noch länger zu belügen, das musst du mir glauben! Bitte schlag die Tür zu deinem Herzen nicht einfach so für mich zu. Bitte hör mich an! Ich werde nächstes Wochenende nach Bremen kommen und dir alles erzählen. Das muss ich mündlich tun. Ein Hotel habe ich gerade schon gebucht. Ich werde am späten Freitagabend ankommen und erwarte dich am Samstagmorgen um 10.00 Uhr zum Frühstück im Maritim Hotel. Du hast mir erzählt, dass du samstags tagsüber nicht arbeiten musst und ich hoffe, du hast noch nichts anderes vor. Wenn ja, dann rufe mich im Geschäft an und wir finden einen anderen Termin. Ich hoffe und bete, dich bald zu sehen und dir alles erklären zu können! Wenn du nicht da sein wirst, weiß ich, du kannst mir nicht verzeihen. Bitte sei da!

Dein Pascal

Sie schaute auf das Datum. Er hatte den Brief am Tag ihres Anrufs noch geschrieben. Ich bin ihm doch wichtig, dachte sie. Er will kommen und mir alles erklären. Sie rannte zum Telefon und wählte Leilas Nummer. Deren Mutter hob den Hörer ab. Ja, Leila wäre auf ihrem Zimmer, sie würde sie holen. Ungeduldig wartete Jenna bis Leila ans Telefon kam, sie brannte darauf, ihr die Neuigkeiten zu erzählen. „Jenna“, hörte sie Leila am anderen Ende der Leitung sagen, „was gibt’s?“ „Du glaubst es nicht, er hat geschrieben! Er kommt nächsten Samstag und will mir alles erklären“, sprudelte es aus ihr raus. „Ist das nicht toll? Ich bin so froh, dass er sich gemeldet hat!“
„Der hat vielleicht Nerven“, platze Leila ungehalten raus. „Du willst dich doch nicht wirklich mit dem Typen treffen? Eh, der hat dich voll belogen!“ „Ja, er hat mich belogen, aber er will es mir erklären und glaubst du nicht, ich sollte ihm eine Chance geben?“ Es folgte ein kurzes Schweigen am anderen Ende der Leitung, aber dann ertönte Leilas Stimme kraftvoll und unterstützend. „Ja, vielleicht hast du recht und du solltest ihm die Chance geben, sich zu erklären. Wenn er schon extra wegen dir von München nach Bremen kommt, dann musst du ihm schon mehr bedeuten.“ „Ja, das sehe ich auch so“, sagte Jenna, „aber es tut mir trotzdem gut, dass du das auch so siehst! Ich bin schon total aufgeregt! Ob ich ihm noch bestätigen soll, dass ich da sein werde?“ fragte sie unsicher. „Nein, das lässt du schön bleiben. Lass ihn mal ein bisschen zappeln, der soll sich gar nicht so sicher sein!“ riet Leila ihr. „Okay, dann schreibe ich ihm nicht und ruf auch nicht an. Stimmt, so ein bisschen zappeln lassen ist vielleicht gar nicht so schlecht“, überlegte Jenna laut. „Genau“, pflichtete Leila ihr nochmals bei, „wenn Männer sich der Frauen zu sicher sind, dann verlieren sie schnell das Interesse! Das kannst du in jedem Ratgeber lesen!“
„Frauen sind doch manchmal total doof“, entfuhr es Anton. „Männer so zu behandeln ist doch echt lieblos! Oder was sagst du dazu? Wilma?“ fragend blickte er sie an. „Ja, das sind eben die

Egospielchen. Das Ego glaubt, mit gewissen Strategien mehr zu erreichen. So ein Verhalten hat natürlich nichts mit wahrer Liebe zu tun und zeigt nur die Bedürftigkeit desjenigen der sie spielt. Spielchen und Kindergarten gehören eben zusammen", zwinkerte Wilma belustigt.

„Ich hätte es viel schöner gefunden, wenn sie Pascal nicht im Unklaren gelassen hätte", fuhr Anton fort. „Sie hätte ihn doch einfach im Geschäft anrufen und das Treffen bestätigen können. Das hätte ich ihr geraten, wenn sie mich befragt hätte", sagte Anton mit Nachdruck. „Das sind ja ganz neue Töne! Seit wann bist du denn auf Pascals Seite?" fragte Wilma belustigt. „Na hör mal! Jetzt weiß ich ja was er als Kind erlebt hat und dass es sicher einen Grund gibt, warum er gelogen hat. Und darum sehe ich das jetzt anders", rechtfertigte er sich. „Okay, dein Verstand hat jetzt eine neue Geschichte und darum kannst du die Sache anders sehen, ist das richtig?" Fragend schaute Wilma ihn an. „Ja, so ist es!" Anton hielt Wilmas Blick sicher Stand. „Gut", sagte Wilma, „und Leila und Jenna kennen die Geschichte noch nicht und so betrachten sie sein Verhalten nach wie vor aus ihrem beengten Blickfeld."

„Stimmt! Ist doch der Wahnsinn, wie sehr man bewertet und urteilt. Je nachdem welche Erklärungen man im Kopf hat, beurteilt man das Verhalten anderer als gut oder schlecht!" Anton blickte nachdenklich drein.

„Was die anderen tun, kann dir egal sein. Sag den gleichen Satz noch einmal und sage dann anstelle von *man* doch lieber mal *ich* und fühle, wie unterschiedlich sich das anfühlt", forderte Wilma ihn auf. Anton gehorchte und wiederholte den Satz in der Ich-Form. „Es ist der Wahnsinn, wie sehr ich bewerte und urteile. Je nachdem welche Erklärung ich im Kopf habe, betitle ich das Verhalten anderer als gut oder schlecht", wiederholte Anton seine Aussage. „Wow, das haut rein, ich tue es! Das fühlt sich echt anders an, dann bin ich direkt bei mir und meinem Verhalten!" Er lächelte Wilma schief an. „Du lässt auch nichts aus, um es mir zu zeigen, oder?“ „Ich helfe doch wo immer ich kann“, zwinkerte Wilma ihm schelmisch zu. Interessiert wandten sich jetzt beide wieder der Leinwand zu.

Pascal lag schlaflos in seinem Hotelbett. Es war schon weit nach Mitternacht und er konnte einfach nicht zur Ruhe kommen. Die letzten drei Wochen glichen einer emotionalen Achterbahnfahrt. Solche Höhen und Tiefen hatte er in Sachen Liebe noch nie zuvor erlebt und es kostete ihn enorme Kraft, den Alltag zu bewältigen. Jenna war wie ein Blitz in sein Leben geschossen und warf seine geordnete Welt total aus den Fugen. Wie konnte er nur in diese Situation geraten? Warum hatte er gelogen? Er hatte sie nicht absichtlich anlügen wollen, es war einfach eine automatische Reaktion gewesen. Er wollte sie nicht gleich wieder verlieren! War das denn so schwer zu verstehen? Viele Gedanken kreisten unsortiert in seinem Kopf umher und an Schlaf war nicht zu denken. Was wäre geschehen, wenn er an dem besagten Abend ehrlich gewesen wäre? Wäre er dann heute auch hier? Wie wird es sein sie zu sehen? Vielleicht ist der Zauber vorbei und ich kann befreit wieder nach Hause fahren? Einerseits war dies eine grauenhafte Vorstellung und andererseits sehnte er diese Möglichkeit auch irgendwie herbei. Schuldgefühle stiegen in ihm auf, wenn er an Elke dachte. Sie wartete ahnungslos zu Hause und wähnte ihn auf Geschäftsreise.
Elke und er waren jetzt schon fünfzehn Jahre zusammen. Bisher hatte er sie nie betrogen und auch keine Gedanken in dieser Art gehabt. Es gab die eine oder andere Versuchung, vor allem wenn er mit den Jungs unterwegs war. Mehr als ein Flirt war es aber nie gewesen und allem anderen hatte er leicht widerstehen können. Mit neunzehn hatte er Elke im Jugendzentrum kennengelernt. Sie war damals siebzehn Jahre alt gewesen und wohnte wie er in Weiden. Erst nach mehreren Treffen wurden sie ein Paar. Vor ihr hatte er ein paar Mädels kennengelernt und hier und da seine Erfahrungen gesammelt, aber Elke war seine erste feste Freundin

gewesen. Sie hatte noch gar keine Erfahrungen mit Männern gehabt, er war ihr erster Freund und somit der einzige Mann in ihrem Leben. Oder sollte sie mich schon einmal betrogen haben, dachte er nun bei sich. Nein, Elke nicht. Jedenfalls hatte er nie etwas bemerkt. Sie waren sich sympathisch, aber es war nicht diese leidenschaftliche Verliebtheit gewesen, wie er sie jetzt für Jenna fühlte. Sie verstanden sich auf Anhieb gut, stritten so gut wie nie, waren Freunde, sie fühlten sich miteinander wohl. Ja, das ist eher eine freundschaftliche Liebe zwischen Elke und mir. So total verknallt waren wir beide nie ineinander, grübelte er jetzt vor sich hin. Er nicht in Elke und Elke auch nicht in ihn, oder? So emotional wie Jenna hatte Elke sich nie gezeigt. Erst jetzt fiel ihm auf, dass sie eigentlich nie groß über ihre Gefühle gesprochen hatten. Mit Jenna war es die berühmte Liebe auf den ersten Blick gewesen. Nie hätte er gedacht, dass es so etwas wirklich gab, geschweige denn, dass ihm das je passieren würde.
Nachdem seine Mutter gestorben war, fühlte er sich in dem leeren Haus oft einsam und so genoss er es sehr, eine feste Freundin zu haben. Da er eine sturmfreie Bude hatte, fanden die meisten Partys mit seinen Freunden bei ihm statt und auch Elke hielt sich die meiste Zeit bei ihm auf. Mit achtzehn zog sie fest zu ihm und seitdem wohnten sie zusammen. Mit Mitte zwanzig war es sein Wunsch gewesen, nach München zu ziehen und sie war ihm bereitwillig gefolgt. Ihre Aufgabenteilung am neuen Wohnort war schnell eingespielt. Sie kümmerte sich um die Wohnung und allgemein um den Haushalt und er ging in seinem Beruf auf. Der Aufbau der Versicherungsagentur nahm viel Zeit in Anspruch und so war er froh, dass sie ihm den Rücken freihielt. Außerdem war sie eine sehr gute Köchin und er genoss es, von ihr bekocht zu werden. Elke hatte in Weiden eine Ausbildung im Verkauf absolviert und in München war sie dann stundenweise in einem Modegeschäft tätig. Es war für ihn nie eine Frage gewesen, dass sie zusammen bleiben würden und so hatten sie ihre gemeinsame Zukunft schon fest geplant.

Elke und er waren Einzelkinder gewesen und so wünschten sie sich beide Kinder, mindestens zwei. Elke hatte ihren Vater nicht gekannt, denn er starb kurz nach ihrer Geburt. Ihre Mutter hatte sie alleine groß gezogen. Genau wie seine Mutter, ging sie keine neue Beziehung mehr ein. Elkes Mutter hatte ihn herzlich aufgenommen und behandelte ihn wie einen Sohn. Sie hatten immer ein gutes Verhältnis gehabt und weil Elke so an ihrer Mutter hing, war diese mit ihnen nach München gezogen. Sie hatte all die Jahre nur unweit von ihnen entfernt gewohnt. Inzwischen war sie pflegebedürftig und lebte in einem noblen Pflegeheim am Englischen Garten. Ihr Mann war sehr wohlhabend gewesen und so hatten sie und Elke finanziell nie Mangel leiden müssen. Und auch im Alter konnte sie sich eine gute Pflege leisten. Elke besuchte ihre Mutter fast täglich und auch er besuchte sie so oft er konnte.
Ich habe eine Freundin, mit der ich die Hochzeit und das Kinderkriegen schon geplant habe und bin total verknallt in ein Mädchen, das gerade mal einundzwanzig Jahre alt ist. Bin ich eigentlich total bescheuert, meldete sich jetzt sein Verstand. Steh auf und fahr nach Hause wo du hingehörst! Aber er blieb liegen und war machtlos seinen Gefühlen ausgeliefert. Ob sie sich freut mich zu sehen? Sie hatte sich nicht mehr gemeldet, also würde sie da sein. Ansonsten hätte sie bestimmt abgesagt. Oder nicht? Gott, bitte lass sie da sein, flehte er still vor sich hin. Irgendwann schlief er vor Erschöpfung ein und wachte ein paar Stunden später wie gerädert auf.
Sein Blick fiel auf den Reisewecker. Dieser zeigte jetzt 8.00 Uhr an. Eine gute Zeit um Elke anzurufen. Sie war bestimmt schon wach. Wenn er samstags beruflich noch zu tun hatte, frühstückte sie mit ihrer Mutter im Heim. Er setzte sich im Bett auf, denn sie würde es bestimmt hören können, wenn er träge im Bett liegen bliebe. Er atmete ein paarmal tief durch. Dann stellte er sich vor, er säße im Anzug da, vorbereitet auf einen Geschäftstermin und erst dann wählte er vom Hoteltelefon ihre Nummer. „Huber“,

hörte er die vertraute Stimme. „Hallo Elke, ich bin`s“, sprach er mit fester Stimme in den Hörer. „Guten Morgen“, antwortete sie gut gelaunt. „Du hast mich gerade noch erwischt, ich bin schon auf den Weg zu Mama.“ „Ja, das hab ich mir schon gedacht, darum rufe ich jetzt an. Ich bin wahrscheinlich noch den ganzen Tag im Meeting und weiß nicht, wann ich dich wieder anrufen kann.“ Ob sie hören konnte, dass ich lüge, dachte er bei sich? Er hörte sein Herz unruhig schlagen und irgendwie war ihm total unwohl. „Kein Problem“, erwiderte Elke unbekümmert, „wann kommst du denn heim?“ Er räusperte sich. „Äh, das ist noch unklar. Es sind echt schwierige Verhandlungen und wenn es sehr spät wird, übernachte ich hier noch einmal und nehme den ersten Flieger morgen in der Früh.“

Ein paar Sekunden herrschte Schweigen. Konnte sie ihm anhören, dass er log? „Das ist ja schade“, antworte sie jetzt bedauernd. „Ich dachte, wir gehen heute Abend ins Theater. Wir haben doch die Karten schon seit Wochen. Hast du das vergessen?“ „Nein, das habe ich nicht vergessen, ich dachte ja alles läuft wie geschmiert hier. Tut mir echt leid. Es hat sich erst jetzt herausgestellt, dass es länger dauern wird.“ Vielleicht lässt Jenna aber auch gar nicht lang mit sich reden und ich bin nach dem Frühstück schon fertig mit ihr, fuhr es ihm blitzartig durch den Kopf und so fügte er einlenkend noch hinzu. „Falls sich die Schwierigkeiten schnell lösen lassen und ich doch früher fertig bin, als jetzt befürchtet, setze ich mich natürlich in den nächsten Flieger und bin pünktlich da, mein Schatz.“

Mein Schatz, so hatte er sie ewig nicht mehr genannt. Warum tat er das jetzt? Weil er ein schlechtes Gewissen hatte? Oh Gott, sollte an dem Verhalten, Frauen Rosen zu bringen, wenn man sie betrogen hat, vielleicht doch etwas dran sein? Auch wenn die Wortwahl ohne Absicht automatisch aus ihm herausgekommen war, verfehlten sie ihre Wirkung nicht und ihre Stimme klang etwas gönnerhaft als sie antwortete. „Schon gut, ich kenne ja deine Abneigung vor Hotelübernachtungen und weiß, dass du

alles versuchst um nach Hause zu kommen, damit du in deinem eigenen Bett schlafen kannst. Also, alles ist gut, notfalls kommst du erst morgen." „Ja, du kennst mich gut", sagte er jetzt mit entspannter Stimme. Er nannte ihr für den Notfall noch die Telefonnummer von seinem Hotel und fügte hinzu: „Und Schatz, wir werden abends sicher noch etwas Essen gehen und wenn es sehr spät wird werde ich dich nicht mehr anrufen, ich will dich nicht wecken. Wenn du nichts von mir hörst, geht's mir gut. Ich rufe dich an bevor ich in den Flieger steige, also mach dir einen schönen Tag und grüß mir die Mama."
Nach dem Gespräch atmete er tief durch. Eigentlich hasste er Lügen und war zudem ein schlechter Lügner, aber diese Worte waren ihm wie automatisch über die Lippen gekommen. Er erhob sich und ging ins Bad. Es war an der Zeit sich auf die Begegnung mit Jenna vorzubereiten und er schob alle Gedanken an Elke zur Seite.

Um Punkt 10.00 Uhr betrat Jenna das Hotel. „Du darfst keine Minute vorher da sein", hatte Leila ihr eingetrichtert. „Eine selbstsichere Frau ist nie überpünktlich. Ich sage nur: zappeln lassen." Zwanzig Minuten lang war sie jetzt in den Seitenstraßen des Hotels auf und ab gegangen, um sich die Zeit zu vertreiben. Sie war eher der überpünktliche Typ und so war sie auch heute wieder viel zu früh am vereinbarten Ort gewesen. Mit jeder Minute war ihre Nervosität angestiegen und als sie jetzt die Hotelhalle betrat, waren ihre Nerven bis zum Zerreißen gespannt. Sie sah ihn sofort. Er wartete in der Hotelhalle und als er sie erblickte, kam er direkt auf sie zu. Die Freude und die Erleichterung standen ihm deutlich ins Gesicht geschrieben und jetzt gab auch Jenna ihre einstudierte Haltung einfach auf und zeigte unverhohlen ihre Freude. Sie begrüßten sich mit einem zaghaften Hallo und einer innigen Umarmung. „Oh Jenna, ich bin so froh, dass du da bist!" sprach er an ihr Ohr. „Und ich bin so froh, dass du da bist!" flüsterte sie zurück. Sie blieben einfach

eine Zeit lang so in ihrer Umarmung stehen und vergaßen die Welt um sich herum. Wieder fühlten beide das vertraute Gefühl und es war, als hätte es die Wochen der Trennung gar nicht gegeben, ja, als hätten sie sich erst gestern gesehen.
„Komm", sagte er, löste die Umarmung und nahm sie an die Hand, „ich habe einen schönen Tisch für uns ausgesucht. Lass uns frühstücken gehen und dabei reden." „Können wir nicht erst reden und dann frühstücken gehen", fragend blickte sie ihn an. „So ungeklärt bekomme ich gar keinen Bissen herunter." „Stimmt", pflichtete er ihr bei, „geht mir auch so." Er zeigte auf eine gemütliche Sitzecke im hinteren Teil des Hotels. „Komm, wir setzen uns dorthin, da sieht's bequem aus und wir sind vielleicht ungestörter als im Frühstücksraum."
Sie saßen sich jetzt gegenüber. Er nahm ihre Hände in seine und sah ihr direkt in die Augen. „Wenn du bei mir bist, dann vergesse ich alles andere und ich will nichts anderes, als mit dir zusammen sein." Er holte tief Luft und fuhr fort. „Ich habe dich angelogen, nein eigentlich habe ich gar nicht gelogen, ich habe einfach etwas verschwiegen, was in dem Moment nicht wichtig war."
„Deine Freundin ist nicht wichtig? Wie soll ich das verstehen?" Erwartungsvoll sah Jenna ihn an. „Sie war in dem Moment nicht wichtig, da gab es nur dich. Ich hatte dich gerade erst kennengelernt und war sofort total fasziniert von dir. Ich habe mich sofort Hals über Kopf in dich verliebt. Ich wollte dich nicht gleich wieder verlieren. Ich hatte totale Angst, alles ist gleich wieder vorbei, wenn ich dir von meiner Freundin erzähle. Und so wäre es ja wohl auch gewesen, oder?" Fragend schaute er sie an. „Ja, klar wäre es dann gleich vorbei gewesen." Sie hielt seinem Blick stand und schaute ihm tief in die Augen. Mit weicher Stimme fuhr sie fort. „Nachdem fest stand, dass wir uns heute sehen, habe ich in den letzten Tagen noch viel über unsere Begegnung nachgedacht. Das mit uns hat mich genauso berührt wie dich und wenn ich einen Freund gehabt hätte, ich hätte es dir auch verschwiegen. Ich verstehe dich und bin dir nicht mehr

böse.“ Damit hatte er nicht gerechnet. Er hatte sich auf lange Diskussionen und Erklärungen eingestellt und jetzt sagte sie einfach, sie verstünde ihn. Wenn er nicht schon in sie verliebt gewesen wäre, dann hätte er sich spätestens jetzt verliebt, dachte er bei sich. „Aber wie soll das jetzt weitergehen“, fuhr sie fort. „Hast du ihr von uns erzählt, weiß sie etwas?“ Erwartungsvoll sah sie ihn an. „Nein, sie weiß noch nichts. Ich muss den richtigen Zeitpunkt dafür finden“, um Verständnis bittend sah er sie an. „Wir sind jetzt fünfzehn Jahre zusammen und ich bin selbst überrumpelt von meinen Gefühlen. Ich konnte diese noch gar nicht sortieren, geschweige denn, mit ihr besprechen, wir haben uns ja erst einmal gesehen.“
Ein paar Sekunden lang herrschte Stille und dann fuhr er mit fester Stimme fort. „Ich habe mich total in dich verliebt und ich will mir dir zusammen sein, wenn du das auch willst?“ Erwartungsvoll sah er sie an. „Ja, natürlich will ich das.“ Jennas Stimme klang hoffnungsvoll. „Ich bin auch total verliebt und mein Herz schreit ja, ja, ja!“ Sie drückte seine Hände ganz fest. „Wann wirst du ihr von uns erzählen?“ „Morgen“, antwortete er spontan. „Ich nehme den ersten Flieger in der Früh und werde gleich morgen mit ihr reden. Ja, ich werde mich trennen und will frei sein für dich. Ich bin ganz sicher!“
Er umarmte sie fest und sie schmiegte sich glücklich in seine Arme. „Ich bin so froh“, flüstere sie ihm ins Ohr. Ich habe nicht zu hoffen gewagt, dass alles gut wird. Ich bin soooooo glücklich.“ Tränen stiegen ihm in die Augen und ein tiefes Glücksgefühl durchfuhr ihn. Ja, mein Herz sagt, es ist richtig so, das fühle ich ganz deutlich, dachte er bei sich und laut sagte er einfach nur „Ich auch.“ Lachend löste sie sich aus seiner Umarmung. „Jetzt habe ich ganz großen Hunger, mein Herr. Bitte servieren Sie mir das versprochene Frühstück.“ „Gerne, meine Dame“, erwiderte er fröhlich und hielt ihr den Arm zum Unterhaken hin „stets zu Ihren Diensten.“ Nicht wenige Augenpaare folgten den beiden, als sie jetzt das Foyer in

Richtung Frühstückraum durchquerten. Ihre Ausstrahlung war einfach verzaubernd und schon ihr Anblick machte Lust auf verliebt sein.
„Peng, peng, peng“, quiekte Wilma jetzt vergnügt, klatschte dabei rhythmisch in die Hände und sprang mit erstaunlicher Leichtigkeit von ihrem Thron herab. Sie trat zu Anton und wuschelte ihm mit der Hand einmal durch die Haare. „Naaa, was sagt mein Antönchen jetzt? Spürst du jetzt was in deinen verstopften Zellen?“ Auch Anton hatte ein breites Grinsen auf seinem Gesicht. „Wow, das hat schon was! Da kribbelt mir schon beim Zuschauen der ganze Körper. Echt Wilma, ich hätte nicht gedacht, dass das Ganze so schnell so gut wird. Naja, die Elke tut mir schon leid, aber gegen so starke Gefühle kann man eben nichts machen.“ Wilma machte ein paar Tanzbewegungen. „Jäh, jäähhh, alles läuft super guuuuhhhtt“, sang sie dabei. „Naja, das ist ja erst der Anfang und so wie du dir das jetzt vorstellst, dass alles schon gut ist, stimmt es nicht. Aber keine Sorge, alles ist im grünen Bereich!“ Ihr Blick wanderte wieder zur Leinwand und sie tänzelte zurück zu ihrem Thron.
Beim Frühstück genossen Jenna und Pascal ihre derzeitige Leichtigkeit und Verliebtheit. Sie fütterten sich gegenseitig mit Marmeladenbrötchen, küssten sich die Krümel von den Lippen und benahmen sich so, wie frisch Verliebte es nun mal tun. Nach dem Frühstück bummelten sie Arm in Arm durch Bremen, saßen auf einer Parkbank an der Weser, genossen ihre Zweisamkeit und die Stunden flogen nur so dahin. Irgendwann erzählte er ihr auch von Elke und ihrer gemeinsamen Zeit, von seinen Eltern und seinem Beruf. Sie erzählte ihm auch von ihren vorherigen Liebesbeziehungen und ihrer Familie, aber beide erzählten sie nur oberflächlich und gingen nicht so sehr in die Tiefe. Es waren eben diese Anfangsgespräche, in denen man möglichst viel in kurzer Zeit vom anderen wissen möchte. Denn Zeit hatten sie nicht viel. Morgen früh würde er schon wieder nach München fliegen und es stand ja noch nicht fest, wann sie sich wiedersehen

würden. Er hatte jedoch die feste Absicht gleich morgen mit Elke zu reden und dann stand einem schnellen Wiedersehen nichts mehr im Wege.
Zum Abendessen gingen sie in ein italienisches Restaurant. Romantische Lieder ertönten aus den Lautsprechern und die gesamte Atmosphäre im Lokal passte ideal zu ihrer verliebten Stimmung. Jenna hatte sich zu Hause telefonisch vorsichtshalber abgemeldet, damit ihre Eltern sich nicht wunderten, wenn sie nachts nicht heimkam. Sie würde bei einer Freundin schlafen hatte sie ihrer Mutter erzählt. Niemals könnte sie zu Hause erzählen, dass sie die Nacht mit einem Mann verbringen würde, dessen Freundin ahnungslos in München saß. Ihr Vater hatte da ganz enge moralische Vorstellungen. Sie wusste nicht, warum er bei dem Thema gar so empfindlich war, aber sie hatte ihn diesbezüglich schon oft negativ reden hören. Eigentlich zeigte er generell wenig Emotionen, aber bei dem Thema wurde er total aggressiv. Letztes Jahr hatte die Nachbarin ihren Mann betrogen und in Folge auch verlassen. Ihr Vater hatte monatelang hinter deren Rücken über sie gelästert und hatte sich aufopfernd um den Ehemann gekümmert. Als sie vor ein paar Tagen mit der ganzen Familie einen Film geschaut hatten, in dem es um Treuebruch ging, hatte er sie mit den Worten „Schalt den Dreck aus“ aufgefordert ein anderes Programm zu wählen. Durch seine heftige Aussage hatte sie sich schon verletzt gefühlt, aber da ihre Mutter sein Verhalten ignorierte, tat sie es auch. Somit war klar, dass sie jetzt nicht nach Hause gehen und sagen konnte „Übrigens Papa, ich schlafe heute Nacht mit einem Mann der seine Freundin mit mir betrügt.“ Nee, dann besser lügen. Sie hatten es nicht ausgesprochen, aber irgendwie war klar, dass sie gemeinsam die Nacht im Hotel verbringen würden. Und ja, sie wollte das!
Gegen 23.00 Uhr betraten sie das Hotel. „Ich hole nur kurz den Schlüssel, bin gleich wieder bei dir, meine Liebste.“ Er küsste sie noch einmal innig und dann ging er leichtfüßig zur Rezeption. Er schwebte nahezu. Mann, so gut hatte er sich noch nie gefühlt.

Lächelnd begrüßte er den Portier und verlangte nach seinem Schlüssel. Dieser gab ihm den gewünschten Schlüssel und holte noch einen Zettel aus einem Fach. „In ihrer Abwesenheit hat eine Frau Huber sie mehrmals versucht zu erreichen“, teilte er ihm höflich mit. „Sie bittet um Rückruf.“ Pascal nahm den Zettel und bedankte sich für die Information. Er schaute auf die Armbanduhr. Um diese Uhrzeit schläft sie schon, ich ruf sie morgen an, so dringend wird es schon nicht sein, dachte er bei sich und schob den Zettel in seine Hosentasche. Im gleichen Moment hatte er Elke schon wieder vergessen und ging auf die wartende Jenna zu. „Alles klar?“ Fragend sah sie ihn an. „Ja, alles klar. Elke hat wohl versucht mich zu erreichen, aber um diese Zeit brauche ich auch nicht mehr anrufen. So dringend klang es nicht. Heute Nacht gibt es nur uns beide!“ Lachend nahm er sie in die Arme. „Kommen Sie mit mir, meine Gnädigste, ich werde Sie jetzt verführen, da gibt es keinen Widerspruch und keinen Ausweg.“ „Äußerst ungern“, kokettierte sie, „aber wenn es keinen Ausweg gibt, dann muss ich da wohl durch.“
Sie liebten sich mit einer nie gekannten Leidenschaft. Ihre Körper harmonierten perfekt und trotzdem, dass alles aufregend und neu war, war es gleichzeitig total vertraut. Vielleicht gibt es wirklich frühere Leben und wir waren schon mal ein Liebespaar, schoss es Jenna durch den Kopf. Sie genoss seine Zärtlichkeit, seine Berührungen, seine Liebe und seine Leidenschaft. Hatte sie schon jemals ein Mann so begehrt und hatte sie schon jemals einen Mann so gewollt? Mit Sicherheit nicht. Lag es einfach nur daran, dass er dreizehn Jahre älter war und hatten vielleicht ältere Männer einfach mehr Erfahrung? Egal, sie wollte nicht weiter darüber nachdenken, sondern einfach jede Sekunde genießen. Und das tat sie.
„Antönchen, du wirst doch nicht etwa schon vom Zuschauen rot?“ Belustigt schaute Wilma zu Anton rüber. Dieser fühlte sich sichtlich unwohl und hatte durchaus eine verdächtig rote Hautfarbe. „Ehrlich gesagt ist mir das alles etwas peinlich“,

gestand dieser jetzt kleinlaut. „Bin in Sachen Sex eben gehemmt. Da kann ich auch nichts dafür.“ Seine Stimme hatte jetzt einen leicht trotzigen Unterton. Wilma wollte seine Unsicherheit nicht fördern und so ermutigte sie ihn. „Ja, das ist nachvollziehbar. Die meisten Kinder in deiner Generation wurden diesbezüglich gehemmt erzogen und konnten das schlecht ablegen. Viele Kinder haben ihre Eltern nie nackt gesehen und wenn Eltern keine lustvolle Sexualität leben konnten, so konnten sie dies auch ihren Kindern nicht vermitteln. Zu deiner Prägungszeit war das Thema Sexualität ja auch noch mit vielen Tabus belegt. Mach dir nichts draus. Lerne lieber jetzt, dass Sexualität etwas ganz Natürliches und sehr Schönes sein kann, wenn sie in Liebe gelebt wird.“

Anton blickte Wilma dankbar an und war heilfroh, dass sie genügend Feingefühl besaß und die Situation nicht noch peinlicher für ihn machte. Mehrere Gedanken schossen ihm urplötzlich durch den Kopf. Er dachte an seine Frau und an ihre Untreue. Er spürte Wilmas Blick auf sich gerichtet und schaute ihr in die Augen. Er wusste, dass sie wusste, was er dachte. Ob er sie fragen sollte? „Frag ruhig“, antwortete Wilma ihm bevor er überhaupt eine Frage gestellt hatte. „Ich frage mich gerade, warum meine Frau mich wohl betrogen hat? Hat ihr der Sex mit mir nicht gefallen? War ich nicht gut genug?“ Fragend blickte er Wilma an und verzog schmerzhaft das Gesicht. „Das kann ich dir nicht beantworten“, sagte Wilma, „aber deine Ex-Frau kann das. Wir können sie fragen, beziehungsweise du kannst sie fragen.“ „Wie?“ Antons Stimme überschlug sich nun fast. „Ganz einfach“, erwiderte Wilma, „wir warten einfach bis sie schläft und dann können wir mit ihrer Seele reden und du kannst sie alles fragen, was du fragen willst.“ „Das geht?“ Ungläubig schaute er sie an. „Ja, das geht! Willst du?“ „Klar, will ich!“ „Gut, dann machen wir das in einer der kommenden Nächte auf der Erde.“ Anton entspannte sich und schaute nun wieder auf die Leinwand. Alle

Peinlichkeit schien von ihm abgefallen zu sein. „Jetzt bin ich echt gespannt wie er das Ganze nun seiner Elke beibringen wird.“

Pascal lehnte sich in seinem Sitz zurück und schloss die Augen. Die Maschine war pünktlich gestartet und in einer halben Stunde würde er in München landen. Vom Flughafen Bremen aus hatte er versucht Elke anzurufen, aber er hatte sie nicht erreicht. Vielleicht war sie bei ihrer Mutter. Jetzt wollte er noch nicht an sie denken und auch nicht an das bevorstehende Gespräch. Er wollte die letzten Stunden noch einmal erleben und ließ sich in seinen Erinnerungen fallen. Diese Nacht mit Jenna war unbeschreiblich schön für ihn gewesen. Sie berührte sein Herz total und nie gekannte Glücksgefühle strömten durch ihn hindurch. Wenn sie ihn berührte, entfachte sie etwas in ihm, was er noch bei keiner Frau gefühlt hatte. Das war nicht nur Sex, das war viel mehr. Natürlich konnte er in ihrer Nähe die Finger fast nicht von ihr lassen und am liebsten würde er sie ständig berühren, aber auch jetzt, wenn er von ihr getrennt war und nur an sie dachte, durchströmte ihn ein Liebesgefühl. Er konnte jetzt nicht mehr zurück. Und er wollte jetzt auch nicht mehr zurück. Er wollte mit ihr zusammen sein und Elke würde das akzeptieren müssen.
Die Maschine landete pünktlich und da er nur Handgepäck dabei hatte, ging er direkt durch den Ausgang in Richtung Parkhaus. Auf dem Weg dorthin kam er an einem Kiosk vorbei und sein Blick fiel auf einen Ständer mit Postkarten. Es waren keine besonders schönen Karten, aber er griff trotzdem eine heraus. Das Motiv zeigte einen kleinen Kater der traurig drein schaute und in einer Sprechblase standen die Worte „Ich vermisse dich so“. Spontan kaufte er die Karte samt Briefmarke, schrieb die Worte *Dem geht's wie mir. Ich liebe dich! Dein Pascal* drauf und warf diese gleich in den Briefkasten neben dem Kiosk ein. Beschwingt ging er weiter zum Parkhaus und fuhr heim, immer noch voll mit seinen Gedanken bei Jenna.

Er öffnete die Wohnungstür. Alles war ganz still in der Wohnung, Elke schien wirklich nicht da zu sein. Zuerst wechselte er seinen Anzug gegen bequeme Freizeitkleidung und danach packte er in aller Ruhe seinen Koffer aus. Dabei überlegte er ob er einfach auf gut Glück ins Pflegeheim fahren sollte, denn Elke war sicher bei ihrer Mutter. Zuerst ein Kaffee, dachte er und betrat die Küche. Auf dem Küchentisch fand er dann Elkes Nachricht und bevor er sie gelesen hatte, wusste er plötzlich, dass etwas Schlimmes passiert war. *Mama hatte einen Schlaganfall, bin im Klinikum Großhadern, komme bitte sofort. Ich brauch dich, Elke* stand da in verzerrter Schrift. Im Eilschritt schnappte er sich seinen Autoschlüssel und hastete zum Auto. Tausend Gedanken rasten durch seinen Kopf. Mist, warum habe ich gestern nicht mehr angerufen. Sie hat mich gebraucht und ich habe sie im Stich gelassen. Was bin ich doch für ein Versager, ich Idiot. Sein innerer Kritiker war angesprungen und tobte sich regelrecht aus. Mit jeder Minute fühlte er sich schlechter und schuldiger. All die schönen Gedanken an das Treffen mit Jenna waren jäh in den Hintergrund gerückt. Jetzt gab es nur noch Gedanken an Elke und ihre Mutter. Völlig abgehetzt kam er im Krankenhaus an. Die Bediensteten der Rezeption schickten ihn auf Station 8, eine Spezialabteilung für Schlaganfallpatienten.
Als er aus dem Fahrstuhl stieg, beschlich ihn ein eigenartiges Gefühl und als er Elke jetzt auf dem Flur sitzen sah, ahnte er, dass das Schlimmste eingetreten war. Als er vor sie trat, hob Elke ihr verweintes Gesicht. „Sie ist vor fünf Minuten gestorben“, sagte sie mit trauriger Stimme. „Sie machen sie gerade fertig, dann können wir sie noch einmal sehen.“ Er nahm sie wortlos in die Arme und sie weinte jetzt hemmungslos. „Ich bin ja da und ich bleib auch, alles wird gut“, sagte er automatisch. Er wiegte sie in seinen Armen und konnte sich nicht erinnern, wann er sich jemals so machtlos und schuldig gefühlt hatte. Aber er musste stark sein, Elke brauchte ihn jetzt und so riss er sich zusammen

und sagte erneut „Ich bin ja da und ich bleib auch, alles wird gut.“
Anton schaute Wilma überrascht an. „Die Worte habe ich doch schon einmal gehört. Aber wo? Warum kommen mir die Worte so bekannt vor?“ Er machte ein nachdenkliches Gesicht. „Es waren die Worte des kleinen Pascal an seine Mutter, nachdem sein Vater sie verlassen hatte“, erinnerte Wilma ihn. „Ja, klar!“ Anton klopfte sich gegen die Stirn „Wie konnte ich das nur vergessen“, kritisierte er sich. „In ihm springt jetzt automatisch ein altes Verhaltensmuster aus der Kindheit an“, fuhr Wilma erklärend fort. „Er selbst ist sich dessen nicht bewusst. Das geschieht automatisch, das ist einfach eine Reaktion. Er entscheidet nicht so zu denken, es ist einfach so. All diese Gedanken und Gefühle der Schuld und Hilflosigkeit sind alt und kommen aus seinem verdrängten Schmerzkörper. Solange er sich dessen nicht bewusst wird, wird er daraus reagieren und sein Verhalten wird dadurch bestimmt.“ Anton schaute ganz betrübt. „Ich weiß gerade nicht wer mir am meisten leid tut. Elke, Pascal oder Jenna?“
Jetzt sahen sie zu, wie Elke und Pascal in einen Raum geführt wurden der etwas abgedunkelt war, drei Kerzen brannten. Elkes Mutter lag wie schlafend in einem Krankenhausbett. Ihre Hände waren gefaltet und sie sah sehr friedlich aus. Still standen Elke und Pascal an ihrem Bett. Anton schaute fragend zu Wilma. „Wurde ihre Seele schon abgeholt?“ „Ja“, antwortete Wilma, „ihr Schutzengel hat sie geholt und sie konnte leicht gehen. Du kennst den Vorgang ja.“ „Ja, für die Verstorbenen ist es einfach, schwer ist es hauptsächlich für die Hinterbliebenen. Vor allem, wenn sie keinen Glauben haben der sie trägt und wenn das Herz vor Trauer verschlossen ist. Dadurch ist ihre Verbundenheit unterbrochen und so können sie den Verstorbenen nicht mehr fühlen.“ Er lächelte schwach in der Erinnerung, wie ungläubig er zu Lebzeiten gewesen war. Wie oft hatte er sich über Menschen, die von Nahtoderlebnissen sprachen, lustig gemacht oder über

sogenannte Medien, die von Kontakten mit der geistigen Welt berichteten. Alles Spinner, so hatte er damals gedacht. Der Tod hatte ihn inzwischen eines Besseren belehrt. Nun saß er hier mit einem Engel und schaute den Menschen auf der Erde zu. Schon krass!
Die Tage vergingen mühsam bis zur Beerdigung. Sein Freund und Partner regelte im Betrieb alles und so konnte sich Pascal voll um Elke und die Organisation der Beerdigung kümmern. Elkes Familie war klein, es gab nur ein paar entfernte Cousins. Die Beerdigung fand im kleinen Kreis statt und am Mittwochnachmittag um 16.00 Uhr war alles vorbei. Immer wieder hatte er an Jenna gedacht, aber den Mut sie anzurufen, hatte er noch nicht gefunden. Was sollte er ihr sagen? Er fühlte sich total hilflos, was sollte er tun. Er konnte sich unter diesen Umständen derzeit nicht von Elke trennen, er musste doch für sie da sein, durfte sie nicht verlassen, er war doch alles, was sie noch hatte.

Jenna war in Hochstimmung. Am Morgen brachte der Briefträger die Postkarte und sie schwebte im siebten Himmel. Er ist so süß, dachte sie, und er liebt mich! So süß, zuckersüß! Es war Mittwoch und es war ihr letzter Urlaubstag. Sie hatte die letzten Tage mit Nichtstun verbracht und einfach nur ihre guten Gefühle genossen. Immer wieder hatte sie sich bewusst an die Zeit mit Pascal erinnert und verlor sich in den schönen Gefühlen. Er würde sich sicher bald melden. Ein bisschen Zeit musste sie ihm schon lassen. Es war sicher nicht einfach, den richtigen Zeitpunkt für so ein Trennungsgespräch zu finden. Sie war voller Mitgefühl für ihn und legte die Postkarte in ihre Schatztruhe zu seinen anderen Briefen. Mindestens zwanzig Mal pro Tag holte sie seine Post hervor und las diese immer und immer wieder.

Es war Mittwochabend. Nach all der Anspannung der letzten Tage kam jetzt die Erschöpfung durch. Elke schlief tief und fest und endlich bot sich eine Gelegenheit, um Jenna zu schreiben. Pascal nahm Papier und Stift und suchte nach den passenden Worten. Es fiel ihm leichter Jenna per Brief alles zu erklären, anstatt mit ihr zu telefonieren. Sicher würde er nicht standhaft bleiben können, wenn er ihre Stimme hörte. Aber er durfte jetzt nicht schwach werden, redete er sich gut zu. Er musste stark bleiben für Elke. Jenna hat Familie, sie ist nicht allein. Elke braucht mich jetzt mehr, davon war er überzeugt.

Liebste Jenna,

sicher wartest du schon auf Post von mir, aber die Ereignisse der letzten Tage hinderten mich daran, dir schreiben zu können. Ich muss dir etwas sehr Trauriges berichten. Elkes Mutter ist am Sonntag verstorben. Sie erlitt einen Schlaganfall und alles ging sehr schnell. Ich habe sie nicht mehr lebend gesehen. Heute war die Beerdigung und ich hatte in den letzten Tagen alle Hände voll zu tun, alles zu organisieren und mich um Elke zu kümmern. Sie leidet sehr.

Jenna, an meinen Gefühlen für dich hat sich nichts geändert. Ich liebe dich sehr, aber ich kann Elke derzeit unmöglich von uns erzählen. Sie ist total unglücklich. Ihre Mutter und sie waren eine Einheit und außer mir hat sie niemanden mehr. Ich bin ihr ganzer Halt. Ich wünschte, es wäre anders, aber ich kann ihr nicht noch mehr wehtun. Ich hoffe du hast Verständnis für mich und unsere Situation.

Ich kann sicher bald wieder nach Bremen kommen und wir können uns dort sehen. Bis dahin kommunizieren wir am besten per Brief. Ab und zu können wir sicher auch telefonieren, aber von zu Hause geht das nur, wenn Elke nicht da ist und im Betrieb ist auch immer viel los. Auch da bin ich selten ungestört. Vorerst

können wir uns nur sporadisch sehen. Wenn es Elke dann besser geht, werde ich mit ihr sprechen.
Ich liebe dich. Bitte sag, dass du mich verstehst. Ich will dich nicht verlieren. Bitte glaub an uns.

In Liebe,

Dein Pascal

Nachdem er den Brief fertig geschrieben hatte, stand er auf und ging hinüber ins Schlafzimmer, um nach Elke zu sehen. Sie schlief ruhig und er entschied sich für einen kleinen Spaziergang. Den Brief nahm er mit und warf ihn schweren Herzens in den ersten Briefkasten, der ihm begegnete.

Der erste Arbeitstag war für Jenna relativ stressfrei. Jennas Vertretung hatte gute Arbeit geleistet und so war gar nicht so viel Arbeit für sie liegengeblieben. Also Zeit genug, um mit Sandra ausführlich zu plaudern. Sie erzählte ihr in den tollsten Farben von Pascal. Von ihrem Kennenlernen, von den Briefen, von ihrem Treffen und von ihren Plänen. „Jenna, das klingt fast zu gut um wahr zu sein, aber ich gönne es dir von Herzen. Wenn es jemand verdient hat, dann du!“ Ein paar Falten erschienen auf ihrer Stirn. „Heute ist Donnerstag und du hast außer der Karte noch nichts von ihm gehört? Irgendwie schon ein bisschen lang, oder?“ Jenna machte eine abwehrende Handbewegung. „Ich bin mir seiner Gefühle sicher. Wenn er sich nicht meldet, dann gibt es sicher einen guten Grund. Vielleicht habe ich schon Post, wenn ich heimkomme.“
Die Post kam erst am Freitag. Sie hatte es bis zum Feierabend nicht mehr ausgehalten im Unklaren zu sein und so hatte sie um kurz nach 11.00 Uhr ihre Mutter angerufen. Der Postbote kam meistens gegen 11.00 Uhr. Sie kam ohne ein *Hallo* gleich zur Sache und etwas atemlos fragte sie „Habe ich Post, Mama?“ „Ja,

heute ist Post für dich da", antwortete ihre Mutter und Jenna konnte ein Lächeln in ihrer Stimme hören. „Wann lerne ich deinen Pascal denn endlich einmal kennen?" fragte sie ihre Tochter neugierig. „Mama, du darfst den Brief auf keinen Fall öffnen!" Jenna kannte die Neugierde ihrer Mutter und traute ihr so einiges zu. „Keine Sorge Kind", sagte diese nun amüsiert, „ich öffne doch nicht deine Post, weiß doch was sich gehört."
Bis 16.00 Uhr hörte Sandra nun ca. fünf Mal pro Stunde ein „Ich habe Post, ich habe Pooohossst, ich bin so glücklich." Sandra gönnte Jenna ihr Glück, aber gleichzeitig beneidete sie diese auch ein bisschen um ihre Liebesgefühle. Sie konnte sich nicht erinnern, jemals so verrückt vor Liebe gewesen zu sein. Um 16.00 Uhr war sie dann schon total genervt und sagte „Nun hau schon ab. Du gehst mir schon richtig auf den Keks mit deiner Post. Geh nach Hause und lies den Brief, damit du wieder normal wirst. Das kann ja niemand aushalten." Sie bemühte sich um einen ernsten Tonfall, aber sie lächelte dabei und Jenna wusste wie es gemeint war. „Super, dann mach ich mal ganz schnell die Düse, ich mach die Blitzdüse!" Jenna lachte über ihre eigene Witzigkeit und im Vorbeigehen drückte sie Sandra zum Abschied kurz an sich. „Ich wünsche dir auch ein schönes Wochenende, meine Süße, und verführe doch mal wieder deinen Mann, der freut sich bestimmt." Blitzartig verließ sie ihren Arbeitsplatz und hastete nach Hause.
Sandra schaute Jenna nachdenklich hinterher. Vielleicht gar keine schlechte Idee. Wann hatten sie eigentlich zum letzten Mal Sex gehabt? Vor drei Monaten? Oder waren es schon vier? Sie wusste es nicht mehr genau. Sie schaute an sich herunter und ihr Blick blieb an ihrem etwas zu dicken Bauch hängen. Wir haben die Lust eindeutig aufs Essen verschoben, dachte sie bei sich. Vielleicht wäre das ein gutes Schlankheitsrezept. Mehr lustvollen Sex und weniger zu essen. Aber wollte sie das überhaupt? War Sex mit ihrem Mann jemals lustvoll? Wenn sie ganz ehrlich war, schaute sie mit ihrem Mann lieber einen schönen Film und genoss

dabei ein leckeres Schnitzel, am besten mit Kartoffelsalat. Allein bei dem Gedanken lief ihr schon das Wasser im Mund zusammen. Bei dem Gedanken an Sex mit ihrem Mann jedoch rührte sich nichts in ihr. Für sie wurde das Thema Sex insgesamt viel zu sehr überbewertet und Jenna sah jetzt sowieso alles durch eine rosarote Brille. Und überhaupt, das klang alles total unrealistisch. Da kommt sicher noch etwas Schlechtes nach, das ist zu gut um wahr zu sein. Zugegeben, viel Erfahrung hatte sie in sexueller Hinsicht nicht. Außer mit ihrem Mann hatte sie keine Sexualität gelebt und auch gar kein Interesse daran gehabt. Andere Dinge sind viel wichtiger entschied sie für sich und kramte nach einem Schokoriegel in ihrem Schreibtisch. Verdammt, sie hatte plötzlich Unterzucker. Wo waren die Schokoriegel? Da mussten doch noch welche sein, sie hatte doch gestern erst ein Sechserpack gekauft!
Anton schaute fragend zu Wilma. „Ist der Schokoriegel jetzt eine Ersatzbefriedigung für Sex, oder warum hat die jetzt auf einmal Unterzucker?“
„Gute Frage!“ Wilma warf ihm einen anerkennenden Blick zu. „Warum sie gerade jetzt Lust auf einen Schokoriegel bekommt, kann man nicht so pauschal sagen. Aber sehr wahrscheinlich ist es ein Muster von ihr, sich damit zu belohnen, zu trösten, oder unangenehme verdrängte Gefühle damit zu deckeln. Und ja, sicher hat das in diesem Fall mit Sexualität zu tun.“ „Klingt logisch.“ Auf Antons Stirn bildeten sich ein paar Falten. Wilma kannte ihn inzwischen gut genug um zu wissen, dass es jetzt in ihm arbeitete und so schwieg sie einfach. Nach ein paar Minuten fuhr er fort. „Wenn man das als Zuschauer betrachten kann, dann ist das einfacher zu sehen. Ich habe auch jeden Abend ein bis zwei Bier getrunken, mir aber nie Gedanken gemacht, warum ich das tue. Meiner Frau gefiel das nicht, aber das war mir egal. Ich wollte mein Bier und wenn ich es nicht bekam, war ich ärgerlich. Vielleicht wollte ich damit ja auch etwas verdrängen.“ Es klang eher wie eine Feststellung die keiner Antwort bedurfte und so

schwieg Wilma weiterhin und konzentrierte sich wieder auf die Leinwand.
Ihr Brief lag im Flur und wie immer nahm Jenna ihn mit hoch in ihr Zimmer. Keiner sollte dabei sein, wenn sie ihn las. Sie schaute auf den Umschlag. Sie liebte seine Handschrift, sie liebte seine Briefe. Und wie immer drückte sie den geschlossenen Umschlag an ihr Herz und genoss eine Minute lang, dass er überhaupt geschrieben hatte. Erst dann öffnete sie den Brief. Nachdem sie ihn gelesen hatte, blieb sie ein paar Minuten reglos auf ihrem Bett liegen. Da kam ein ungutes Gefühl in ihr hoch, aber sie verscheuchte alle negativen Gedanken und versuchte möglichst positiv zu bleiben. Ok, das ist jetzt nicht schön, überlegte sie, aber es ist jetzt so wie es ist. Ist ja logisch, dass er ihr jetzt nichts sagen kann! Sie setzte sich an den Schreibtisch und begann ihm zu schreiben.

Liebster Pascal,

es tut mir so leid für dich, dass du nach unserem schönen Wochenende so einen Schock erleiden musstest. Natürlich habe ich Verständnis für dich und deine Situation. Ich liebe dich und ich warte, bis du nach Bremen kommen kannst. Bis dahin freue ich mich über jeden Brief von dir. Und es macht nichts, wenn du nicht so oft anrufen kannst. Ich denke sehr, sehr, sehr oft an dich und unsere gemeinsame Zeit. Ich habe große Sehnsucht nach deiner Nähe und kann es kaum erwarten, dich wiederzusehen.

Bei mir gibt es nicht viel Neues. Seit vorgestern arbeite ich wieder und alles geht seinen gewohnten Gang. Am Wochenende muss ich in der Disco arbeiten und ehrlich gesagt, habe ich keine Lust. Ich würde viel lieber in meinem Zimmer bleiben und von dir träumen. Jetzt sende ich dir ganz viele Küsse und Umarmungen und ganz viel Liebe!

Sie hatte extra Briefpapier für ihn gekauft. Stundenlang hatte sie im Schreibwarenladen gesucht und konnte sich nicht entscheiden. Es sollte doch ganz besonders schönes Papier sein. Letztlich hatte sie sich für ein sehr romantisches Papier mit zartem Blumenmuster entschieden. Die dazu gehörenden Umschläge sollte ich wohl lieber nicht verwenden, überlegte sie lautlos und steckte den Brief in einen neutralen Briefumschlag. Nachdem sie ihn in Schönschrift beschriftet hatte, klebte sie noch rasch eine Marke drauf und machte sich auf den Weg zum Briefkasten.

„Das hat sie aber schön geschrieben", kommentierte Anton Jennas Brief. „Und wie verständnisvoll sie ist, geradezu bewundernswert. He, was schaust du so skeptisch?" fragend schaute er Wilma an. „Stimmt etwas nicht?"

„Die verständnisvolle Jenna ist eine Rolle von ihr, es ist kein echtes Verständnis, eher aufgesetzt, aber unbewusst aufgesetzt. Sie merkt es selbst nicht. Verstehst du was ich meine?" Antons angestrengte Miene sagte alles. „Nein, du verstehst es nicht", fuhr sie fort, „also hör gut zu. Du kennst ja schon die Vorgeschichte von Jennas Mutter. Erinnerst du dich an die Gefühle um die Zeit ihrer Schwangerschaft mit Jenna?" „Klar", Anton war jetzt hellwach. „Sie trauerte noch um ihren Freund und das verlorene Kind." „Genau", sagte Wilma. „In dieser Energie wurde Jenna geboren und da sie sehr feinfühlig war, spürte sie die Wunde ihrer Mutter. Sie wollte ihrer Mutter helfen und nahm sich von Anfang an zurück. Gab sich mit wenig Zuneigung schon zufrieden, kritisierte ihre Mutter nicht und verhielt sich möglichst so, dass sie keinen Anlass für Ärger lieferte. Genauso verhielt sie sich bei ihrem Vater. Ihr Vater ist aufgrund seiner Vorgeschichte ja auch nicht sehr emotional und konnte auch Jenna gegenüber nie sehr viele Gefühle zeigen. Das hatte nichts mit Jenna tun, sondern einfach mit seiner Unfähigkeit Gefühle zuzulassen, denn er deckelt ja bis heute noch seinen Schmerz durch den Betrug und

Verlust seiner Freundin. Wenn er das Herz aufmachen würde und gute Gefühle zulassen würde, kämen die verdrängten schmerzhaften Gefühle ja auch wieder zum Vorschein und das kann er nicht aushalten. So hat Jenna gelernt, ihre Bedürfnisse und Wünsche hinten anzustellen und sich mit wenig zufrieden zu geben. Ebenso Verständnis für alle anderen zu haben und sich nicht in den Vordergrund zu stellen." Anton dachte angestrengt nach.
„Aber hast du nicht gesagt, dass wenn man richtig liebt, man nicht mehr egoistisch ist? Dann muss es doch ein Zeichen von Liebe sein, wenn sie ihre Bedürfnisse so zurückstellen kann?"
„Grundsätzlich stimmt das schon", pflichtete Wilma ihm bei. „Wenn man richtig liebt, kann man das. Aber Jenna kann noch nicht richtig lieben, sie ist in dem Prozess es zu lernen. Sie nimmt sich zurück, weil sie keinen Ärger machen will. Sie will als Kind die Liebe ihrer Eltern und legt sich ein Verhaltensmuster zu, mit dem sie glaubt das Gewünschte zu erreichen. Alle ärgerlichen, traurigen und ängstlichen Gefühle verdrängt sie. Die, die sie selbst aufgrund ihrer Gedanken erschaffen hat. Die, die sie von ihrer Mutter energetisch übernommen hat und die, die sie aus früheren Leben mitgebracht hat. Und dann spielt man praktisch nur eine Rolle. Man spielt sich und anderen etwas vor. Als Jenna den Brief gelesen hatte, kamen ungute Gefühle in ihr hoch. Das hast du doch bemerkt, oder? Was tat sie dann?" Erwartungsvoll sah sie zu Anton. Dieser überlegte einen Moment und sagte dann unsicher „Sie hat gleich positiv gedacht und den Brief geschrieben." „Genau, sie ist gleich in die Handlung gegangen", bestätigte Wilma seine Antwort. „Sie hat nicht in sich hinein gespürt, welche Emotionen sich in diesem unguten Gefühl verbergen. Sie hat sie verscheucht, wollte sie nicht ansehen. Stattdessen ist sie gleich ins Gegenprogramm verfallen, wollte möglichst positiv denken und ihm dann auch gleich einen tröstenden Brief schreiben."

„Und was soll sie jetzt tun?“ Ratlos blickte Anton auf die Leinwand und betrachtete Jenna. „Sie muss lernen ihre Rollen zu durchschauen und diese aufzugeben. Sie muss lernen, in Kontakt mit verdrängten Gefühlen zu kommen und Wege finden, diese aufzulösen. Sie muss zu einem gesunden Egoismus finden und eine gesunde Ich-Stärke entwickeln. Und erst danach kann sie beginnen, sich von dem Ego wieder zu befreien. Das ist ihr Weg. Das gilt nicht pauschal für alle Menschen, das ist jeweils eine Frage des Bewusstseinsgrades. Je bewusster jemand ist, desto leichter kann er das Ego überwinden. Sie ist jetzt noch sehr unbewusst und hat zu viele schmerzhafte Bewusstseinsinhalte verdrängt. Diese Energie ist in den Schmerzkörpern gefangen. Jetzt muss sie anfangen, diese fixierte Energie wieder frei zu setzen, damit sie dem Bewusstsein wieder zur Verfügung steht.“
„Was heißt das, *es ist eine Frage des Bewusstseinsgrades*,?“ Verständnislos sah Anton Wilma an. „Kannst du mir ein Beispiel dafür geben?“ Wilma überlegte kurz und dann sagte sie. „Ja, kann ich. Stell dir vor du bist ein kleiner Junge und dein Spielzeugauto ist kaputt. Es ist dein absolutes Lieblingsspielzeug. Wie fühlst du dich dann?“ „Sehr traurig! Das ist schlimm!“ antwortete Anton spontan. „Und jetzt stell dir vor du bist dreißig Jahre alt und hältst das kaputte Spielzeugauto in der Hand. Wie fühlst du dich dann?“ Erwartungsvoll schaute Wilma ihm in die Augen und da er zögerte zu antworten, hakte sie nach. „Ist das auch schlimm?“ „Natürlich nicht“, erwiderte Anton. Wilma schaute nun erfreut und fragte lächelnd „Und warum ist das nicht schlimm?“ „Ganz einfach, mit dreißig ist das Spielzeugauto nicht mehr so wichtig für mich!“ „Genau, es ist nicht mehr so wichtig! Und so ist das auch mit dem Bewusstsein. Je höher der Grad der Bewusstheit, desto unwichtiger sind die Dinge im Außen. Es ist schön, wenn Dinge da sind, aber wenn sie nicht da sind, ist es auch gut. Die Anhaftung an äußere Dinge wird einfach immer weniger. Die Abscheu gegen etwas nimmt ebenso ab. Aber bis Jenna so fühlen kann, dauert es noch etwas. Du wirst es erleben.“

„Puh“, entfuhr es Anton, „das klingt ja nach ganz viel Arbeit. Wie viele Rollen spielt denn ein Mensch so?“ „Och, so genau kann man das nicht sagen. Ein bekannter Psychologe auf der Erde spricht von durchschnittlich 300 Rollen pro Mensch in dieser Zeit auf der Erde.“ „Waaaaasss? 300. Das ist ja der Hammer! Das kann doch gar nicht sein, so viele?“ Anton konnte es einfach nicht glauben. „Ist ja nur eine Zahl“, beruhigte Wilma ihn. Daran wollen wir uns jetzt nicht festhalten. Auf jeden Fall sind es viele Rollen. Wir werden sehen wie Jenna damit umgeht. Es ist gleich Nacht auf der Erde. Bist du in der Lage deiner Frau einen Besuch abzustatten und mit ihr zu reden?“ Aufmerksam ruhte Wilmas Blick auf ihm und er spürte ihre Kraft. „Ja“, sagte er spontan, „du bist ja dabei und hilfst mir nichts falsch zu machen.“ „Gut, dann lass uns gehen“, antwortete Wilma und forderte ihn auf ihr zu folgen.

Sie verließen ihren Zuschauerraum und gingen einen langen Flur mit vielen Türen entlang. Plötzlich blieb sie vor einer Tür stehen. „Wir sind da“, sagte sie und schaute ihm ins Gesicht. „Bereit?“ Er schluckte und sagte dann etwas kleinlaut „Ja, glaub schon.“ Wilma öffnete die Tür und sie betraten einen neuen Zuschauerraum. Genau wie in ihrem Raum gab es hier eine riesengroße Leinwand. In einem Sessel saß ein sympathisch und sehr friedlich aussehender Mann mit einem weißen langen Bart. Er blickte ihnen freundlich entgegen als sie eintraten. Dann stand er auf und begrüßte sie mit den Worten „Ich habe schon mit eurem Kommen gerechnet, schön, dass ihr endlich da seid.“ „Das ist Friedhelm“, stellte Wilma ihn lächelnd vor. „Er ist der Engel von Beate, deiner Exfrau.“ Der Name passt zu diesem friedlichen Engel, dachte Anton spontan und laut sagte er „Freut mich Sie kennen zu lernen.“ Dieser lächelte ihn belustigt an und sprach „Dich kenne ich ja schon etwas länger und es freut mich auch, dich hier zu sehen!“ Anton fühlte sich irgendwie unwohl. Dieser Engel wusste bestimmt alles von ihm! Auch wie sehr er seine

Exfrau verflucht und ihr nichts Gutes gewünscht hatte und er fing an sich dafür zu schämen. Friedhelm erkannte seinen Zustand und sagte sanft „Keine Sorge, alles ist gut. Ich finde es sehr schön, dass du hier bist, denn so können Beate und du endlich Frieden schließen. Für meinen Schützling ist das sehr hilfreich für ihren weiteren Weg auf der Erde. Und auch für dich ist es sehr gut." Anton schaute in Friedhelms funkelnde Augen und alles Unwohlsein fiel sofort von ihm ab. „Ja", sagte er jetzt ganz klar, „das glaube ich auch. Ich bin bereit. Was soll ich tun?"
Friedhelm zeigte auf die Leinwand. „Schau hin", forderte er ihn auf. Anton folgte der Aufforderung und sah nun eine schlafende Beate in ihrem Bett liegen. Sie wohnte immer noch in der Wohnung, in der sie gemeinsam gelebt hatten. Sie hatte immer noch die gleiche Schlafzimmereinrichtung. Er war damals ausgezogen. Nachdem sie ihn betrogen hatte, wollte er nichts mehr um sich haben, das ihn an sie oder ihre gemeinsame Zeit erinnert hätte. Ihr schien das nichts auszumachen. Und auch dem Mann nicht, der jetzt neben ihr lag. Wenn er sich richtig erinnerte, war sein Name Werner.
„Ja, sein Name ist Werner", sagte Friedhelm nun beipflichtend. Für einen Moment hatte Anton total vergessen, dass Wilma und Friedhelm bei ihm waren, so sehr war er gefesselt von Beates Anblick. „Und du stehst immer noch zwischen ihm und Beate", fuhr Friedhelm jetzt fort. „Sie fühlt sich bis heute schuldig für ihren Treuebruch und dieses Schuldgefühl hindert sie daran, sich ganz auf Werner einzulassen und ihr Glück zu genießen. Das spüren beide und das steht wie eine kleine Wand zwischen ihnen. Werner liebt Beate aufrichtig und auch sie will mit ihm zusammen sein. Tief in ihrem Herzen wünscht sie sich, dass du ihr vergeben kannst und ihr für ihre Zukunft mit Werner alles Gute gönnst. Sie hat von deinem Herztod erfahren und seitdem denkt sie noch öfter an dich und ihr Schuldgefühl ist auch noch gewachsen. Willst du sie davon erlösen?" „Ja, das will ich, ja das will ich wirklich", bekräftigte Anton nun mit fester Stimme. „Ich

habe von Wilma schon eine Menge gelernt und weiß jetzt, dass nicht nur Beate Schuld an unserer Trennung war. Und ja, ich will ihr das Glück mit Werner gönnen. Was soll ich denn jetzt tun? Wie kann ich sie erlösen?“ Fragend blickte er Friedhelm an. Dieser nahm ihn an die Hand und sagte „Komm mit.“ Bereitwillig ließ er sich führen und plötzlich standen sie im Schlafzimmer von Beate. „Sprich mit ihr“, forderte Friedhelm ihn auf. Sie kann dich hören. Ihr Verstand ist schlafen gegangen und kann sich jetzt nicht einmischen. Sie wird direkt von ihrem Herzen aus mit dir reden und alle Antworten, die sie dir gibt, werden ganz klar und wahr sein. Sie wird nichts beschönigen und nichts verheimlichen. Das kann und will das Herz gar nicht, das sind immer nur die Tricks vom Verstand. Also, nur Mut, trau dich“, forderte Friedhelm ihn auf. „Die Wahrheit tut nie weh, sie befreit! Es sind die falschen Vorstellungen, die Schmerzen nach sich ziehen. Enttäuschungen sind - wie das Wort schon sagt - Täuschungen, die weggehen.“
Anton stand immer noch etwas hilflos im Raum. Langsam näherte er sich der schlafenden Beate. Er ging vor ihr in die Knie und setzte sich auf den Boden. Ein paar Minuten schaute er sie staunend an. Wie schön sie immer noch war. Wie er sie geliebt hatte. Und wie sehr ihn ihr Treuebruch verletzt hatte. Ohne dass er es verhindern konnte, fing er plötzlich an zu weinen. Wilma setzte sich zum ihm auf den Boden und nahm ihn in ihre Arme. Er weinte nun hemmungslos und schämte sich seiner Tränen nicht. Wilma wiegte ihn wie ein kleines Kind und er fühlte sich so sehr geborgen in ihren Armen. Auch als seine Tränen versiegten, ließ sie ihn nicht los und er genoss das Gefühl gehalten zu werden und tief innen spürte er, dass etwas in ihm geheilt worden war.
„Danke“, er schaute Wilma direkt an und löste sich langsam aus ihren Armen, „es geht mir besser.“ Liebevoll schaute Wilma ihn an. „Schön“, sagte sie voller Freude, „da ist etwas geheilt in dir,

ich sehe es in deinen Augen. Und nun sprich mit ihr und frage sie alles, was du fragen willst."
Anton spürte in sich hinein. Wollte er noch wissen warum sie ihn betrogen hatte? War das jetzt noch wichtig? Er spürte, dass er keine Fragen mehr hatte. Sie hatte ihn nicht mehr gewollt, sie hatte sich in einen anderen Mann verliebt und aus irgendeinem Grund nicht den Mut gehabt, es ihm zu sagen. Gab es da noch etwas zu erklären? Nein, es war einfach so. Er spürte keine Verletzung mehr, keine Frage und so beugte er sich zu ihrem Gesicht hinab und streichelte zart ihre Wange.
„Verzeih mir wenn ich dich verflucht habe und dir nichts Gutes wünschen konnte. Ich war so verletzt und enttäuscht von dir. Ich habe all die Vorzeichen nicht gesehen. Wir haben nicht mehr viel geredet, wir hatten uns schon längst verloren. Ich habe abends lieber mein Bier getrunken und alles verdrängt. Wir haben beide Fehler gemacht. Jetzt wo ich dich gesehen habe, kam mein Schmerz hoch und ich konnte ihn beweinen und loslassen. Es geht mir jetzt gut. Mach dir keine Sorgen mehr um mich. Und bitte fühle dich nie mehr schuldig! Ich verzeihe dir! Und ich verzeihe mir. Ich verzeihe uns. Alles ist gut." Er warf einen Blick auf Werner und dann sprach er weiter. „Dir verzeihe ich auch. Und ich wünsche euch beiden viel Glück miteinander und gönne euch eine schöne Liebesbeziehung."
Er stand auf. Wilma und Friedhelm nahmen ihn in ihre Mitte und schauten ihn lächelnd an. „Wie fühlst du dich mein Junge?" fragte Friedhelm ihn nun. „Gut", antwortete er, „nein, sehr gut!" Auf einmal hörte er Beates Stimme. Die Stimme war überall, innen und außen. Und es war nicht nur ihre Stimme die er hörte, er fühlte diese Worte in seinem Herzen und wusste sie waren wahr. „Ich bin so glücklich, dass du mir verzeihen konntest. Ich danke dir von Herzen, dass du uns unser Glück gönnen kannst. Ich freue mich sehr, dass es dir gut geht und wünsche dir ganz viel Liebe." Ganz deutlich hörte er diese Worte und schaute nun auf die schlafende Beate. Auf deren Gesicht zeigte sich jetzt ein

sanftes Lächeln. Und dann sah er, dass sie sich im Bett zu Werner umdrehte. Sie legte ihre Hand auf seine Brust und kuschelte sich eng an ihn. Der schlafende Werner schien das zu spüren, denn er legte seine Hand jetzt auf ihre und auch auf seinem Gesicht erschien ein Lächeln.

„Gut gemacht“, hörte er Friedhelm dicht an seinem Ohr sagen. „Jetzt brauchst du das Leid nicht mehr mitnehmen in dein nächstes Leben, das ist gut für euch beide!“ Zufriedenheit klang aus seiner Stimme und Anton hatte das selten erlebte Gefühl, etwas wirklich gut gemacht zu haben. „Ja“, sagte er jetzt glücklich, „das habe ich wirklich gut gemacht!“

Kapitel 4 Das Einlassen

8 Monate später

Die Monate vergingen rasch. Pascal hatte es immer noch nicht übers Herz gebracht, Elke von seiner Liebe zu Jenna zu erzählen. Sie war immer noch in tiefer Trauer um ihre Mutter und litt unter starken depressiven Phasen, die zeitweise die Einnahme von Antidepressiva erforderlich machten. Ihr Gesundheitszustand machte es ihm unmöglich, ihr von Jenna und seiner Liebe zu ihr zu erzählen. Einerseits fühlte er eine tiefe Sehnsucht nach Jenna und andererseits war da das Verantwortungsgefühl für Elke. Er war in einem wahren Dilemma und unfähig, eine Entscheidung zu treffen. Zu Hause funktionierte er als der fürsorgliche Partner und er tat alles, um Elke das Leben so angenehm wie möglich zu machen. Sie unternahmen viel. Sie trafen sich mit Freunden, gingen ins Theater, in Kunstaustellungen, auf Partys, genossen den Wintersport und vieles mehr. Er wollte sie fröhlich sehen, konnte die depressive Stimmung von ihr einfach nicht aushalten. Er fühlte eine freundschaftliche Liebe für sie und sie verstanden sich nach wie vor gut. Wenn er mit ihr zusammen war, verdrängte er die Gefühle für Jenna so gut es ging. Manchmal war er überrascht, wie gut ihm das gelang. Wie kühl er dabei äußerlich wirkte und agierte, war ihm gar nicht bewusst.

Wenn dann jedoch wieder ein Brief von Jenna kam, oder wenn er sie sah, dann war alles Verdrängen nicht mehr möglich. Sie berührte ihn wie nichts anderes und in den Zeiten mit ihr spürte er sein Herz voll und ganz. So oft es ging flog er nach Bremen und sie trafen sich alle paar Wochen für ein paar Tage. Wenn er sich dann wieder von ihr trennte, verdrängte er die Gefühle und der Verstand übernahm wieder die Herrschaft über ihn. Irgendwie hoffte er, dass das Leben ihm die Entscheidung abnahm. Es könnte doch ein Wunder geschehen. Wie das Wunder jedoch aussehen sollte, das wusste er nicht.

An einem regnerischen Samstag im April saß Pascal allein am Frühstückstisch. Elke besuchte wieder einmal das Grab ihrer Mutter und er studierte in aller Ruhe die Süddeutsche Zeitung. Für das Versicherungsbüro suchten sie eine Sekretärin und als er jetzt die Stellenausschreibungen durchlas, kam ihm eine spontane Idee. Er war wie elektrisiert und dachte, ja, das wäre doch ein Anfang. Jenna könnte nach München ziehen. Dann wären wir räumlich nicht so weit voneinander getrennt und wir könnten uns öfter sehen. Sie würde in ihrem Beruf sicher genügend Möglichkeiten haben, einen Job zu finden. Natürlich konnte er ihr den Job als Sekretärin bei sich in der Versicherungsagentur nicht anbieten, das wäre zu riskant. Von seiner Idee begeistert, durchstöberte er die Stellenanzeigen nach passenden Arbeitsmöglichkeiten für Jenna. Er würde ihr gleich heute noch schreiben. Allein die Vorstellung vitalisierte ihn und fröhlich vor sich hin pfeifend schnitt er passende Stellenanzeigen aus der Zeitung aus.

Jenna hatte sich mit dem Zustand arrangiert. Sie war ohne Zweifel, dass Pascal sich trennen würde und sie hatte weiterhin Verständnis dafür, dass er den Zeitpunkt seiner Aussprache noch etwas hinauszögern musste. Darum genoss sie die heimlichen Stunden so gut es ging. Die übrige Zeit genoss sie seine Briefe. Mindestens jeden zweiten Tag kam Post und ein Tag ohne Post war ein verlorener Tag. Jeden Tag rief sie pünktlich um 11.00 Uhr ihre Mutter an und jeden Tag stellte sie ihr die gleiche Frage. „Mama habe ich Post?“ Lautete die Antwort *ja*, dann war sie glücklich. Lautete die Antwort *nein*, dann war sie traurig. So nach und nach verlor sie das Interesse an allen Aktivitäten vor Ort. So richtig lebenswert waren für sie nur noch die Zeiten mit Pascal, alles andere lief irgendwie so nebenher. Der Sonntag war der schlimmste Tag, denn der Sonntag war ein Tag an dem definitiv keine Post kam! Dafür war der Montag wieder ein guter Tag, denn montags kam immer Post. So auch an diesem.

Samstag, den 14.04.1985

Meine liebste Jenna,

ich hoffe es geht Dir gut. Ich denke wie immer sehr oft an dich und freue mich so sehr auf unser Wiedersehen in zwei Wochen. Ich kann es kaum noch erwarten. Elke leidet immer noch unter Depressionen und somit hat sich an unserer Situation noch nichts verändert.

Dafür hatte ich heute eine super Idee und ich brenne darauf dir davon zu erzählen!

Beim Studieren der Süddeutschen Zeitung habe ich unter anderem auch die Stellenbeschreibungen studiert und es gibt zahlreiche Anwaltskanzleien in München, die Mitarbeiter suchen. Was hältst du davon nach München zu ziehen? Du willst doch sicher nicht ewig bei deinen Eltern wohnen! Du bist doch alt genug flügge zu werden und München ist eine tolle Stadt. Wir könnten uns öfter sehen und wenn es Elke dann besser geht und ich mit ihr reden kann, können wir zusammen ziehen. Vorerst müsstest du dir natürlich selbst eine Wohnung suchen und alleine wohnen.

Was sagst du dazu? Ich brenne darauf von dir zu hören!
Ich lege dir alle passenden Stellenangebote bei. Fünfzehn Stück! Da ist sicher etwas für dich dabei!

Ich küsse und umarme dich und ich liebe dich!

Dein Pascal

Wow, er will das ich nach München ziehe. Dieser Gedanke machte sie glücklich und spontan sagte ihr Herz ja zu dieser Idee.

Was hält mich hier schon, dachte sie. So wirklich wichtig ist mir hier nichts mehr und vielleicht ändert mein Umzug etwas an unserer Situation. Irgendwie muss es jetzt mal weiter gehen!
„Zieht sie wirklich um? Macht er sich das nicht etwas zu einfach?“ Anton warf Wilma einen skeptischen Blick zu. „Ja, er macht es sich sehr einfach“, stimmte Wilma ihm zu, „aber er sieht es nicht so. Er ist einfach begeistert von seiner Idee und im Moment ist ihm gar nicht bewusst, was er damit in Gang setzt. Außerdem fühlt er sich für Jenna nicht verantwortlich. Sie macht auf ihn einen starken und selbstbewussten Eindruck, ganz im Gegensatz zu Elke. Für Elke fühlt er sich immer noch verantwortlich und das Gefühl wird solange bleiben, bis er sich mit dem Thema auseinandersetzt. Hast du Jenna je jammern gehört? Hat sie sich je bei ihm beklagt, dass sie mehr will? Seine Unterstützung eingefordert?“
„Nein, das hat sie nicht. Sie scheint wirklich nichts von ihm zu brauchen, nur seine Liebe“, fügte er noch hinzu. „Oder ist das nur ihre Rolle? Und kann die Rolle so weit gehen, dass sie alles aufgibt, ohne dass er Elke überhaupt etwas erzählt hat und noch unklar ist, ob er es je tun wird? So blöd kann doch niemand sein?“
Wilmas Blick war auf die Leinwand gerichtet. Mit einem liebevollen Blick auf ihren Schützling hatte ihre Stimme einen weichen Klang als sie ihm jetzt antwortete. „Mein lieber Anton, ersetze das Wort blöd mit unbewusst und ja, so unbewusst kann man sein.“ Sie wendete sich von der Leinwand ab und drehte sich nun in seine Richtung. „Und ja, es ist ihre Rolle. Die taffe Frau, die alles im Griff hat, die alles alleine schafft und ganz viel Verständnis hat. So wie er verdrängt, so verdrängt auch sie. Sie verdrängt den Teil in sich, der sich Unterstützung wünscht. Sie verdrängt den Teil in sich der sagt „Klär erst mal deine Situation mit Elke und wenn du dich getrennt hast, dann kann ich nach München ziehen. Ich will gar nicht alleine in eine Wohnung ziehen, ich will das gemeinsam mit dir tun.“

„Warum tut sie das? Kann sie nicht anders?“ Hilflos schaute Anton zu Wilma. „Nein, sie kann jetzt nicht anders. Sie tut es ja nicht absichtlich. Es geschieht, es ist eine automatische Abwehrreaktion. Sie ist sich dieses Teils in sich nicht bewusst.“ „Ist noch alles im grünen Bereich? So ganz geheuer ist mir das alles nicht!“ Anton schaute etwas ängstlich und seine Stimme klang leicht brüchig. „Klar, alles im grünen Bereich!“ antwortete Wilma mit fester Stimme und Antons Anspannung ließ langsam nach.

Kapitel 5 Die Hoffnung

4 Monate später

Es war Freitag der 31. August 1985 gegen 20.00 Uhr. Jenna war allein und irgendwie fühlte sie eine gewisse Frustration. Sie blickte aus dem Fenster ihres Apartments und schaute unentschlossen auf das Treiben vor dem Haus. Ihre Fenster waren weit geöffnet. Es war ein heißer Tag gewesen und die Hitze staute sich im Zimmer. Sie wohnte an einer belebten Straße mit etlichen Lokalen und Geschäften. Direkt unter ihr befand sich ein Eiscafé namens St. Marco und um diese Zeit herrschte dort bei diesen Temperaturen Hochbetrieb. Gehe ich noch ein Eis essen oder doch nicht, überlegte sie. Marc, der Besitzer des Eiscafés, blickte genau in diesem Moment zu ihr herauf und hob grüßend die Hand. Lächelnd erwiderte sie seinen Gruß und entschied sich spontan doch noch hinunter zu gehen. Sie besuchte das Café öfter und so gehörte sie neuerdings zu seinen Stammkunden. Er hatte immer ein freundliches Wort für sie und irgendwie gab ihr sein Lokal ein heimatliches Gefühl. Marc war Anfang fünfzig und führte zusammen mit seiner Ehefrau seit vielen Jahren das Eiscafé. Jenna wohnte jetzt einen Monat in München und außer ihren Kollegen und Pascal kannte sie nur sehr wenige Menschen in München und das Heimweh plagte sie oft. Und gerade dann waren das Eis von Marc und die Atmosphäre in seinem Lokal Balsam für ihre Seele.
Marc begrüßte sie lächelnd. „Signorina Jenna, spezieller Tisch für Sie. Kommen Sie.“ Er zeigte auf den einzigen freien Tisch neben der Theke, der eigentlich dem Personal vorbehalten war. Sie blickte ihn dankbar an und nahm Platz. „Schöne Früchtebecher wie immer? Mit ganz viel Sahne?“ Marc zwinkerte ihr aufmunternd zu. „Ja, bitte. Mit ganz viel Sahne.“ Seine Worte taten ihr gut. Dieses Gefühl, man kannte sie, und man wusste, welches Eis sie wollte, die Worte, wie immer, all das gab ihr ein

vertrautes Gefühl und augenblicklich besserte sich ihre Stimmung. Während sie auf ihr Eis wartete ließ sie ihren Gedanken freien Lauf. Jetzt war sie schon über einen Monat hier. Am ersten August hatte sie ihre neue Stelle angetreten. Nachdem Pascal die Stellenangebote geschickt hatte, war alles ganz schnell gegangen. Sie hatte all ihren Mut zusammen genommen und alles auf eine Karte gesetzt. Ihre Eltern waren nicht sehr begeistert gewesen, dass es gerade München sein musste, aber sie versuchten auch nicht sie umzustimmen. Sie wussten immer noch nicht, dass Pascal gebunden war und Jenna tat betont entspannt, wenn es um das Thema ging. Nein, es war eine lockere Sache und sie wüsste noch gar nicht, ob sie sich eine Zukunft mit ihm vorstellen könnte. Darum würde sie auch allein ein Apartment beziehen, eben weil sie sich alles offen halten wollte. Und darum würde sie ihn den Eltern erst vorstellen, wenn es spruchreif wäre. Ihre Eltern stellten ihre Aussagen nicht in Frage und somit gab es keine unnötigen Fragen.
Der Arbeitsplatz war ganz okay. Sie arbeitete jetzt in einer privaten Kanzlei bei einem Strafverteidiger. Die Bezahlung war gut und auch die Kolleginnen waren freundlich zu ihr. Sie konnte sich das Apartment leisten und mit dem Umzug hatte auch alles gut geklappt. Jahrelang hatte sie in der Disco gearbeitet und innerhalb von ein paar Monaten waren fast ihre ganzen Ersparnisse verbraucht. Der Umzug, die erste Miete, die Kaution, diverse Anschaffungen, alles zusammen kostete das eine Menge Geld. Aber sie war stolz darauf, alles bezahlen zu können und keinen um Hilfe bitten zu müssen.
Bei den Gedanken an den Umzug lächelte sie leicht. Manfred war ein stiller Verehrer aus der Discozeit gewesen. All die Jahre saß er an den Wochenenden an ihrer Theke und himmelte sie an. Er war einfach nicht ihr Typ und obwohl er wusste, dass er keine Chance hatte, konnte er nicht anders, als sie anzuhimmeln. Als er von ihrem Umzug hörte, bot er gleich seine Hilfe an. „Ist vielleicht ganz gut, wenn du weg bist“, sagte er einmal zu ihr,

„denn dann kann ich mir endlich eine Frau suchen, die mich will. Darum bring ich dich höchstpersönlich weg und dann bin ich sicher, du bist auch wirklich weg und ich brauche nicht mehr zu hoffen."
Warum konnte ich mich eigentlich nicht in so einen lieben und hilfsbereiten Mann verlieben, überlegte sie nun? Pascal hatte kein Stück beim Umzug geholfen. Außer ihr die Stellenanzeigen zu schicken, hatte er eigentlich nichts getan. Er hatte es als selbstverständlich hingenommen, dass sie sich alleine eine Wohnung suchte, den Umzug organisierte und sich einrichtete. Manfred war drei Tage geblieben. Er war mit ihr in alle möglichen Geschäfte gefahren, um alles Nötige zu besorgen. Geduldig hatte er ihre Schränke aufgebaut, Lampen befestigt und Bilder aufgehängt. Erst als alles fertig war, fuhr er heim. Dienstags war sie umgezogen und freitags war ihr erster Arbeitstag gewesen. In der Früh hatte sie sich betont fröhlich von ihm verabschiedet. Wenn sie von der Arbeit kommen würde, würde er schon weg sein. In der Disco hatte er einmal zu ihr gesagt „Und wenn wir da sind und du wieder mit heim willst, brauchst du nur ein Wort zu sagen, dann nehme ich dich sofort wieder mit nach Hause." Sie hatte damals gelacht und nie im Leben geglaubt, dass das eintreten könnte. Beim Abschied stiegen ihr dann doch die Tränen in die Augen und am liebsten hätte sie sich umgedreht und gesagt, bitte nimm mich wieder mit. Als sie abends heimkam, stand ein Strauß mit einundzwanzig roten Rosen auf dem Tisch und bei dem Anblick war sie dann erneut in Tränen ausgebrochen und hatte erst einmal eine Runde geweint. Pascal hatte keine Blumen zur Begrüßung gebracht. Bei dem Gedanken verzog sie missmutig das Gesicht.
In dem Moment kam Marc mit dem Eis. „Früchtebecher mit ganz viel Sahne für schöne Signorina", sagte er strahlend und stellte das Eis vor sie hin. „Danke, das ist jetzt genau richtig", antwortete Jenna und schob sich gleich einen gehäuften Löffel Sahne in den Mund. Hmmh, tat das gut!

Mit Susanne, einer Angestellten des Cafés, hatte sie sich angefreundet und diese setzte sich jetzt schwungvoll zu ihr auf die Bank. „Puuuhhh“, stöhnte sie und setzte ein gespielt qualvolles Gesicht auf, „meine Füße sind total platt. Ich brauche unbedingt ein kleines Päuschen.“ Jenna freute sich über einen kleinen Plausch mit Susanne. Sie waren sich von Anfang an sehr sympathisch gewesen und irgendwie total vertraut. Susanne kam gebürtig aus Berlin, nahm kein Blatt vor dem Mund und war so herrlich unbekümmert. Was Jenna aber ganz besonders an ihr gefiel, war ihre große Fähigkeit zur Toleranz und Wertfreiheit. Sie hatte bisher nie einen Menschen wie sie getroffen. Susannes Art hatte Jenna Mut gemacht, ihr von ihrem Verhältnis zu Pascal zu erzählen und diese hatte ihre Geschichte kommentarlos angehört. Im Gegensatz zu all ihren anderen Freundinnen, hatte sie nicht angefangen Pascal zu kritisieren. Sie maß sich nicht an zu urteilen, was in ihm vorging und stellte auch keine Mutmaßungen an, warum er dies oder jenes tat. Das machte sie zu einer wertvollen Gesprächspartnerin für Jenna.
Susanne war wie sie der Liebe wegen von Berlin nach München gezogen. Max hieß der Glückliche. Die zwei waren jetzt schon vier Jahre zusammen, vor zwei Jahren hatten sie geheiratet und wohnten nur ein paar Straßen vom Eiscafé entfernt. Max verdiente genügend Geld und so jobbte Susanne aus lauter Spaß und ohne Druck im Eiscafé. Sie planten Nachwuchs und darum wollte Susanne sich jetzt keinen neuen Arbeitsplatz suchen. Die ersten Jahre würde sie sich ganz der Kindererziehung widmen und ihr Kind genießen wollen. Jenna war einmal bei den beiden zum Essen eingeladen und so hatte sie Max auch kennengelernt. An dem Abend war sie richtig neidisch auf Susanne gewesen. Nicht, dass sie Susanne ihr Glück missgönnte, nein, aber es war ihr schwergefallen deren Glück mit anzusehen. Sie wünschte, sie könnte mit Pascal ebenso unbeschwert ihre Zukunft planen, aber der war ja immer noch nicht frei.

Es war für Jenna ganz klar, dass Pascal sich trennen würde. Daran bestand für sie kein Zweifel. Es verzögerte sich nur dadurch, dass es Elke immer noch so schlecht ging und er ihr einfach nicht wehtun wollte. Trotzdem spürte sie jetzt immer öfter, wie unzufrieden sie mit der Situation wurde, aber sie verdrängte ihre Unzufriedenheit. Er war schon belastet genug und wenn sie jetzt auch noch unbequem werden würde, dann würde er vielleicht gar nicht mehr so gerne zu ihr kommen. Diesen Gedanken hatte sie schon ein paarmal gehabt, aber sie war dem nicht weiter nachgegangen.
„Wie geht's dir Süße? Was macht Pascal, war er heute da?" fragend sah Susanne sie an. „Mit eurem Eis geht's mir gleich besser", antwortete Jenna und schob sich dabei den nächsten Löffel Sahne in den Mund. „Ich war vorhin ehrlich gesagt schon etwas gefrustet. Er war für zwei Stunden da und die waren wie immer wunderschön, aber um 18.00 Uhr musste er fahren. Es ist Freitagabend, alle haben ihren Partner zu Hause und meine große Liebe ist bei einer anderen Frau." Verständnisvoll blickte Susanne sie an und tätschelte dabei leicht ihren Arm. „Ich kann gut verstehen, dass dich die Situation frustriert. Hast du denn nochmal mit ihm besprochen, wie er sich das auf Dauer vorstellt?" „Nein, ich dachte ich warte noch etwas. Weißt du, ich will nicht unbequem sein. Er ist schon belastet genug mit Elke und vielleicht muss ich mich einfach noch etwas in Geduld üben. Themawechsel, erzähl von dir. Was macht die Babyproduktion?" Ein breites Grinsen erschien auf Susannes Gesicht. Jenna machte große Augen! „Sag nicht es hat geklappt?" Aufregung klang in ihrer Stimme mit. „Doch", strahlte Susanne glücklich, „es hat geklappt! Ich bin in der siebten Schwangerschaftswoche!" „Glückwunsch, wie schön, ich freue mich für dich!" Jenna legte ihren Eislöffel aus der Hand und umarmte Susanne lange und fest.
„Wie lange sie die Warterei auf Pascal wohl noch aushält?" Fragend blickte Anton zu Wilma. „Ich wäre viel zu ungeduldig

und mir wäre an ihrer Stelle schon längst der Kragen geplatzt“, fügte er noch hinzu. „Jennas Leidensgrenze ist eben noch nicht erreicht. Darum hält sie sich zurück und ist in ihrer Rolle weiterhin gefangen. Sie macht sich da selbst etwas vor, aber dessen ist sie sich noch nicht bewusst. Wenn ich Elke so anschaue, dann bahnt sich jetzt bald eine Veränderung an.“ Ein kleiner Seufzer entfuhr Wilma und Anton schaute alarmierend auf die Leinwand. „Sind wir noch im grünen Bereich? Läuft noch alles nach Plan? Was kommt jetzt?“ Angst schwang in seiner Stimme mit. „Beruhige dich“, sagte Wilma, „alles läuft nach Plan. Es ist alles noch im grünen Bereich.“

Elke hatte es sich auf dem Sofa bequem gemacht und wartete ungeduldig auf Pascal. Heute würde sie mit ihm reden. Sie war sich jetzt ganz sicher. Er wirkte so verändert seit Mutters Tod. Sie hatten nicht viel über seine Gefühle geredet, aber sie spürte, wie er nachts oft schlaflos neben ihr lag und insgesamt machte er seit Mutters Tod einen angespannten und traurigen Eindruck. Das Ganze hat ihn vielleicht zu sehr an den Tod seiner eigenen Mutter erinnert und alte Emotionen wieder hochgeholt, dachte sie jetzt bei sich. Dann noch der ganze Stress in der Arbeit und die vielen Überstunden in den letzten Monaten. Verständlich, dass das nicht spurlos an ihm vorübergegangen war. Ein Lächeln breitete sich auf ihrem Gesicht aus. Umso mehr war es ein Wunder dass sie, obwohl sie in den letzten Monaten nur zwei Mal miteinander geschlafen hatten, schwanger war. Aufgrund ihrer eigenen Stimmung hatte sie kein Verlangen nach Sexualität gehabt und auch er schien derzeit kein Verlangen danach zu spüren. Jedenfalls kam er diesbezüglich nicht mehr auf sie zu. Oder er hatte einfach nur Rücksicht auf sie genommen. Ihr Herz wurde ganz weit. Er ist so lieb zu mir, so rücksichtsvoll und ich bin so froh, dass ich ihn habe. Sie hatte dem Test nicht getraut und war heute beim Gynäkologen gewesen. Eine Ultraschalluntersuchung bestätigte das Testergebnis und jetzt hatte sie es schriftlich. Stolz

schaute sie in den heute ausgestellten Mutterpass. Sie war in der achten Schwangerschaftswoche. Im Ultraschall hatte sie ganz klar die Herztöne ihres Kindes gesehen und zum ersten Mal seit dem Tod ihrer Mutter machte das Leben wieder Sinn für sie. Pascal und sie hatten vor Jahren schon festgelegt, dass sie heiraten würden und Kinder wollten. Darum hatte sie auch seit Jahren nicht mehr verhütet, wenn es passieren würde, würde es eben passieren. Und jetzt war es passiert. Genau zum richtigen Zeitpunkt. Pascal würde sich sicher riesig freuen.
Ungeduldig schaute sie zur Uhr und konnte es kaum erwarten, ihm die freudige Nachricht zu erzählen. Sie holte ein kleines Päckchen aus ihrer Handtasche und stellte es auf den Tisch. Dann stellte sie zwei Sektgläser auf den Tisch und dazu noch eine Flasche Mineralwasser. Den Sekt hatte sie kalt gestellt. Sie würde nur Wasser trinken, aber er sollte schon gebührend auf seinen Nachwuchs anstoßen.
Endlich hörte sie den Schlüssel in der Tür. Rasch lief sie in die Küche und holte den Sekt. In der Zeit hatte Pascal seine Jacke aufgehängt und betrat jetzt das Wohnzimmer. Überrascht blickte er auf die Sektgläser und das auf dem Tisch liegende Geschenk. „Habe ich was verpasst?" Fragend fiel sein Blick auf eine gut gelaunte Elke. „He, dir scheint es endlich besser zu gehen, wie schön! Was ist passiert?" Interessiert und freudig schaute er sie an. „Ja, mir geht es bestens." Sie nahm ihn an die Hand und zog ihn zur Couch. „Setz dich, ich habe ein Geschenk für dich. Heute ist ein ganz besonderer Tag, den du sicher nie in deinem Leben vergessen wirst!" Sie strahlte ihn förmlich an und legte ihm das Geschenk in die Hände. „Pack es aus", forderte sie ihn ungeduldig auf. Völlig ahnungslos packte Pascal das Geschenk aus und innerlich traf ihn fast der Schlag, als ihm klar wurde was er da in den Händen hielt. Zwei Paar Babyschuhe, einmal in hellblau und einmal in rosa.
„Ich wusste nicht was es wird, darum habe ich gleich beide Farben gekauft! Freust du dich? Ich bin so glücklich. Nach all

den Monaten der Trauer um Mama fühle ich mich heute wie neu geboren. Lass uns anstoßen!“ Sie reichte ihm ein Glas mit Sekt und für sich nahm sie eines mit Wasser. „Ich darf jetzt ja keinen Alkohol mehr trinken, aber dann trinkst du einfach zwei Gläser.“ Sie plapperte einfach drauf los und ließ ihm in ihrem Redeschwall gar keinen Platz für eine Antwort. Sie schien nicht zu bemerken, wie geschockt er war oder deutete dies einfach als Reaktion auf die Überraschung. Wie ferngesteuert prostete er ihr zu und als sie sich in seine Arme warf, umarmte er sie automatisch. Gott, warum jetzt, dachte er bei sich und bemühte sich innerlich um Fassung. „He, du sagst ja gar nichts.“ Elke schaute ihm jetzt direkt ins Gesicht. „Sag, freust du dich denn nicht?“ „Ja, klar freue ich mich“, sagte er mit belegter Stimme. Er räusperte sich und fuhr mit festerer Stimme fort. „Ich bin nur total platt von der Nachricht. Ich hätte mit allem gerechnet, nur nicht damit.“ „Das ging mir auch so, also entspann dich. Wir sollten besprechen wie wir das jetzt machen wollen mit der Hochzeit.“ „Hochzeit?“ wiederholte er tonlos. „Klar, mein Schatz, unser Kind soll doch nicht unehelich auf die Welt kommen. Wir wollten doch sowieso heiraten, also lass es uns so schnell wie möglich tun.“ Sie zeigte auf ihren flachen Bauch. „ Schließlich will ich keine Braut mit einem dicken Bauch sein!“ „Okay“, sagte er jetzt gespielt fröhlich und löste sich aus ihren Armen. „Ich werde jetzt duschen gehen und mir etwas Bequemes anziehen. Danach besprechen wir in aller Ruhe das weitere Vorgehen. Einverstanden?“ Um Verständnis bittend sah er sie an. „Okay, ich decke in der Zeit den Abendbrottisch und dann können wir beim Reden gemütlich essen.“ „Ja, das ist eine gute Idee“, antwortete er ihr und machte sich auf den Weg ins Bad.

Er schloss die Tür hinter sich. Völlig kraftlos ließ er sich auf den Boden sinken. Die Nachricht von der Schwangerschaft haute ihn im wahrsten Sinne des Wortes um. Tausend Gedanken sausten durch seinen Kopf. War das Schicksal? War es ein Zeichen, dass er doch zu Elke gehörte? Warum passierte das gerade jetzt? Egal

wie er es drehte und wendete, es gab kein Zurück mehr. Aus der Nummer kam er nicht mehr raus. Er hatte ihr die Ehe versprochen, sie hatten Kinder geplant. Von all seinen Gefühlen zu Jenna wusste sie gar nichts, er hatte zu lange gezögert ihr davon zu erzählen und jetzt war es zu spät. Er konnte ihr unmöglich jetzt noch davon erzählen. Sie war so glücklich. Nach alle den Monaten der Trauer war sie heute wieder voller Mut auf die Zukunft. Das konnte er ihr nicht nehmen. Er hatte keine Wahl. Noch etwas benommen erhob er sich vom Boden und schaute in den Spiegel. Da musst du jetzt durch mein Junge, sagte er lautlos zu sich. Das bist du ihr schuldig. Das bist du ihr verdammt noch mal schuldig. Du wirst nicht gehen und du wirst sie nicht unglücklich machen!
In diesem Moment verdrängte er alle Gedanken an Jenna, entschied sich dafür, vernünftig zu sein und seine Pflicht zu erfüllen. Er duschte rasch und schlüpfte in bequeme Kleidung. Bevor er das Bad verließ, atmete er ein paarmal tief durch, richtete sich bewusst auf, formte seinen Mund zu einem Lächeln und ging zurück zu Elke.
Anton japste hörbar nach Luft. „Oh mein Gott, das darf doch alles nicht wahr sein! Da läuft ja alles schief was schief laufen kann. Warum muss die denn jetzt gerade schwanger werden! Jetzt sind wir doch sicher nicht mehr im grünen Bereich!“ Vorwurfsvoll blickte er zu Wilma. „Doch, alles im grünen Bereich“, versicherte diese ihm mit Bestimmtheit. „Wenn das grün ist, dann möchte ich rot nicht erleben, geschweige denn schwarz! Wie kannst du nur so ruhig sein, ich verstehe dich nicht!“ Wilma begegnete seinem Blick mit einer, wie Anton fand, seltsamen Ruhe. „Willst du mir noch etwas erzählen? Weißt du etwas, was ich noch nicht weiß?“ Erwartungsvoll sah er sie an. „Ja, ich weiß etwas, was du noch nicht weißt und ich habe es dir absichtlich bis zu diesem Zeitpunkt verschwiegen. Ich wollte dich nicht vorzeitig aufregen, du hättest es nicht verstanden. Vielleicht verstehst du es auch jetzt nicht, aber ich weihe dich an dieser

Stelle mal ein.“ „Oh oh, das klingt gar nicht gut, aber nun sag schon was los ist“, forderte er sie nun ungeduldig auf.
„Pascals Prägung durch seine Mutter kennst du. Ein guter Mann verlässt seine Frau nicht, betrügt sie nicht, verliebt sich nicht in eine andere, bleibt unter allen Umständen bei ihr, ist schuldig, wenn er an sich selbst denkt und schuldig, wenn die Frau leidet. Pascal kann es nicht aushalten wenn Elke leidet. Dann übernimmt er Verantwortung für ihre Gefühle, fühlt sich schuldig und reagiert aus dieser Schuld heraus. Das ist aber nur ein Grund, warum er Elke bisher nicht verlassen konnte. Es gibt zudem noch eine offene Rechnung aus einem früheren Leben. Er und Elke waren in dem Leben vor diesem Leben Geschäftspartner. Sie waren beide Männer und geschäftlich gleichberechtigt. Pascal hat seinen Geschäftspartner hintergangen, ihn finanziell betrogen. Dieser hat danach bis zum Rest seines Lebens in finanziellem Mangel leben müssen. Im Verlauf seines Lebens wurde er zunehmend depressiver und begann zu trinken. Im mittleren Alter verstarb er durch einen plötzlichen Herztod. Pascal dagegen lebte in finanzieller Fülle und war sich keiner Schuld bewusst. In diesem Leben muss er diese Schuld ausgleichen und das ist der zweite Grund, der ihn an Elke bindet. Er ist sich dessen natürlich nicht bewusst, aber unbewusst weiß er, dass er sie versorgen muss. Darum kann er es in diesem Leben auch ganz locker tolerieren, dass sie nur stundenweise arbeitet und über relativ viel Freizeit verfügt. Er ermöglicht ihr ein Leben in Luxus, arbeitet viel und hart und tief innen hat er *ja* dazu gesagt.“
Es herrschte minutenlanges Schweigen. Nur langsam schien Anton zu begreifen, was das letztlich für Jenna bedeuten würde. „Willst du damit sagen, dass Pascal bei Elke bleibt und dass das von Anfang an fest stand?“ Ungläubig starrte er Wilma an. „Ja, genau das ist der Plan“, antwortete Wilma mit ruhiger Stimme. „Das ist ja mal ein ganz toller Plan! Toll! Du unterstützt das Kennenlernen, das Einlassen, den Umzug und jetzt sitzt sie in München, eine andere Frau bekommt ein Kind von ihm und jetzt

spaziert er dann zu ihr und sagt, tut mir leid, aber wird es nichts mit uns? Bist du von allen guten Geistern verlassen? Hast du da irgendwas durcheinander gekriegt? Was bist du denn für ein Engel?“ Er redete sich richtig in Rage.

Wilma trat auf ihn zu, packte ihn an den Schultern und sah ihm direkt ins Gesicht. „Hör mir gut zu“, begann sie mit klarer Stimme. „Ich weiß, dass du mit deinem begrenzten Verstand noch nicht verstehen kannst, was hier vor sich geht! Wir sitzen hier nicht vor einem Fernseher und schauen irgendeinen romantischen Liebesfilm mit einem normalen Happy End. Mein Auftrag ist es, Jenna in diesem Leben zur bedingungslosen Liebe zu führen. Ich muss und werde sie in Verbindung mit ihrer göttlichen Quelle bringen, damit sie sich von allen abhängigen Beziehungen lossagen und endlich eine erfüllte Beziehung leben kann. Das ist ihre Wahl. Verstehst du das?“ Sie blickte ihm immer noch direkt in die Augen und fuhr mit ruhiger, klarer Stimme fort. „Sie hat sich im letzten Leben theoretisch mit all dem Wissen über die bedingungslose Liebe beschäftigt und sie möchte diese jetzt erfahren. Das ist ihr tiefster Wunsch. Ihre Seele hat nur dieses Ziel. Das größte Geschenk, das Pascal Jenna machen kann, ist der Verlust.“

„Verlust als Geschenk?“ flüsterte Anton kaum hörbar. „Ja, Verlust kann eine Gnade Gottes sein. Je nachdem, von welchem Standpunkt aus man ihn betrachtet.“ Ihr Blick durchdrang ihn förmlich und automatisch hielt er die Luft an. „Ich weiß, dass du das jetzt noch nicht verstehen kannst“, fuhr sie fort, „ aber glaub mir, ich weiß, was zu tun ist und bin mir meiner Aufgabe voll bewusst. Willst du mir vertrauen und aufhören an allem zu zweifeln? Rot ist es erst, wenn ich rot sage. Jetzt sind wir im grünen Bereich und alles ist gut.“ Sie ließ ihn los und er ließ sich prompt in seinen Sessel fallen. „Na ja“, begann er zögernd, „ ich bin hier der Praktikant und du die Fachfrau. Vielleicht sollte ich wirklich anfangen, mich nicht immer gleich so aufzuregen und meine menschliche Begrenztheit im Denken endlich ablegen.“

„Guter Gedanke“, lobte Wilma ihn. „Jetzt geht’s nämlich erst richtig los und wenn dir das gelingt, dann wäre es sicher entspannter für uns beide“ fügte sie lächelnd hinzu. „Am besten du vergisst alles, was du zu wissen glaubst und nimmst die Haltung ein, nichts zu wissen. Alle Meister gingen durch dieses Stadium, sie wussten irgendwann, dass sie nichts wussten. Mach eine spirituelle Übung draus.“ „Okay“, antwortete Anton bereitwillig, „ich werde mich bemühen.“ Wilma setzte sich auch wieder auf ihren Thron und beide lenkten den Blick wieder auf die Leinwand.

Die Hochzeit fand vier Wochen später statt. Pascal konnte Elke dazu überreden nur standesamtlich zu heiraten und anschließend einen Kurzurlaub am Gardasee zu verbringen. Nach dem Tod ihrer Mutter sei ihm nicht nach Feiern zumute und er wollte diesen Moment einfach nur mit ihr teilen. Elke war gerührt und erfüllte ihm gerne den Wunsch. Ihr war auch nicht nach einer großen Feier. Vielleicht würden sie nach der Geburt des Kindes eine größere Party ausrichten. In der jetzigen Wohnung war sowieso zu wenig Platz. Sie würden auch umziehen müssen. Beim Standesamt war Pascal seltsam still und seine Stimme klang brüchig als er *Ja* sagte. Tränen stiegen ihm in die Augen und verstohlen wischte er diese weg. Elke war erstaunt ihn so emotional zu sehen, denn eigentlich war er ja eher der rationale Typ. Aber eine Hochzeit war ja auch eine emotionale Angelegenheit und sie freute sich über seine Reaktion, denn sie deutete diese als Zeichen seiner Liebe zu ihr. Sie verbrachten ein paar ruhige Tage am Gardasee, danach musste Pascal gleich wieder zurück an die Arbeit. Es war viel liegen geblieben und so waren Überstunden an der Tagesordnung.
Pascal hatte die Hochzeit schnell durchgezogen. Worauf auch warten? Einen Ausweg gab es nicht. Dreimal hatte er Anlauf genommen, Jenna die Wahrheit zu sagen, aber immer wenn sie dann vor ihm stand, brachte er kein Wort heraus. So schwieg er.

Wenn er mit Jenna zusammen war, verdrängte er alles was mit Elke zu tun hatte und wenn er bei Elke war, dann verdrängte er Jenna so gut es ging. Er hasste sich selbst dafür, empfand sich als feige und schäbig, aber er konnte nichts dagegen tun. Er wollte Jenna nicht verlieren und konnte Elke nicht wehtun. Und er wusste, beides gleichzeitig würde nicht gehen und es war nur eine Frage der Zeit, bis das eine oder das andere geschehen würde. Jenna erkundigte sich ab und zu nach Elke, aber sie bedrängte ihn nicht wirklich. Jenna machte einen taffen Eindruck auf ihn und manchmal redete er sich ein, dass es ihr vielleicht ganz gut gefiel, nur die schönen Stunden mit ihm zu teilen. Im Grunde seines Herzens wusste er, dass das nicht stimmte, aber der Gedanke beruhigte ihn dann für eine kurze Zeit. Tief innen spürte er ihre Unzufriedenheit und das verstärkte seine Schuldgefühle ihr gegenüber immer mehr. Er liebte sie heiß und innig und wenn sie sich sahen, lebten sie ihre Liebe und genossen die kostbaren Stunden. In der Zeit mit ihr vergaß er alles andere und die grüblerischen Gedanken hatten Pause.

Anton atmete bewusst ein und aus. „Ich bin ganz entspannt“, murmelte er vor sich hin. „Alles ist im grünen Bereich. Ich weiß, dass ich nichts weiß. Es ist alles in Ordnung! Kein Grund zur Sorge, ich vertraue. Wilma regelt das schon.“ Er blinzelte verstohlen zu Wilma herüber. Diese sah ihm belustigt zu und er atmete noch einmal übertrieben ein und aus und wiederholte seine Worte. „Ich bin ganz entspannt, alles ist im grünen Bereich. Ich weiß, dass ich nichts weiß. Es ist alles in Ordnung! Kein Grund zur Sorge, ich vertraue. Wilma regelt das schon.“ „Das machst du sehr gut, Anton“, lobte Wilma ihn jetzt und fügte zur Sicherheit „alles im grünen Bereich“ hinzu.
Wilma fasste sich an den Kopf und tippte nun leicht mit dem Zeigefinger gegen ihre Stirn. Augenblicklich erschien ein Strahlen auf ihrem Gesicht. „Was ist los?“ fragte Anton neugierig. Er kannte Wilma inzwischen gut genug um zu wissen,

dass sie gerade wieder etwas ausheckte. „Es ist an der Zeit, ihr einen kleinen spirituellen Impuls zu geben“, verkündete sie strahlend. „Einen spirituellen Impuls?“ fragend sah er sie an. „Ja, lass mich überlegen, wen nehmen wir denn da? Oh ja, Henri ist genial!“ „Henri?“ „Ja, Henri! Er ist so etwas wie ein spiritueller Lehrer auf Erden. Seine Weisheiten gibt er mit Hilfe der Tarotkarten weiter. Die Karten sind ein gutes Medium für seine Arbeit, er braucht sie nicht wirklich, aber seine Klienten können sich dann besser auf ihn einlassen. Die meisten seiner Klienten kommen nicht wegen seiner spirituellen Schulung, sondern weil sie wissen wollen, was ihnen die Zukunft bringt. Und diese, so glauben sie, liest er aus den Karten.“ Staunend sah Anton zu Wilma. „Und was hat das jetzt mit Jenna zu tun?“ „Ganz einfach, wir schicken sie zu ihm. Dieser Besuch bei ihm wird wie eine spirituelle Saat für sie sein, die erst später zum Tragen kommt.“, erklärte sie. „Na, dann bin ich ja mal gespannt wie das aussehen soll“, kommentierte Anton argwöhnisch.
Wilma zeigte zur Leinwand. Darauf sahen sie jetzt einen Mann, der in seinem Wohnzimmer saß und klassischer Musik lauschte. „Das ist Henri“, erklärte Wilma Anton. „Schön, er hat gerade Zeit, also muss ich ihn nur ein bisschen inspirieren. Das ist keine große Mühe, denn er ist medial sehr begabt.“ „Medial begabt? Was ist das?“ Fragend blickte Anton abwechselnd zur Leinwand und dann wieder zu Wilma. „Ein Medium kann Dinge wahrnehmen, die für normale Menschen nicht spürbar sind. Man nennt es auch übersinnliche Wahrnehmung. Sicher hast du die Begriffe *Hellsehen, Hellhören, Hellfühlen* und *Hellwissen* schon mal gehört.“ Es war eher eine Feststellung anstatt einer Frage und so fuhr sie ohne Pause fort. „Henri verfügt über die Fähigkeit des Hellhörens und des Hellsehens. Und wenn ich jetzt zu Henri sage, er muss sofort in das Eiscafé St. Marco gehen und dort seine Visitenkarten auslegen, dann wird er das umgehend tun. Er weiß und spürt, dass es wichtig ist. Dabei fragt er nicht, für wen es wichtig ist. Ob für ihn selbst oder für jemanden der zu ihm

kommen soll, ist ihm völlig gleichgültig. Er hat keine Zweifel mehr bezüglich seiner Wahrnehmung, er vertraut dieser einfach und führt die Handlung aus.“ Wilma nahm jetzt Kontakt mit ihm auf und flüsterte ihm ihre Absicht ein. Er handelte spontan. Sie sahen ihn im gleichen Moment aufstehen, einen Stapel Visitenkarten vom Tisch nehmend und gleich darauf verließ er seine Wohnung. Er ging auf direktem Wege zum Eiscafé. Seine Wohnung lag am Harras und er nahm die U-Bahn bis zum Westpark. Dort stieg er aus und ließ sich einfach führen. Er ging ein paar Straßen weiter und schon stand er vor seinem Ziel. Seiner Wahrnehmung folgend blieb er stehen, betrachtete einen Augenblick lang das Lokal und gleich darauf betrat er es auch schon. An der Eistheke blieb er wartend stehen und schaute sich im Raum um. Marc bediente gerade Gäste, Ella war im Keller um Getränke zu holen und so stand Susanne von ihrem Tisch auf und ging sofort auf Henri zu. „Sie wünschen?“ lächelnd sah sie ihn an. „Hallo“, grüßte er freundlich und sah ihr dabei direkt in die Augen, „ich wollte fragen, ob ich ein paar Visitenkarten bei Ihnen auslegen darf?“ Susanne hatte das Gefühl jemand schaute ihr direkt in die Seele und etwas irritiert fragte sie nach. „Um was geht’s denn? Was bieten Sie an?“ „Ich lege Tarotkarten“, antwortete er und reichte ihr eine Visitenkarte. „Damit gebe ich Menschen Hilfestellungen in Problemsituationen, besonders auch bei Liebeskummer.“
Wie zufällig ging sein Blick in Richtung Jenna, die die Szene aufmerksam beobachtete. Er schenkte ihr einen aufmerksamen Blick und wandte sich dann wieder Susanne zu. „Meinen Sie das wäre möglich?“ Fragend ruhte sein Blick auf ihr. „Ja, klar“, sagte Susanne immer noch leicht irritiert. „Sie können ihre Visitenkarten auf den Tisch neben der Garderobe legen, schauen Sie“, wies sie mit ihrer Hand in Richtung Garderobe deutend an, „dort liegen schon mehrere Werbezettel aus, legen Sie ihre einfach dazu.“ „Danke, das ist sehr nett“, bedankte sich Henri und legte seine Karten wie vorgeschlagen auf den besagten Tisch. Dann

wandte er sich zur Tür und bedachte sowohl Susanne, als auch Jenna noch einmal mit einem vielsagenden Blick. „Schönen Tag noch“, grüßte er zum Abschied, „und vielleicht bis bald mal?“ Susanne inspizierte die Visitenkarte in ihrer Hand und ging damit zu der neugierig drein schauenden Jenna. „Wer war das denn?“ rief sie ihr schon entgegen. Susanne reichte ihr die Visitenkarte. „Ein Tarotkartenleger, der Menschen mit Problemen hilft“, klärte sie Jenna auf. In Erinnerung an seinen Blick schüttelte sich Susanne leicht. „Wow, hast du seinen Blick gesehen? Der ging mir durch und durch!“ „Ja, mich hat er auch so intensiv angesehen“, pflichtete Jenna ihr bei. „Wer weiß, vielleicht ist das ein Zeichen“, überlegte Susanne laut. „Meinst du wir sollen da mal hingehen?“ Begeisterung klang aus Jennas Worten. „Warum nicht“, antwortete Susanne spontan. „Ist sicher spannend, was er zu sagen hat. Besonders für dich. Vielleicht kann er dir in deiner Situation mit Pascal helfen?“ „Oh ja, das machen wir. Rufst du an? Am besten so schnell wie möglich.“ Jenna war jetzt Feuer und Flamme.

Sie konnten gleich für den nächsten Abend einen Termin bekommen. Susanne war zuerst dran. Aufgeregt wartete Jenna im Flur, während Susanne bei ihm im Wohnzimmer ihre Sitzung bekam. Jenna war noch nie zuvor bei einem Kartenleger gewesen. Was er ihr wohl sagen würde? Ob er von sich aus ihre Situation erkennen würde? Ob sie Fragen stellen könnte? Ja, sie würde ihn in Bezug auf Pascal um Rat fragen. Ihn fragen, ob es für Elke gut wäre, wenn Pascal ihr jetzt die Wahrheit sagen würde. Vielleicht kann er das beantworten. Und vielleicht sieht er auch, wann wir zusammen ziehen werden. Und ob wir Kinder bekommen werden. Und ob ich noch lange arbeiten werde. Die Tür ging auf und eine strahlende Susanne betrat den Flur. „Er ist super“, flüstere sie Jenna im Vorbeigehen zu. „Du kannst reinkommen.“ Zuversichtlich folgte Jenna seiner Aufforderung und betrat das Wohnzimmer. Henri kam ihr entgegen und führte sie zu einem Sessel. Sie nahm Platz und er setzte sich ihr gegenüber. „Hatten Sie schon einmal eine Tarotsitzung?“ Sein durchdringender Blick ruhte auf ihr und etwas atemlos erwiderte sie „Nein, dies ist das erste Mal.“ „Entspannen Sie sich“, sagte er mit sanfter Stimme. „Ich lege Ihnen die Karten und dann kann ich sehen, was so in Ihrem Leben los ist und wo es hingeht. Ich sage das, was ich sehe, ich beschönige nichts, denn das würde keinem etwas nützen. Ist das in Ordnung für Sie?“ Fragend ruhte sein Blick auf ihr. „Klar, sagen Sie, was Sie sehen. Beschönigen Sie bitte nichts, ich bin ein Typ der mit Wahrheit und Klarheit gut umgehen kann.“ Sicher hielt sie seinem Blick stand. „Sie können dann auch gerne Fragen stellen“, fügte er noch hinzu. „Fangen wir einfach mal an.“ Jetzt reichte er ihr einen Stapel Tarotkarten und bat sie, diese gut zu mischen. Sie kam seiner Aufforderung nach und mischte aufgeregt die Karten. Dabei zitterten ihre Hände leicht und ein paar Karten fielen heraus. Sie landeten auf dem Boden. „Sonst bin ich nicht so ungeschickt“, kommentierte sie hektisch und hob rasch die Karten vom Boden. Etwas umständlich fügte sie diese dem Packen wieder zu. „Lassen Sie sich Zeit.“ Seine Stimme hatte einen beruhigenden Ton. „Gut, und jetzt heben Sie die Karten so ab, dass drei Stapel entstehen“, bat er sie jetzt. Nachdem sie die Karten in drei Stapeln auf den Tisch gelegt hatte, legte er diese irgendwie wieder zusammen und begann die Karten in Sechserreihen untereinander auszulegen. Jenna hielt vor Spannung den Atem an. Sein Blick wanderte ein paarmal vom Kartenblatt zu Jenna und zurück. Er räusperte sich und dann begann er mit klarer Stimme zu sprechen. „Bevor das Jahr zu Ende geht, werden Sie ihren Arbeitsplatz aufgeben. Sie müssen dann eine Zeitlang nichts tun.“ Jenna schaute auf die Karten und dann in sein Gesicht. „Heirate ich?“ Erwartungsvoll sah sie ihn an. Jenna konnte sich in diesem Moment keinen anderen Grund für eine Arbeitsaufgabe vorstellen. Sie musste ihren Lebensunterhalt schließlich selbst verdienen und die Arbeit einfach aus Lust und Laune aufzugeben war ihr nicht möglich. Aber wenn Pascal und sie heiraten würden, dann wäre alles

möglich, dachte sie und dieser Gedanke zauberte ein Lächeln auf ihr Gesicht. „Nein, Sie heiraten nicht. Ihre Beziehung ist praktisch schon vorbei", durchbrach Henri ihre Gedanken.
„Vorbei?" Irritiert sah sie ihn an. „Ja", antwortete er mit fester Stimme und hielt ihrem Blick stand, „fast vorbei." Er sprach weiter, aber Jenna hörte nicht mehr zu. Bruchstücke drangen an ihr Ohr. „Sie müssen herausfinden, wer Sie sind und jenseits vom Ego-Ich das Sein entdecken." Jenna hatte immer noch das Wort *vorbei* im Kopf und wollte gar nichts mehr von ihm hören. Höflichkeitshalber blieb sie jedoch sitzen und ließ ihn reden. Du hast ja keine Ahnung, dachte sie ärgerlich. Und dafür gebe ich Geld aus! Fünfzig Mark. Wie bescheuert bin ich eigentlich!
Nein, sie habe keine Fragen mehr. Nein, er müsse ihr nichts mehr näher erklären. Sie verabschiedete sich gespielt lächelnd. Wieder im Flur blickte Susanne ihr erwartungsvoll entgegen. „Komm, lass uns gehen", zischte sie ihr zu. Susanne folgte ihr wortlos. Auf der Straße angekommen machte sie ihrer Entrüstung Platz. „Bei mir lag er total falsch", legte sie mit erhobener Stimme los. „Er hat überhaupt nichts richtig gesehen. Ich finde der taugt gar nichts. Das war echt rausgeschmissenes Geld." Ihr Blick ruhte ärgerlich auf Susanne. Diese schwieg einen Moment. „Ich fand ihn eigentlich ganz gut", begann sie zögerlich. Beherzter fuhr sie fort. „Bei mir hat er meine Situation sehr gut erkannt. Willst du hören was er gesagt hat?" Fragend blickte sie zu Jenna. „Klar, erzähl", forderte diese sie auf. Auf dem Weg zur U-Bahn erzählten sie sich in aller Ausführlichkeit von ihren Sitzungen. Bei Susannes Schilderung verspürte Jenna einen leichten Anflug von Eifersucht, aber sie verdrängte diesen sofort und setzte ein betont fröhliches Gesicht auf.

Anton blickte sprachlos zur Leinwand. „Super Impuls", kommentierte er jetzt leicht ironisch. „Das wird sie garantiert weiterbringen, echt super!" „Du brauchst gar nicht so große Töne spucken", erwiderte Wilma gut gelaunt. „Du verstehst den Sinn

und den Wert dieses Besuches im Moment genau so wenig wie Jenna, aber das macht nichts. Ist ja auch verständlich. Später wirst du sehen können, wie wichtig dieser Impuls war und welche positiven Folgen er haben wird!"
„Da bin ich ja mal gespannt", erwiderte Anton. Seine Stimme klang immer noch leicht ironisch und er wippte mit übergeschlagenen Beinen in seinem Sessel hin und her. „Ich bin so gespannt wie ein Flitzebogen", fügte er lächelnd hinzu. „Ich bin quasi flitzebogengespannt!" Er sah zu ihr herüber und ein breites Grinsen lag jetzt auf seinem Gesicht.
„Hmmh", Wilma schaute ihn nachdenklich an, „ich weiß zwar nicht was dich jetzt so glücklich macht, aber ich befürchte fast, dass du einen Abwehrmechanismus laufen hast, der *ins Gegenteil verkehren* heißt. „Was soll das denn für einer sein?" Das Grinsen war ihm vergangen und er schaute nun ratlos zu Wilma. „Man tut das Gegenteil von dem, was man eigentlich tun will. Du lachst, wo es eigentlich nichts zu lachen gibt. Du hast dich ironisch zum Ganzen geäußert. Das sagt doch, dass du den Impuls anzweifelst. Anstatt deine Bedenken und Gefühle zu äußern und zu sagen, was es wirklich mit dir macht, zappelst du rum und machst einen Witz. Kennst du das von dir? Machst du das öfter?" Anton dachte ein paar Minuten nach. „Ja ich glaube, ich mach das oft. Jetzt wo du es sagst, wird es mir erst richtig bewusst."
„Das ist gut", erwiderte Wilma. „Du kennst doch sicher in der Schule diese Pausenclowns. Das ist ein Beispiel für diesen Abwehrmechanismus. Der Clown ist nur eine Rolle, dahinter verbirgt sich sehr viel verdrängter Schmerz. Darüber darfst du gerne mal nachdenken. Mach das jetzt, denn bis es bei Jenna wieder interessant für dich wird, vergehen mehrere Wochen."
Anton lehnte sich in seinem Sessel zurück und schloss die Augen. In Gedanken ließ er die Erinnerungen an sein letztes Leben aufleben und begann sein Verhalten zu reflektieren. Wie gut, wenn einem jemand hilft das eigene Verhalten zu sehen, dachte er. Allein hätte ich das nie bemerkt und dann hätte ich es nicht

ändern können. Er spürte seine Bereitschaft zur Selbsterkenntnis und wusste, bei Wilma war er genau richtig. „Danke", flüsterte er leise, „danke all ihr Meister, die ihr mich hierher geschickt habt! Danke!"

Kapitel 6 Das drohende Unheil

Jenna saß an ihrem Schreibtisch und ihr Blick fiel auf den Tischkalender. Heute war der 30. November. Jetzt war sie schon drei Monate in München. Wahnsinn, wie die Zeit verging. Ihr Chef hatte ihr heute mitgeteilt, dass ihre Probezeit mit dem heutigen Tag beendet sei und hatte ihr einen unbefristeten Vertrag ausgehändigt. Darüber war sie sehr froh. Ebenfalls freute sie sich über eine Gehaltserhöhung in Höhe von 200,00 DM. Sie konnte das Geld gut gebrauchen, denn das Leben in München war sehr teuer. Große Sprünge konnte sie wahrlich nicht machen. Sie hatte auch schon überlegt, sich einen Nebenjob zu suchen, aber bislang nichts Passendes gefunden. Ihre Kolleginnen waren in der Mittagspause auswärts essen und so hatte sie das Büro für sich allein. Jenna packte ihre mitgebrachten Brote aus und biss herzhaft hinein. Mittags essen zu gehen war ihr einfach zu teuer und so leistete sie sich den Luxus nur ab und zu. Es machte ihr nichts aus. Ganz im Gegenteil, sie liebte diese Stille in der Mittagszeit. Sie saßen alle zusammen in einem Großraumbüro und da ging es oft sehr stimmungsgeladen zu. Ihre Kolleginnen waren recht temperamentvoll und nicht selten herrschte angespannte und zuweilen auch aggressive Stimmung. Ihr Chef war leicht cholerisch einzustufen und die Mandanten waren oft angespannt und ließen ihre schlechte Stimmung dann am Personal aus. Irgendwie hatte sie das Gefühl, dass die Aggressivität im Außen immer mehr zunahm. Ob sie auf Dauer diesen Job wollte? Naja, im Moment ist er gut und später kann ich ja immer noch mal wechseln, dachte sie bei sich.

„Dies ist ein gutes Beispiel wie das Gesetz der Spiegelung funktioniert“, klärte Wilma Anton jetzt auf. „Jenna spielt die Rolle der Angepassten. Sie ist nicht einverstanden damit, dass sie Pascal so wenig sieht und dass er sich immer noch nicht getrennt hat, aber sie gibt sich im Außen damit zufrieden. Tief innen ist aber ein Teil in ihr, der damit überhaupt nicht zufrieden ist und der wird immer böser und aggressiver. Diesen Teil verdrängt sie total und sieht ihn nicht. So wird er ihr in der Außenwelt gespiegelt, in diesem Fall an ihrem Arbeitsplatz. Ihr Chef, ihre Kollegen, die Mandanten, alle zeigen ihr aggressives Verhalten und zeigen ihr so einen Teil von sich selbst. Aber sie kennt sich mit der Spiegelung noch nicht aus und somit bringt sie das Verhalten der anderen nicht mit sich selbst in Verbindung. Sie kritisiert es eher und denkt, dass das auf Dauer nicht der richtige Arbeitsplatz für sie ist. In den letzten drei Monaten war sie dreimal erkältet und einmal hatte sie eine Eileiterentzündung. All das wird von dem verdrängten Teil in ihr erschaffen. So lebt sie die Konflikte über den Körper aus, denn wer sich für Konflikte seelisch und geistig nicht öffnen kann, öffnet stattdessen den Körper für Viren und Bakterien. Auch das weiß Jenna noch nicht, aber sie wird es lernen. Auch das ist Spiegelung“, fügte Wilma hinzu. „Das macht Sinn“, sagte Anton spontan. „Das verstehe sogar ich“, fügte er grinsend hinzu.

Nachdem sie zu Ende gegessen hatte, kippte Jenna die Rückenlehne ihres Bürostuhls soweit es ging nach hinten und machte es sich bequem. Die anderen würden erst in dreißig Minuten zurück sein und so blieb ihr noch ein bisschen Zeit zum Träumen. Sie schloss die Augen und visualisierte das nächste Treffen mit Pascal. Automatisch erschien ein Lächeln auf ihrem Gesicht und ein schönes Gefühl stieg in ihr auf. Sie konzentrierte sich nur auf die schönen Dinge. Ohne dass sie es wollte, kamen auch ein paar unschöne Gedanken, aber diese versuchte sie so gut es ging zu ignorieren. Jetzt bin ich gerade mal drei Monate da, ein bisschen Zeit gebe ich ihm noch, das hat er schon verdient. Plötzlich ging die Tür auf und sie wurde unsanft aus ihren Tagträumen gerissen. Nach ein paar Minuten war die allgemeine Hektik ausgebrochen und die restlichen Stunden vergingen wie im Flug.

Um 17.00 Uhr verließ sie das Büro und machte sich gleich auf den Heimweg. Susanne hatte heute im Eiscafé Dienst und sie waren locker verabredet. Es war zwar schon November, aber das Eiscafé hatte das ganz Jahr geöffnet. Im Herbst und im Winter gab es zwar auch immer noch Eis zu kaufen, aber hauptsächlich wurden warme Getränke aller Art, sowie Kuchen, Pfannkuchen, Mehlspeisen, kleine Pizzen und vieles mehr angeboten. Bei Marc war immer was los und inzwischen fühlte sie sich in dem Lokal heimisch, mehr als in ihrer eigenen Wohnung.
Freudig betrat sie nun das Lokal. Susanne bediente gerade und so ging sie Richtung Personaltisch. Marcs Frau Ella stand hinter der Theke und begrüßte sie herzlich. „Einen Tee, wie immer?" fragte sie lächelnd. „Gerne", antwortete Jenna. Wie immer bedeutete mit Kandis und Sahne, das hatte sie sich noch nicht abgewöhnen können. Sie setzte sich an den Personaltisch und Ella brachte ihr den Tee. Sie plauderten ein paar Sätze miteinander und dann kam auch Susanne hinzu. „Hallo Süße, lass dich drücken", sprach sie und umarmte Jenna leicht. „Was machst du heute Abend?" Aufmerksam schaute sie Jenna an. „Nichts, wieso?" „Tja, ich müsste da etwas mit dir besprechen, aber das kann ich nicht hier und nicht während meiner Arbeit. Ich muss bis 20.00 Uhr arbeiten. Kann ich dann noch hochkommen? Es wäre wichtig", fügte sie noch hinzu. „Klar", antwortete Jenna arglos, „ich freue mich, wenn du noch Zeit hast." „Schön", sagte Susanne betont gut gelaunt, „ich mich auch." Sie bemühte sich um eine neutrale Haltung, denn sie wollte Jenna in den nächsten Stunden noch in guter Stimmung wissen. Aber später würde sie ihr etwas Unangenehmes sagen müssen, da ging wohl kein Weg dran vorbei. Jenna trank in Ruhe ihren Tee und ging dann hoch in ihre Wohnung. Sie konnte die Zeit bis zu Susannes Besuch noch nutzen um Leila und Sandra anzurufen. Das war längst überfällig. Sie telefonierten regelmäßig, aber in letzter Zeit empfand Jenna die Gespräche mit beiden eher als anstrengend. Weder Leila noch Sandra hatten Verständnis für ihren Beziehungsstatus mit Pascal.

Sie kritisierten ihn für seine Unfähigkeit, die Beziehung mit Elke zu regeln und ließen kein gutes Haar an ihm. Jenna hatte ständig das Gefühl, sich selbst und ihn verteidigen zu müssen. So gab sie sich in den Telefonaten betont gut gelaunt. Nur Susanne gegenüber zeigte sie ihre Ängste, ihre Zweifel und ihre depressiven Stimmungen, bei allen anderen spielte sie absichtlich eine Rolle. So auch heute. Betont lustig verabschiedete sie sich von Leila. Ihre Stimmte klang etwas zu hoch. Ob Leila das spürte? Egal, dachte sie und legte den Hörer auf. Im gleichen Moment klingelte es auch schon an der Tür und sie öffnete diese nun freudig. „Super, du bist ja richtig pünktlich rausgekommen", begrüßte sie Susanne. „Du bist bestimmt erschöpft! Mache es dir bequem, ich hole nur noch schnell etwas zu trinken aus der Küche." Jenna kehrte mit je einer Flasche Orangensaft und Multivitaminsaft aus der Küche zurück. „Vitamine für die werdende Mama", sagte sie liebevoll und hob fragend beide Flaschen in die Höhe „wonach ist dir?" „Multivitaminsaft wäre fein", antwortete Susanne und sah Jenna beim Einschenken zu. Jenna goss sich selbst ein Glas Orangensaft ein und prostete Susanne gut gelaunt zu. Geräuschvoll ließ sie sich dabei neben Susanne auf das Sofa plumpsen.
„Stoßen wir heute auf die 20. Schwangerschaftswoche an? Oder wie weit bist du?" „Ja, heute habe ich die 20. Schwangerschaftswoche vollendet", sagte Susanne nicht ohne Stolz. „Warst du nicht gestern zum ersten Mal in der Schwangerschaftsgymnastik?" Jenna hob fragend die Augenbrauen. „Ja", erwiderte Susanne, „und genau darüber wollte ich mit dir reden. „Schön, dann lass mal hören", forderte Jenna sie interessiert auf. Susanne druckste noch ein wenig rum, aber dann straffte sie sich und schaute Jenna direkt ins Gesicht. „Ich weiß gar nicht wie ich anfangen soll! Jenna, es tut mir so leid, dass gerade ich dir das jetzt erzählen muss!" Verständnislos sah Jenna sie an. „Was ist denn? Ist was mit dem Kind?" Jetzt ruhte Jennas Blick ganz erschrocken auf ihr. „Nein, nein", beschwichtigte Susanne sie,

„mit dem Kind ist alles in Ordnung.“ Sie zögerte noch kurz und dann sprach sie zaghaft weiter. „Es geht um Pascal.“ „Um Pascal? Was hat der denn mit deiner Schwangerschaft zu tun?“ Jenna sah sie nun völlig verdutzt an. „Mit meiner nichts, aber mit der seiner Freundin.“ Eindringlich sah sie Jenna an. „Jenna, Elke, die Freundin von deinem Pascal, ist schwanger! Ihr Entbindungstermin ist am 17.04.86, also fünf Tage vor meinem. Und sie ist mit mir in der Schwangerschaftsgymnastik“, fügte sie noch rasch hinzu.
Angespannt ruhte ihr Blick auf Jenna. Diese schien Schwierigkeiten zu haben, das Gesagte zu verstehen, denn sie saß einfach nur reglos da und sagte nichts. Susanne war unschlüssig, was sie tun sollte. „Hast du verstanden was ich gesagt habe“, fragte sie immer noch etwas angespannt nach. Gefühlt vergingen mehrere Minuten bis Jenna endlich antwortete. „Du willst mir wirklich sagen, dass mein Pascal Vater wird?“ Ungläubig schaute sie jetzt Susanne an. „Das kann doch nicht sein! Du musst dich irren!“ „Das glaube ich nicht“, widersprach Susanne ihr bestimmt. „Wie willst du wissen, dass es gerade die Elke ist?“ In Jennas Blick lag immer noch ein totaler Unglaube. „Wir hatten eine kleine Vorstellungsrunde. Sie hat sich als Elke Huber-Heider vorgestellt, gebürtig aus Weiden und ihr Partner heißt Pascal Heider. Das kann doch nur seine Elke sein!“ „Zwanzigste Woche? Das hätte er mir doch gesagt! Das kann ich jetzt gar nicht glauben!“ Jennas Stimme klang brüchig, sie war völlig fassungslos. Sie stand auf und lief jetzt unruhig im Raum hin und her. „Ich muss erst mal eine Zigarette rauchen“, sagte sie nun und kramte in einer Schrankschublade herum. Sie rauchte nicht regelmäßig, aber jetzt brauchte sie unbedingt eine Zigarette. „Kommst Du mit runter, oder wartest du lieber hier?“ „Nein, ich komm schon mit runter“, antwortete Susanne und gemeinsam gingen sie in einen kleinen Hinterhof. Dort standen Stühle und ein übervoller Aschenbecher. Mehrere Bewohner des Hauses nutzten diesen Ort für eine kleine Raucherpause und so auch Jenna, denn in der Wohnung wollte

sie nicht rauchen und einen Balkon hatte sie nicht. Schweigend rauchte Jenna ihre Zigarette. Sie inhalierte den Rauch tief und mit jedem Zug schien sie ruhiger zu werden. Obwohl sie ihre Winterjacken trugen, zitterte Susanne jetzt leicht und begann zu frösteln. Jenna bemerkte es und bekam sogleich ein schlechtes Gewissen. „Susanne, es ist zu kalt für dich, du musst reingehen." Ihre Stimme klang jetzt ruhig und fest. „Es geht schon", antwortete Susanne. „Nein", widersprach Jenna ihr, „du gehst jetzt am besten heim und ruhst dich aus. Ich komme schon klar, ich muss das jetzt etwas verdauen und morgen spreche ich mit Pascal. Mach dir keine Sorgen", und fügte noch hinzu, „ich komme echt klar." Susanne schaute sie aufmerksam an und lenkte dann schließlich ein. „Ich bin wirklich etwas kaputt und werde früh schlafen gehen. Meldest du dich, sobald du etwas weißt?" Fragend ruhte ihr Blick auf Jenna. „Ja, klar", versprach diese. „Ich werde versuchen, die Angelegenheit in der Mittagspause zu klären, spätestens nach Feierabend! Ich sehe ihn eigentlich erst übermorgen, aber bis dahin halte ich das nicht aus!" Susanne umarmte sie zum Abschied und tätschelte ihr leicht die Wange. „Ruf an wenn du mich brauchst, ich bin immer für dich da", fügte sie noch hinzu.

Nachdem Susanne gegangen war, zündete Jenna sich die nächste Zigarette an und setzte sich auf eine Bank. Das Holz war leicht feucht, die Novembernacht schon relativ kühl, aber all das spürte Jenna nicht. Sie war unfähig, einen klaren Gedanken zu fassen. Elke und schwanger, das kann doch gar nicht sein. Und Pascal erzählt mir nichts davon? Ich glaub das einfach nicht, das muss ein Irrtum sein. Die Zigaretten beruhigten sie und so blieb sie einfach sitzen und rauchte eine nach der anderen. Es war schon weit nach Mitternacht, als sie endlich aufstand und völlig unterkühlt in ihre Wohnung ging. Wie ferngesteuert legte sie sich ins Bett, zog die Decke über den Kopf und dachte, vielleicht ist das alles nur ein böser Traum.

Es war kein böser Traum, es war harte Realität. Pascal saß ihr gegenüber und senkte schuldbewusst den Blick. Er hatte Elkes Schwangerschaft bestätigt und Jenna brauchte einen Moment um das zu realisieren. „Und“, fragte sie nun tief verletzt, „heiratest du sie anstandshalber auch noch?“ „Nein“, antwortete Pascal zögernd. Jenna durchfuhr eine Ahnung und tonlos fügte sie hinzu „Du hast sie schon geheiratet?“ „Ja“, antwortete er. „Wann?“ Ihre Stimme war nur noch ein Flüstern. „Vor gut zwei Monaten.“ Auch seine Stimme war nur noch ein Flüstern.
Tausend Gedanken schossen ihr blitzartig durch den Kopf. Da waren so viele verschiedene Ichs und jedes Ich wollte unbedingt seinen Kommentar zur Lage abgeben. Er hat dich nie geliebt, wenn er dich geliebt hätte, dann hätte er sie längst verlassen, behauptete ein Ich. Ein anderes Ich meldete sich sogleich und rief bestimmend: Er hat sich einfach schuldig gefühlt, er konnte doch nichts dafür, die Dinge überschlugen sich einfach. Wieder ein anderes Ich stellte fest: Die Elke ist schuld, die blöde Kuh! Bestimmt hat sie schon längst bemerkt, dass er sie nicht mehr liebt und hat ihn reingelegt. Genau, stimmte ein ärgerliches Ich zu, die wird schon sehen was sie davon hat. Vielleicht geht ihm das Kind in ein paar Monaten ordentlich auf den Keks. Ja, und vielleicht ist sie dann so beschäftigt mit dem Kind, dann hat er noch mehr Zeit für mich! Ein trauriges Ich meldete sich zaghaft. Nein, sie wird einfach hübscher sein, ich bin einfach keine tolle Frau. Wenn ich eine tolle Frau gewesen wäre, dann hätte er sie einfach verlassen. Nein, nein, meldete sich das Retter-Ich wieder. Er ist einfach ein Opfer der Umstände. Der Arme, hätte er sie verlassen sollen in der Zeit als es ihr so schlecht ging? Nein, das wäre ja kein Mann gewesen, den man lieben könnte! Sie ist schuld, brüllte das ärgerliche Ich jetzt lautstark. Die hat es einfach drauf mit ihrer bescheuerten Depression, ich hasse sie und ich hasse ihr dämliches Kind! He, du darfst jetzt nicht so ungerecht werden, schaltete das brave Ich sich ein. Sie ist bestimmt auch ganz lieb. Alle sind nur Opfer der Umstände.

In dem Moment nahm er ihre Hände und drückte sie ganz fest. „Jenna! Hörst du mir zu?“ „Was?“ Aus ihren Gedanken aufgeschreckt sah sie ihn an. „Was hast du gesagt?“ Hoffnungsvoll blickte sie ihn jetzt an. Ihr angepasstes Ich hatte gerade die Oberhand und so fielen seine Worte auf fruchtbaren Boden. „Glaub mir, ich wollte das nicht. Ich wollte gar kein Kind mit ihr. Wenn ich ein Kind gewollt hätte, dann mit dir! Das musst du mir glauben. Ich bin so unglücklich mit dem Zustand, aber ich konnte ihr nicht wehtun.“ Aber mir, meldete sich das trotzige Ich. Mir kannst du immer wehtun. Auf diese blöde Kuh musst du ständig achten und auf mir kannst du ständig herumtrampeln! Und überhaupt, wieso hast du mit ihr geschlafen? Du hast mir doch erzählt da läuft nichts mehr? Frag das lieber nicht, meldete sich jetzt ein ängstliches Ich. Wenn du unbequem wirst, dann wirst du ihn verlieren! Das kennst du doch schon. Wenn du nicht so funktionierst wie andere dich gerne hätten, dann kann man dich nicht lieben! Also, willst du ihn verlieren? Nein, nein, das will ich auf keinen Fall, antwortete das ängstliche Ich. Dann halt endlich die Klappe, donnerte das resolute Ich los. Stell dich nicht so an und mach kein Drama aus dieser Sache!
„Ich glaub dir ja“, liebevoll nahm sie sein Gesicht in ihre Hände und küsste ihn zart. „Ich glaub dir ja“, wiederholte sie und einen Moment später lagen sie sich in den Armen, hielten sich ganz fest und schwiegen gemeinsam.

Anton sah fassungslos zu und fragte mit piepsiger Stimme „Kann man sich wirklich selbst so“, er zögerte leicht, „wie soll ich sagen, austricksen? Wobei, entschuldige das Wort, aber ich muss es so ausdrücken: Kann man sich selbst so bescheißen?“ „Ja, man kann!“ Wilmas Blick wurde ganz weich. „Wenn der Schmerz zu groß ist, dann fährt man unbewusst alle Abwehrmechanismen auf, die einem zu Verfügung stehen. Du hast all die Stimmen in ihrem Kopf gehört. Alle Stimmen sind Abwehr und wollen verhindern, dass sie sich ganz auf den Moment und den Verlust einlässt. Das wäre eine Chance zur Erleuchtung, aber die wird sie an dieser Stelle verpassen. Sie ist noch nicht soweit." Erwartungsvoll sah Anton sie an. „Alles noch grün?" fragte er vorsichtig. „Klar doch, alles noch grün!" Wilmas Stimme klang kraftvoll und sogleich beruhigte Anton sich etwas. „Ich bin ganz entspannt", murmelte er vor sich hin. „Alles ist im grünen Bereich. Ich weiß, dass ich nichts weiß. Es ist alles in Ordnung! Kein Grund zur Sorge, ich vertraue, Wilma regelt das schon." Noch einmal holte er tief Luft und wiederholte seine Worte. „Ich bin ganz entspannt, alles ist im grünen Bereich. Ich weiß dass, ich nichts weiß. Es ist alles in Ordnung! Kein Grund zur Sorge, ich vertraue. Wilma regelt das schon."

Es ging alles so weiter wie bisher. Sie trafen sich regelmäßig und das Thema Kind und Elke erwähnten sie einfach nicht. Sie blendeten alles Unangenehme so gut es ging aus und liebten sich mit einer immer größer werdenden Leidenschaft.
„Jetzt verstehe ich das Wort Leidenschaft!" Wie vom Blitz getroffen sah er hinüber zu Wilma. „Es ist das, was Leiden schafft! Nee, so etwas brauch ich nicht. Da ist mir die ruhige See schon lieber!" Wilma lächelte leicht. „Tja, die großen Gefühle sind nicht jedermanns Sache. Einige mögen es halt lieber lauwarm. Aber die richtig großen Gefühle haben enormes Potential dich in die Tiefe zu bringen. Also ist Leidenschaft, wie alles, relativ. Es ist weder gut noch schlecht. Der eine wählt sie, der andere nicht. So einfach ist das."
Das ärgerliche Ich in Jenna hatte plötzlich keine Lust mehr auf dieses Spiel. Durch die Ignoranz noch wütender geworden, wurde das Böse in ihr immer böser. He, du willst mich nicht hören, dann zeige ich es dir, brüllte es! Du kannst mich doch nicht einfach so ignorieren. Ich habe keine Lust mehr auf dieses angepasste Verhalten! Ich habe keine Lust mehr darauf in zweiter Reihe zu stehen. Na warte, wer nicht hören will, muss eben fühlen! Das Böse trommelte ein paar Zellen zusammen und sie bildeten eine

Gemeinschaft. So wurden die Zellen auch böse. Es fanden sich immer mehr, sie hatten einfach keine Lust mehr, weiter zu funktionieren. Auf der äußeren Ebene war Jenna die angepasste Geliebte. Auf der inneren Ebene war sie nicht mehr angepasst. Der Krieg begann.

Vier Wochen nach der Schreckensnachricht in punkto Baby tastete Jenna beim Duschen einen gut verschiebbaren Knoten in der rechten Brust. Was ist das denn, dachte sie bei sich. Der war doch letztens noch nicht da? Besonders beunruhigt war sie jedoch nicht, aber sie beschloss trotzdem einen Arzttermin zu vereinbaren. Alle Untersuchungen waren unauffällig. Ja, es war ein Knoten, aber der würde ganz harmlos sein. Radiologen und Gynäkologen waren sich da völlig einig und so blieb auch Jenna recht arglos und entspannt. Der Knoten wuchs rasch, aber das hätten Zysten und auch andere gutartige Gewächse so an sich. Da müsste man nichts machen, regelmäßige Kontrollen wären ausreichend, beschwichtigten die Ärzte Jenna. Außerdem sei sie ja gerade mal 23. Innerhalb eines Monats hatte Jenna fünf Meinungen präsentiert bekommen. Letztlich war sie sogar ins Klinikum Großhadern geschickt worden. Selbst die Elite an Ärzten war sich einig. Alles harmlos, da muss man nichts machen. Jenna hatte von Medizin keine Ahnung und es gab keinen Anlass, die Ärzte anzuzweifeln. Sie machte kein Aufheben darum und es gab auch keinen Grund darüber zu reden. Sie nahm es hin wie einen Schnupfen.

Kapitel 7 Die Führung

„So, auf geht's", Wilma erhob sich von ihrem Thron und ihr Blick nahm einen resoluten Ausdruck an. In Anton läuteten Alarmglocken. So hatte er Wilma noch nie gesehen. Etwas in ihrem Blick sagte ihm, dass etwas Ungutes in der Luft lag. „Wir verlassen den grünen Bereich", sagte sie knapp, „ich muss eingreifen. Komm mit." Im gleichen Augenblick befanden sie sich in Jennas Wohnung. Es war schon spät am Abend und Jenna war gerade im Begriff schlafen zu gehen. Sie bemerkte Wilma und Anton natürlich nicht und war relativ schnell eingeschlafen. Wilma setzte sich an das Kopfende und streichelte jetzt sanft über Jennas Kopf. „Ich bin's meine Liebe." Ihre Worte waren zart und besonders liebevoll. „Ich bin da, ich bin immer da. Liebes, du musst dich operieren lassen. Der Tumor ist nicht gutartig, der muss raus. Es ist Krebs, aber es ist noch früh genug, du schaffst das und überlebst das auch. Ich führe dich da durch, vertrau deiner inneren Stimme." Anton stiegen schon vom Zuschauen die Tränen in die Augen. Er konnte nicht anders und weinte nun still vor sich hin. Oh Mann, warum muss die Liebe immer so wehtun und so viel Schaden anrichten, überlegte er laut. Wilmas Blick ruhte nun auf ihm. „Nicht die Liebe richtet den Schaden an, sondern die Trennung von der Liebe erschafft all das. Es ist die Bedürftigkeit, die Angst. Schau, mit dem Krebs ist es eigentlich gut nachvollziehbar. Ich habe dir ja schon gesagt, dass unterschiedliche Faktoren zu einer Krankheit führen können. In Jennas Fall ist es eindeutig psychosomatisch. Du hast gesehen, wie angepasst sie ist. All ihre aggressiven Gefühle verdrängt sie unbewusst. Und das, was der Mensch auf der geistig-seelischen Ebene nicht lebt, verschiebt er in den Körper und auf dieser Ebene lebt er das dann aus. Das birgt auch eine große Chance, aber nur, wenn man die Krankheit annehmen und verstehen will. Auf der materiellen Ebene macht das Symptom das Thema deutlich. Die Krebszellen sind böse und zerstörerisch. Sie greifen keine andere Person an, sondern nur sich selbst.“ „Und nun?“ fragte er schniefend. „Was sollen wir denn jetzt tun?“ „Glauben, dass sie meine Botschaft hört und sich operieren lässt. In diesem Moment ist das ihre einzige Möglichkeit zu überleben. Sie hat sich total verloren und da ist nicht genügend Bewusstsein in ihr, welches sie jetzt aus dem Sumpf ziehen, geschweige denn gar heilen könnte. Also, ist es doch super gut, dass es auf der Erde gute Ärzte gibt und die sind in diesem Moment genau richtig für sie.“ „Aber die hätten doch auch schon viel früher etwas tun können“, beschwerte Anton sich jetzt lautstark. „Die reden von *alles ist gut* und dabei ist das doch falsch.“ „Ja“, pflichtete Wilma ihm bei, „aber auch das könnte sich am Ende durchaus als sinnvoll erweisen. Nichts geschieht ohne Grund und wenn ich mir das jetzt so überlege, könnte es bei Jenna das Vertrauen in ihre eigene Wahrnehmung stärken.“ Wilma tippte sich nachdenklich an die Stirn. „Und außerdem ist es ihr Tor zum spirituellem Interesse.“

„Und nun?“ wiederholte Anton hilflos. „Was tun wir jetzt?“ „Jetzt gebe ich ihr eine Zukunftsschau.“ In ihrer Stimme klang Zufriedenheit. „Zukunftsschau?“ Fragend blickte Anton Wilma an. „Ja, Zukunftsschau“, bestätigte Wilma. Ich gebe ihr Bilder ein, die ihr die Zukunft zeigen. Das ist wie ein Traum, ein Wahrtraum eben. Träume können aus den verschiedenen Ebenen kommen und oft verarbeitet man darin die Geschehnisse des Tages. Aber Träume können auch Botschaften aus der geistigen Welt sein und wir geben ihr jetzt über einen Traum die Botschaft ein, dass ihr Tumor bösartig ist und sie sich operieren lassen soll. Morgen früh wird sie sich an den Traum erinnern und der wird sie leiten. Das ist so real, so stark, da kommt man dann nicht dagegen an. Da ist ein tiefes Wissen in einem, dass der Traum wahr ist.“ „Das klingt gut!“ Antons Stimme klang schon wieder zuversichtlicher. Während Wilma sich schweigend auf Jenna konzentrierte, setzte Anton sich ebenfalls auf ihr Bett, nahm ihre

Hand und streichelte sie sanft. „Wilma hilft dir, die kann das, alles wird gut!“
Jenna erwachte am nächsten Morgen noch bevor der Wecker klingelte. Was für ein Alptraum, sagte sie laut. Sie schüttelte sich leicht in der unbewussten Hoffnung, den Traum mit abschütteln zu können, aber er ließ sich nicht einfach so verscheuchen. Sie hatte in der Vergangenheit schon öfter intensiv geträumt und auch war es wiederholt vorgekommen, dass diese Träume dann wahr wurden. All die bisherigen Träume waren jedoch nicht so bedeutungsvoll gewesen, aber dieser Traum hatte es echt in sich. Sie frühstückte und machte sich dann auf den Weg in die Arbeit. Es gab viel zu tun und trotzdem schlich sich die Erinnerung an den Traum immer wieder in ihre Gedanken. Wie ferngesteuert wählte sie eine Telefonnummer und ließ sich für den gleichen Abend noch einen Termin bei ihrem Gynäkologen geben. Komisch, sie war dabei ganz ruhig, sie hatte keinen Moment wirkliche Sorge. In ihrer Wahrnehmung war ihre Handlung jetzt nur eine reine Vorsorge. Ja, da war der Traum gewesen, aber die Ärzte hätten ihr doch sicher schon bei dem geringsten Verdacht zur Operation geraten. Ganz ignorieren wollte sie den Traum aber auch nicht, dazu war er zu real gewesen. Sie würde sich gerne auf eigenen Wunsch operieren lassen, teilte sie dem Gynäkologen ohne Umschweife mit. Es wäre ihr einfach wohler, wenn der Tumor sicherheitshalber entfernt werden würde. Wenn der Tumor sie so stören würde, könnte sie ihn natürlich entfernen lassen, aber notwendig wäre es nicht, erwiderte er bereitwillig. Nein, das wüsste sie, aber sie würde es trotzdem tun. Er telefonierte für sie mit dem Klinikum Großhadern und sie bekam schon für den übernächsten Donnerstag einen Operationstermin. Es würde nur ein kleiner Eingriff sein und wenn alles gut ging, würde sie am Montag schon wieder in die Arbeit gehen können. Problemlos bekam sie die zwei freien Tage genehmigt. Sie machte nicht viel Aufheben um die Operation. Ihren Eltern, Susanne und Pascal erzählte sie von einem kleinen Eingriff, einer harmlosen Sache.

Von ihrem Traum erzählte sie nichts. Sie wollte keinen beunruhigen und außerdem hatte sie immer noch keine wirkliche Sorge, dass der Traum wahr werden könnte. Am Mittwoch traf sie Pascal und sie erwähnten das Thema nur am Rande. Ja, sie würde am Montag sicher wieder da sein und er könnte sie wie gewohnt in der Arbeit erreichen. Am Wochenende würde er mit Elke in ein Wellnesshotel fahren und dann könnte er sich telefonisch leider nicht melden, aber spätestens am Montag würde sie dann von ihm hören.
„Warum spürt sie keine Angst? Machst du das?“ Fragend schaute Anton jetzt zu Wilma. „Ja, zum einen Teil mache ich das und zum anderen Teil erledigen das ihre natürlichen Abwehrmechanismen. Ist ja nicht nötig, sich jetzt schon zu sorgen. Wichtig ist einfach nur, dass sie ihrem Impuls, die Operation machen zu lassen, jetzt folgt und das tut sie.“ Zufrieden schaute Wilma auf die Leinwand. „Ja, es läuft gut! Alles noch früh genug!“

Rauchen beruhigt wirklich, dachte Jenna und inhalierte tief den Rauch ihrer Zigarette. Sie saß schon vier Zigaretten lang in diesem übel riechenden Raucherbreich des Krankenhauses, aber es störte sie nicht wirklich. Es gab Schlimmeres. Man hatte ihr vor ein paar Stunden die Krebsdiagnose mitgeteilt und hier versuchte sie sich zu sortieren und zu sammeln. Ihr Traum war Wirklichkeit geworden. Nein, man hätte es vorher nicht ahnen können. Ja, man könnte froh sein, dass man es jetzt entdeckt hätte, sonst hätte es sehr böse enden können. Sie sprachen von weiteren Operationen, Bestrahlungen, Hormonbehandlungen, Statistiken und vielem mehr, aber Jenna hatte irgendwann einfach abgeschaltet und somit nur die Hälfte verstanden. Jetzt saß sie da und dachte die Fragen, die wohl die meisten Frauen in ihrer Lage so denken. Warum gerade ich? Warum gerade jetzt? Warum gerade der Busen? Neben all den Fragen tauchte eine Frage immer wieder auf. Woher war der Traum wohl gekommen? Und

da war ein seltsames Gefühl von Frieden in ihr. Irgendjemand oder irgendetwas will wohl, dass ich am Leben bleibe, dachte es in ihr. So fühlte es sich jedenfalls an. Aber will ich das auch? Oder ist meine Erkrankung einfach ein Ausdruck, dass mir ein Leben ohne Pascal nicht wirklich lebenswert erscheint? Glaube ich immer noch an eine gemeinsame Zukunft? Ist das überhaupt noch möglich? Ist die Situation nicht schon viel zu verfahren?
Ganz bewusst verscheuchte sie die negativen Gedanken. Susanne würde am Montagmorgen in der Kanzlei anrufen und Bescheid geben, dass sie bis auf weiteres erkrankt sei. Ja, sie könnte ihrem Arbeitgeber gerne mitteilen, dass ihr Befund bösartig ausgefallen sei und man mit einer längeren Krankschreibung rechnen musste. Pascal würde dort erfahren, wo sie war und sicher käme er dann umgehend vorbei. Sie begann sich seinen Besuch in den schönsten Farben auszumalen. Ja, das fühlte sich schon sehr viel besser an. Es zauberte sogar ein Lächeln auf ihr Gesicht. Bestimmt würde er Rosen mitbringen, rote natürlich und ganz viele. Und dann würde er sich zur Abwechslung mal um sie sorgen. Sie würde im Mittelpunkt stehen und nicht die doofe Elke mit ihrer bescheuerten Depression. Er würde total Angst haben, sie zu verlieren. Natürlich würde er nachts nicht mehr ruhig schlafen können und sie täglich besuchen. Und vielleicht würde diese Angst ihm bewusst machen, wie sehr er sie liebte und er würde sich sofort von Elke trennen. Tut mir leid, würde er zu ihr sagen, ich kümmere mich natürlich um unser Kind und ich versorge dich finanziell bis zum Rest deiner Tage, aber ich liebe dich nicht so, wie ich Jenna liebe. Tut mir echt leid, aber ich möchte mit Jenna zusammen leben, das weiß ich jetzt.
Ihre Stimmung steigerte sich enorm. Entschlossen, den Krebs nicht mehr als Feind zu sehen, stand sie auf und ging in Richtung ihres Zimmers. Zuversichtliche Gedanken schossen ihr durch den Kopf. Wer weiß, wozu der Krebs gut ist. Irgendeinen Grund wird er schon haben. Alles hat zwei Seiten und so auch das hier. Sie

legte sich in ihr Bett und träumte von Pascal und ihrem Wiedersehen. Dieser Gedanke trug sie durch die nächsten Tage.
„Dies ist wieder ein gutes Beispiel dafür, wie die Gedanken die Gefühlslage beeinflussen“, kommentierte Wilma wie nebenbei. „Jennas Situation ist immer noch die gleiche, aber aufgrund der schönen Gedanken ist im Moment alles nicht so schlimm.“ „Ja, genau das ist mir auch gerade noch mal ganz deutlich aufgefallen“, stimmte Anton ihr bei. „Sich dessen bewusst zu werden und es bewusst einsetzen zu können, das ist ab jetzt ein erstrebenswertes Ziel für mich“, fügte er nachdrücklich hinzu. „Wann kommt Pascal denn endlich? Heute ist schon Mittwoch.“ Fragend blickte er zu Wilma. „Weiß er es schon?“ Wilma zögerte einen Moment als würde sie abwägen wie viel sie Anton wohl zumuten könnte.
„He, sag schon“, forderte er sie nun ungeduldig auf. „Ja, er weiß es schon. Er hat gleich am Montagmorgen in der Kanzlei angerufen und man hat es ihm gesagt“, erklärte Wilma mit zögerlicher Stimme. Anton hob erstaunt die Augenbrauen. „Was genau hat man ihm denn gesagt? Das ist ja schon zwei Tage her und er ist immer noch nicht da. Das verstehe ich nicht?“ „Man hat ihm das gesagt, was man auch allen anderen gesagt hat und sagen wird. Jenna sei noch im Krankenhaus, der Befund sei wohl nicht gut ausgefallen und sie müsse länger dort bleiben. Gerne könnten sie die Direktdurchwahl von ihrem Zimmertelefon weitergeben.“ Wilmas Gesichtsausdruck blieb unverändert entspannt. „Du willst mir jetzt sagen, dass der Kerl ihre Nummer hat, weiß dass es ihr nicht gut geht und sie weder angerufen noch besucht hat? Was ist das denn für ein Arsch! Entschuldige meinen Ausdruck. Nein, entschuldige nicht, das ist doch echt ein Arsch. Ein Oberarsch!“ Sein Gesicht war innerhalb von Sekunden hochrot angelaufen und er sprang jetzt empört aus seinem Sessel.
„Er kann nicht“, antwortete Wilma ruhig. „Er kann nicht? Der feine Herr kann nicht? Was soll das denn heißen, *er kann nicht*?“

Antons Stimme überschlug sich vor Wut und er musste sich beherrschen, dass er nicht vor Wut anfing zu heulen. „Setz dich wieder hin und beruhige dich“, forderte Wilma ihn auf. „Das bedeutet, dass er total geschockt von der Nachricht ist und sich unsagbar schuldig fühlt. Tief innen gibt er sich die Schuld für ihre Erkrankung und diese Schuld verdrängt er so gut es geht. Er kann da nicht durchgehen. Anderen nicht wehtun zu wollen, nicht schuld sein zu wollen, wenn andere leiden, das ist ein großes Lebensthema von ihm. Sein Handeln wird schon seit Jahrzehnten von unerlösten Schuldgefühlen gesteuert. Im Fall von Elke geht es in die Richtung zu viel Verantwortung für ihre Gefühle zu übernehmen und sie nicht verlassen können, auch wenn es sein Herz woanders hinzieht. Und im Fall Jenna lebt er den anderen Pol aus und lässt sie im Stich, übernimmt überhaupt keine Verantwortung.“ Sie hob beschwichtigend die Hand, um mit dieser Geste den gerade protestieren wollenden Anton zu stoppen. „Außerdem ist es auf der höheren Ebene seine Aufgabe und ihre Wahl, sie im Stich zu lassen. Sein Geschenk an Jenna ist der Verlust. Erinnerst du dich?“ Fragend schaute sie ihn an. „Ja, aber…“ „Nein, kein aber!“ unterbrach sie ihn bestimmend. „Die Nachricht von der Schwangerschaft hat nicht gereicht. Jenna hat sich noch mehr in ihrem Wunschgedanken verloren und den Verlust nicht angenommen. Das, was nicht zu umgehen ist, verstärkt sich. So ist es nun einmal und so ist es gut. Glaub mir, wir sind im grünen Bereich. Die Lebensgefahr ist vorüber. Der Tumor ist entfernt, die Ärzte werden sie behandeln, sie wird es überleben und irgendwann wird sie diese Zeit als sehr kostbar ansehen können.“
„Oh Mann, stöhnte Anton, „ich bin total fertig! Das macht mich alles total fertig.“ „Dann leg dich hin und ruh dich aus“, forderte sie ihn liebevoll auf. „Und hör auf zu denken! Wie heißt dein Zaubersatz noch?“
Etwas widerspenstig sah Anton sie an, aber er tat was sie sagte. Nachdem er es sich in seinem Sessel bequem gemacht hatte

atmete er ein paarmal bewusst ein und aus. „Ich bin ganz entspannt“, murmelte er vor sich hin. „alles ist im grünen Bereich. Ich weiß, dass ich nichts weiß. Es ist alles in Ordnung! Kein Grund zur Sorge, ich vertraue, Wilma regelt das schon. Ich bin ganz entspannt, alles ist im grünen Bereich. Ich weiß, dass ich nichts weiß. Es ist alles in Ordnung! Kein Grund zur Sorge, ich vertraue. Wilma regelt das schon.“ Diesmal dauerte es etwas länger, aber schließlich begannen die Worte zu wirken und er entspannte sich sichtlich. Nachdenklich richtete er seinen Blick wieder auf die Leinwand und Wilma tat es ihm gleich.

Kapitel 8 Geplatzte Träume

Er kam nicht. Er brachte keine Rosen. Er rief nicht an. Nach einer Woche des Wartens war da auf einmal so ein Moment, in dem alle Hoffnung blitzartig in sich zusammenfiel. *Die Hoffnung stirbt zuletzt*, den Satz hatte sie schon öfter gehört, aber jetzt fühlte sie, wie er sich anfühlte. Und noch ein bekannter Satz fiel ihr ein. *Nun aber bleibt Glaube, Hoffnung, Liebe, diese drei; doch am größten unter ihnen ist die Liebe*. Pascal hatte ihr einst einen Anhänger mit dem Symbol von Glaube, Hoffnung, Liebe geschenkt und feierlich dabei den berühmten Satz rezitiert. Nichts davon war geblieben, dachte sie jetzt. Kein Glaube, keine Hoffnung und keine Liebe. Er ist mir egal, dachte sie. Dass er sie weder angerufen, noch besucht hatte, war der berühmte Tropfen, der das Fass hatte überlaufen lassen. Er ist mir einfach egal. Sie drehte sich auf den Rücken und griff nach dem Kopfhörer für den Fernseher, um die Bettnachbarin nicht zu stören. Es war 20.15 Uhr, Freitagabend und der Krimi im ZDF würde gleich starten. Es ging ihr gut. Da war kein Gedanke mehr an Pascal in ihr. Da war keine Sehnsucht mehr nach ihm, da war gar kein Gefühl mehr für ihn. Keine Trauer, keine Wut, keine Enttäuschung, einfach nichts.

Susanne besuchte sie am Wochenende und brachte wie schon in den letzten Tagen ihre Post mit. Da sie unweit ihrer Wohnung wohnte, kümmerte sie sich um ihre Pflanzen und leerte den Briefkasten. „Wie geht es dir, meine Liebe?“ Aufmerksam schaute sie Jenna an. Sie hatten sich am Mittwoch gesehen und seitdem hatten sie sich nicht mehr gesprochen. Am liebsten hätte Susanne täglich angerufen, um zu erfahren, ob Pascal sich endlich gemeldet hatte, aber sie wollte nicht zu aufdringlich sein. „Mir geht's gut“, antwortete Jenna und nahm die Post entgegen. „Hat Pascal sich gemeldet?“ Susanne konnte sich die Frage nicht mehr länger verkneifen. „Nein“, antwortete Jenna ganz klar, „Thema erledigt.“ „Wie Thema erledigt?“ hakte Susanne nach.

„So wie ich es gesagt habe, das Thema *Pascal* ist für mich erledigt. Er hat sich nicht gemeldet, das sagt ja wohl alles." Kühl schaute sie Susanne jetzt an. „Willst du ihn nicht anrufen und nachfragen was los ist?" „Nein, er ist mir egal, es macht mir nichts mehr aus. Er hat mich nicht geliebt. Er kann mich nicht geliebt haben, denn dann hätte er mir das nicht angetan", erklärte sie entschieden. „So, Themawechsel, wie geht es dir? Erzähl mir von der Schwangerschaft und vom Eiscafé." Susanne erzählte ihr von der letzten Ultraschalluntersuchung, richtete ihr die liebsten Grüße von Marc und seiner Belegschaft aus und erzählte von einigen Schwierigkeiten, die Max im Betrieb hatte. Jenna hörte ihr aufmerksam zu und öffnete beiläufig die Post. „Apropos Betrieb, hier ist ein Brief von meinem Arbeitgeber", erkannte Jenna jetzt erstaunt. Ungeduldig öffnete sie ihn. „Das ist ja nett, dass der dir schreibt", warf Susanne anerkennend ein. Nachdem Jenna sprachlos auf den Brief starrte, hakte sie ungeduldig nach. „Was schreibt er denn?" „Er kündigt mir zum nächsten Termin", antwortete Jenna tonlos. „Waaas? Das kann er doch gar nicht?" Ungläubig riss Susanne Jenna den Brief aus den Händen und las selbst. „Der hat sie doch nicht alle. Wie herzlos ist das denn? Dagegen musst du vorgehen!" Jenna sah sie aus traurigen Augen an und ihre Stimme klang resignierend als sie sagte „dagegen vorgehen? Gegen einen erfolgreichen Strafverteidiger?" Dagegen konnte selbst Susanne nichts mehr einwenden. Jenna hatte oft vom Erfolg ihres Chefs berichtet. Dieser würde sicher genügend Gründe angeben können, die ihm Recht gaben. Ob das nun herzlos war oder nicht, interessierte bei Gericht wohl keinen. Es gab ein Gesetz, dass man in einem Betrieb mit bis zu sechs Angestellten, im Falle einer schweren Erkrankung, Mitarbeiter aus wirtschaftlichen Gründen kündigen konnte. Diese Klausel war selbst Jenna bekannt und mit ihren drei Kolleginnen fielen sie in die Kategorie. Außerdem fühlte sie sich viel zu kraftlos, um noch gegen irgendetwas vorzugehen und so gab sie einfach auf.

Da man anfangs von einem gutartigen Tumor ausgegangen war, musste sich Jenna noch einer weiteren Operation unterziehen. Die Lymphknoten mussten nachträglich entfernt und histologisch untersucht werden, um abzuklären, ob der Tumor schon gestreut hatte. Sie ließ alles über sich ergehen, hinterfragte nicht viel, die Ärzte würden schon wissen, was gut und richtig war. Job weg, Pascal weg, Krebs haben, und doch war sie für andere scheinbar gut drauf. Ihre Abwehrmechanismen hatten die Oberhand erlangt und so fühlte Jenna sich emotional relativ schmerzfrei. Unbewusst spielte sie ihre Rollen. Die Tapfere, die Retterin, die Starke, die Betrogene, die Verlassene, die Gekündigte. Keiner enttarnte sie, auch nicht sie selbst. Verdrängung und Abwehr kann scheinbar gut sein.
Wilma und Anton sahen Jenna auf dem Krankenhausflur mit anderen Frauen reden. Sie lachte, tröstete andere und machte einen entspannten Eindruck. „Dies wäre eine große Chance zum spirituellen Erwachen“, klärte Wilma Anton auf. „Wenn man mehrere Verluste kurz hintereinander erlebt, dann entsteht dort eine Lücke, die einen sofort erleuchten könnte. Nach dem Motto, *je größer die Lücke, desto größer die Chance*.“ „Echt, wie soll das denn gehen?“ fragte Anton ahnungslos. „Ich habe dir doch von dem Vorgang der Identifikation mit der Welt erzählt. Erinnerst du dich?“ „Klar, das war doch das mit den Keksen? Anton will Kekse oder ich will Kekse?“ In seiner Stimme klang eine Spur Stolz mit und erwartungsvoll sah er sie nun an. „Genau, super, dass du das noch weißt“, lobte sie ihn, „das macht es leichter, dir den Vorgang jetzt zu erklären. Also, wenn man sich mit etwas identifiziert hat, macht man etwas durch das Wort *mein* zu seinem, zu einem Teil von sich. Ein Beispiel. Gib einem Kind ein Spielzeugauto und sage ihm „Das ist ein Auto, mit dem darfst du spielen“. Du gibst es ihm und wenn andere Kinder dazukommen und es ihm wegnehmen, wird das völlig in Ordnung sein für das Kind. Es ist ein Spielzeugauto, es ist noch nicht seins. Gibst du dagegen dem Kind ein Spielzeugauto und sagst ihm

„Das ist jetzt dein Auto“, wird er ein Ich-Gefühl zu dem Auto entwickeln. Wenn andere Kinder ihm das Spielzeug dann wegnehmen, hat das Kind das Gefühl, einen Teil von sich selbst zu verlieren. Dieses Gefühl, einen Teil von sich zu verlieren, ist das Schmerzhafte an dem ganzen Vorfall.“

Ihr Blick ruhte auf Anton und da keine Fragezeichen in seinem Gesicht erschienen, fuhr sie fort. „Immer, wenn man etwas zu einem *Ich* von sich selbst gemacht hat, tut es weh, wenn dieser Teil wieder geht. Mein Mann verlässt mich, ich habe meinen Arbeitsplatz verloren, mein Auto wurde gestohlen und so weiter. Wenn er, sie oder es dann geht, entsteht eine Lücke. Das Ego-Ich will diese Lücke gleich wieder füllen, denn diese Leere ist unerträglich für das Ego-Ich. Das Ego-Ich ist immer Identifikation mit etwas und die Lücke ist sein Tod. In vielen spirituellen Schriften liest man Sätze wie „Du musst sterben bevor du stirbst“. Damit ist der Tod des Egos gemeint. Jenseits von dem Ego-Ich liegt das Sein. Nenn es Gott, Bewusstsein, Liebe, nenn es wie auch immer du willst. Es ist ein Zustand absoluter Leere, es ist Alles und gleichzeitig Nichts, es ist absoluter Friede und Liebe pur. Eben diese Liebe, die frei ist, von äußerlichen Dingen, die sogenannte Quelle der Liebe.

In dem Zustand brauchst du nichts und niemanden mehr. Und erst wenn du den anderen nicht mehr brauchst, kannst du lieben. Du kannst dann alles genießen, aber du brauchst es nicht mehr. Das ist ein Unterschied, das ist emotionale Freiheit. Es ist dann die Schönheit simpler Verbundenheit, eine Hinwendung von Herz zu Herz. Etwas, was du genießen kannst, wenn es da ist und etwas, was du gehen lassen kannst, wenn es gehen will. Wohlgemerkt, gehen lassen kannst, ohne zu leiden und ohne psychosomatisch krank zu werden. Denn Leid und Kranksein ist wieder ein Zeichen vom Ego-Ich. Auf der Körperebene bleibt der Körper immer Ego und natürlich wird der Körper irgendwann sterben müssen. Auf welche Art er sterben wird, ist eine Erfahrung aufgrund einer gelegten Absicht. Das Bewusstsein bewertet es nicht. Das Ego zu Lebzeiten sterben zu lassen, und im Sein zu sein, das nennt man auch Erwachen. Dieses Sein liegt jenseits vom Ich. Einige haben anfangs einen Moment der Erleuchtung und fallen dann wieder ins Unbewusste. Einmal Erleuchtung geschnuppert zu haben, ist wie eine Droge. Da willst du immer wieder hin, weil es sich so super gut angefühlt hat. So total frei. Eins mit allem, voller Liebe und völlig unabhängig. Und so bringt das Leben sie immer wieder in erleuchtete Momente und auf diese Art nimmt das Bewusstsein mit jeder Erfahrung zu und die Unbewusstheit nimmt parallel immer mehr ab. Die Zustände wechseln sich dann ab. Aber eines Tages hat die Bewusstheit die Oberhand, ob in diesem, oder im nächsten Leben, oder in dem danach, völlig egal. Am Ende siegt immer die Liebe. Eine andere Möglichkeit ist die spontane Erleuchtung. Ob es im Leben eines Menschen zu einer spontanen Erleuchtung kommen kann, zum Beispiel durch eine Serie von Verlusten, ist abhängig von den Vorleben und vom Grad des Bewusstseins."

„Wow!" Anton war beeindruckt. „Jetzt verstehe ich zum ersten Mal, warum Verlust eine Gnade Gottes sein kann!" Er hielt kurz inne. Dann blickte er Wilma erwartungsvoll an. „Und, checkt Jenna das Ganze jetzt, wird sie jetzt blitzerleuchtet und alles ist gut?" Wilma stieß einen kleinen Seufzer aus. „Nein, mein Lieber, so schnell wird's bei Jenna nichts mit der Erleuchtung, leider! Sie muss noch die eine oder andere Verletzung auflösen und heilen. Heilung steht meist vor Erleuchtung. Wenn das Herz noch zu viele Verletzungen trägt und das sogenannte Herzchakra, das Energiefeld des Herzens, noch blockiert ist, bleiben alle Vorstellungen über Erleuchtung nur mentale Vorstellungen. Diese sind dann nur im Kopf, aber erreichen das Herz nicht. Die gesamte Anziehung von den Ereignissen in einem Leben läuft aber über das Herzchakra. Also nützt es nichts zu denken *ich bin frei*, sondern du musst fühlen können, dass du frei bist. Aber da Jenna den Weg der Heilung sowieso vor sich hat, erkläre ich es dir später anhand ihrer Erfahrungen noch einmal deutlicher.

Okay?“ Fragend blickte sie ihn an. „Okay“, sagte er friedlich, denn inzwischen hatte er begriffen, dass Wilma ihm alles zur rechten Zeit erzählte. Wenn sie sagte, später erzähle ich mehr, dann war später wohl der bessere Zeitpunkt.

Zwei Wochen später wurde Jenna aus dem Krankenhaus entlassen. Susanne holte sie ab und brachte sie heim. Bleiben konnte sie jedoch nicht, denn sie hatte Dienst im Eiscafé. Marc bestand darauf, sie zur Begrüßung mit einem Eis zu verwöhnen und wenn sie keine Lust hätte in sein Lokal zu kommen, brächte er ihr das Eis auch gerne hoch in die Wohnung. Sie hatte sowieso keine Lust auf eine leere Wohnung und so ging sie mit hinunter ins Eiscafé. Sie wurde freudig begrüßt und genoss die Zuneigung. „Hier, ein Trösterbecher speziell für dich!“, sagte Marc und stellte einen großen Eisbecher vor sie hin. „Was willst du jetzt tun? Ich habe von deiner Kündigung gehört. Tut mir echt leid.“ Jenna zuckte die Schultern. „Weiß nicht, mal sehen. Ich muss jetzt erst mal sechs Wochen täglich zur Bestrahlung und einen neuen Job kann ich mir sowieso erst danach suchen. So will mich ja eh keiner. Ich bin wirtschaftlich nicht tragbar hat mein Ex-Chef gesagt. Ich habe noch mal mit ihm telefoniert und ihm angeboten die Bestrahlung morgens um 6.00 Uhr schon machen zu lassen, danach könnte ich arbeiten. Aber er wollte nicht. Das sei ihm zu unsicher, hat er gesagt.“ Sie nahm einen großen Löffel voll Sahne und führte ihn zum Mund. Genüsslich ließ sie die Sahne auf ihrer Zunge zergehen. „Einfach lecker dein Eis, das ist echt Balsam für meine Seele“, sagte sie nun und lächelte ihn an. „Dann lass es dir gut schmecken, freut mich wenn es dir schmeckt. Alles andere wird sich zeigen, werd erst mal wieder ganz gesund. Das ist das Wichtigste im Leben.“ Etwas hilflos legte er kurz seine Hand auf ihre Schulter und drückte diese kurz. Dann erhob er sich und ging zu dem Tisch, an dem ein paar Gäste schon ungeduldig auf ihn warteten. Sie genoss ihr Eis und hing ihren Gedanken nach. Von ihrer Liebesbeziehung und dem Verlust von Pascal hatte

Marc nichts gewusst und so sollte es auch bleiben. Außer Susanne wusste kein anderer Mensch in München von ihrer Pleite, so nannte sie ihre Beziehung mit Pascal inzwischen, und sie hatte auch keine Lust, es jemandem zu erzählen. Es reichte ihr schon, wenn sie mit Leila und Sandra darüber reden musste. Es war ihr total peinlich, vor Sandra zuzugeben, dass es doch nicht die große Liebe gewesen war. Wie dumm war sie eigentlich gewesen? Auf was für einen Typen war sie da reingefallen. Irgendwie schämte sie sich für ihre leidenschaftliche Liebe. Auch hatte ihr Selbstwertgefühl als Frau einen totalen Schaden abbekommen. Er hat sie mir vorgezogen, ich bin nicht gut genug, dachte es automatisch in ihr. Da gab es wieder viele Ichs und jeder hatte etwas zu sagen. Ein Ich sagte, dass er sich bestimmt nie trennen wollte, er wollte sie bestimmt nur fürs Bett. Ein anderes Ich meinte, du bist eben keine tolle Frau, sie ist bestimmt schöner, schlanker und klüger. Ein Ich war überzeugt davon, dass er sie nie geliebt hatte. Ein Ich meinte sogar, dass keiner sie je geliebt hat und noch schlimmer, sie überhaupt nicht liebenswert wäre. Da gab es dann noch viele andere Ichs, die loslegen wollten, aber ein ärgerliches Ich stoppte sie alle. Er ist es doch gar nicht wert, dass man über ihn nachdenkt, brüllte es. Genau, dachte Jenna, rutsch mir doch den Buckel runter. Genussvoll widmete sie sich ihrem Eis und machte einen Plan, wie sie den Rest des Tages verbringen konnte.

Wilma zeigte auf die Leinwand und sagte zu Anton. „Siehst du, wie unbewusst sie noch ist? Sie bezieht sein Verhalten immer noch total auf sich. Das machen alle Ungeheilten." Anton schürzte die Lippen und dachte kurz nach. „Sie bezieht sein Verhalten auf sich? Aber das ist doch normal?" Fragend blickte er sie an. „Ja, wenn du *normal* mit *unbewusst* gleichsetzt. Ich hatte dir das mit der Prägung als Kind und das mit dem *auf sich beziehen* ja schon erklärt. Hier kannst du das noch einmal deutlich sehen. Pascal ist zu feige um sie zu besuchen, eben weil er sich schuldig fühlt und nicht damit umgehen kann, aber das hat in Wahrheit nichts mit ihr zu tun. Er verhält sich aufgrund seiner verdrängten Emotionen so und sie macht daraus ihre Geschichte. Geheilt würde sie erkennen, dass alles was er tut und sagt, nichts über sie aussagt, sondern nur über ihn." Anton nickte zustimmend. „Stimmt, jetzt sehe ich was du meinst. Und wie ist das mit den Gedanken darüber, dass er sie nie geliebt hat?" „Tja, da ist wieder die Frage, von welcher Liebe wir sprechen. Aus Sicht der wahren Liebe hat er sie nicht geliebt, genauso wenig, wie sie ihn geliebt hat. Dazu haben beide noch viel zu viel Angst und unerlöste Egoanteile in sich. Aber wir können sagen, dass sie sehr verliebt sind. Dass sie gegenseitig Liebesgefühle in sich auslösen, sich magnetisch zueinander hingezogen fühlen und durch das Zusammensein mit dem anderen glücklicher sind, als alleine. Sie haben sich mit dem anderen identifiziert und haben den anderen so zu einem Teil von sich selbst gemacht. Darum fühlen sie sich ohne den anderen unvollständig, es fehlt ihnen etwas und darum sehnen sie sich so sehr nach dem anderen. Das ist bei beiden gleich. Tief innen weiß Jenna all das aufgrund ihrer Studien im letzten Leben. Pascal weiß es tief innen auch, jeder Mensch weiß tief im Inneren darum. Jetzt muss dieses Wissen wieder ins Bewusstsein gerückt werden. Dazu brauchen wir den nächsten Impuls!" „Du klingst als hättest du einen Plan?" Erwartungsvoll blickte Anton zu Wilma. „Klar, bald kommt Henri wieder ins Spiel."

Jenna verabschiedete sich von Susanne und Marc. „Ich geh jetzt rauf und leg mich ein bisschen hin." Sie ging zur Garderobe und wie zufällig fiel ihr Blick auf den Tisch mit den Visitenkarten. Augenblicklich fiel ihr der Besuch bei Henri wieder ein. Bevor das Jahr zu Ende geht, werden Sie ihre Arbeit nicht zu Ende führen, Sie müssen dann nichts tun, hatte er gesagt. Für einen Moment stockte ihr der Atem. Er hat es gewusst, dachte sie. Wie konnte er das wissen? Sie nahm eine von seinen Visitenkarten und steckte sie in ihre Jackentasche. Dann verließ sie das Lokal und ging hoch in ihre Wohnung. Ihr Blick fiel auf die Liebesromane im Bücherregal. Aufräumen ist angesagt, dachte sie und holte einen Wäschekorb. Sie warf alle Liebesromane in den Korb und entsorgte die Bücher kurzerhand im Papiercontainer im Hof. Insgesamt musste sie fünfmal die Treppen hoch unter runter laufen, bis alles entsorgt war. Und nun, überlegte sie laut und rieb sich dabei die Hände: Pascal entrümpeln! Sie suchte alles zusammen was sie von ihm geschenkt bekommen hatte. Eine Kette, ein Armband, ein Talisman, Musikkassetten mit seiner Lieblingsmusik und noch ein paar Kleinigkeiten. Sie stecke alles zusammen in einen großen Umschlag. Die Kette trug das Symbol Glaube, Liebe, Hoffnung und diese Kette rutschte wie zufällig noch einmal aus dem Umschlag heraus. Pah, du kannst dir deine Liebe, deinen Glauben und deine Hoffnung sonst wo hinstecken, dachte sie und stopfte dabei wütend die Kette zurück in den Umschlag. Dann nahm sie ein Blatt Papier und schrieb in großen Buchstaben einen Satz drauf. Zufrieden steckte sie den Zettel ebenfalls in den Umschlag, klebte diesen zu, beschriftete ihn mit Pascals Firmenadresse und trug den Umschlag sogleich zur Post. Nachdem sie den Brief aufgegeben hatte, kramte sie alle Liebesbriefe von ihm hervor. Es war schon ein großer Stapel und wehmütig dachte sie an die schönen Texte. Ob sie die Briefe behalten sollte? Nein, entschied das wütende Ich. Alles nur Süßholzgeraspel und Lügen, auch die müssen weg! Schnurstracks ging sie in den Innenhof und verbrannte die Briefe dort feierlich. Sie machte ein richtiges Ritual daraus. Nach getaner Arbeit setzte sie sich auf ihr Sofa und fühlte in sich hinein. Ging es ihr jetzt wirklich besser? Ja, etwas besser ging es ihr schon. Was konnte sie noch tun? Sie entschloss sich, Leila und Sandra anzurufen. Sie telefonierten stundenlang. Ja, sie hatten ja so recht gehabt mit ihren Bedenken. Und nein, er war es wirklich nicht wert, dass sie ihm eine Träne nachweinte. Und klar, ging es ihr ohne ihn sehr viel besser. Und logisch, sie konnte froh sein, dass sie ihn nicht bekommen hatte, denn wenn man einmal betrügt, dann betrügt man immer wieder. Und ja, große Lieben enden immer dramatisch und taugen nicht fürs normale Leben. Und ja, es war von Anfang an zu schön gewesen, um wahr zu sein. Sie ließen alle drei kein gutes Haar an Pascal und heute tat ihr dieses negative Gerede über seine Person so richtig gut.

Es kam beides an einem Tag. Zuerst das Baby und dann der Brief von Jenna. Pascal war bei der Geburt dabei gewesen und war noch total überwältigt von dem Ereignis. Der errechnete Geburtstermin wäre der 17.04.1986 gewesen, aber der Kleine kam drei Tage zu früh. Es war ein gesunder Junge. Florian hatten sie ihn genannt und Pascal war stolzer Vater. In all der Aufregung hatte er seine Gefühle in Bezug auf Jenna total verdrängt. Jetzt saß er am Schreibtisch und hielt ihre Post in den Händen und mit einem Schlag war alles wieder da. Auch ohne den Umschlag zu öffnen wusste er, dass da nichts Gutes für ihn drin war und ein unwohles Gefühl überfiel ihn. Vor lauter Feigheit hätte er den Umschlag am liebsten ungeöffnet in den Papierkorb geworfen und so getan, als wenn ihn dieser nie erreicht hätte. Er schluckte hart und dann überwand er sich doch und öffnete zaghaft den Umschlag. Auf dem Zettel stand nur ein Satz, aber dieser traf ihn wie ein Peitschenhieb. DAS GUTE AM KREBS WAR, DASS ER MIR GEZEIGT HAT, WAS ICH DIR BEDEUTE, stand dort in übergroßen Buchstaben. Er schluckte abermals hart. Sie war also wieder zu Hause. Ich muss sie anrufen, dachte er. Ich kann nicht einfach nur nichts tun. Sie weiß ja nicht, dass ich in der Kanzlei angerufen habe, ich habe meinen Namen dort ja gar nicht genannt. Genau, ich werde einfach so tun als sei ich total überrascht und hätte auf ihre Nachricht gewartet und statt einer Nachricht bekomme ich so einen unverschämten Brief. Angriff ist die beste Verteidigung, beschloss er und in dieser Stimmung rief er sie an. Jenna hatte gar nicht mehr mit seinem Anruf gerechnet und ihr fiel fast der Hörer aus der Hand als sie seine Stimme hörte. „Woher sollte ich denn wissen, dass du immer noch im Krankenhaus warst? Und woher sollte ich wissen, dass du Krebs hast?“ hörte sie ihn vorwurfsvoll fragen. Er tut so als wüsste er von nichts und vielleicht stimmte das sogar, überlegte sie lautlos, aber er hatte sich ja nicht einmal die Mühe gemacht, es herauszufinden. „Gut“, lenkte sie ein, „vielleicht war das ungerecht, aber jeder hat mich gefunden und wenn du dich für mich interessiert hättest, dann hättest auch du mich gesucht und gefunden.“ Er konnte den Vorwurf nicht aushalten und verteidigte sich abermals. „Du hättest mich ja auch anrufen können.“ Jenna resignierte und mit den Worten „Ach nee, sonst noch Ansprüche? Lass mich doch einfach in Ruhe!“, legte sie einfach auf.

Ihr Herz war sowieso schon zu, so schmerzte der Anruf sie nicht wirklich. Ihre Wut auf ihn war noch ein bisschen angestiegen und das erleichterte ihr den Abschied zusätzlich. Nachdem sie den Hörer aufgelegt hatte, schaltete sie den Fernseher ein und entspannte sich bei einem Krimi. Im gleichen Moment hatte sie ihn vergessen.

Pascal starrte auf den Hörer in seiner Hand. Sie hatte einfach aufgelegt. Das mit dem Angriff war wohl doch keine so gute Taktik gewesen, bedauerte er sich jetzt selbst. Er hatte vorher schon ein schlechtes Gewissen gehabt, aber jetzt fühlte er sich noch viel schlechter. Er hasste seine eigene Feigheit und vergrub den Kopf in beiden Händen. Eine Zeit lang blieb er so sitzen. Das war es dann wohl, dachte es in ihm. Lass sie gehen, ist sowieso besser für alle Beteiligten, alles andere macht jetzt keinen Sinn mehr. Er stand auf und machte sich auf den Weg ins Krankenhaus. Florian zu sehen war jetzt eine willkommene Ablenkung und sicher die beste Therapie.

Kapitel 9 Aufstehen und weitergehen

Es war später Nachmittag, sie lag auf ihrem Bett und ruhte sich ein wenig aus. Die Bestrahlungen hatten begonnen und machten sie müde. Sie schlief viel und die Tage vergingen insgesamt rasch. Es gab immer genügend zu tun. Da waren die Arztbesuche, die tägliche Fahrt ins Krankenhaus, Klärungen mit Krankenkasse und anderen Ämtern und vieles mehr. Täglich studierte sie die Stellenangebote in den Zeitungen. Das Krankengeld war knapp und es reichte kaum für das Leben in München. Ihre Eltern wollte sie nicht um Geld fragen, sie wollte es einfach alleine schaffen. Gott sei Dank hatte sie noch ein bisschen Erspartes. Lange würde es zwar nicht reichen, aber sie würde notfalls noch einen Nebenjob finden. In Sachen Arbeit war sie relativ zuversichtlich. Bisher hatte sie immer Arbeit gehabt und sie würde bestimmt etwas Neues finden. Blitzartig fielen ihr wieder die Aussagen von Henri ein. Sie sprang aus ihrem Bett auf und holte seine Visitenkarte aus ihrer Jackentasche hervor. Ob ich noch mal hingehe, überlegte sie lautlos? Er hatte total recht gehabt. Das musste sie sich im Nachhinein schon eingestehen. Ich wollte es damals einfach nicht wahrhaben, gestand sie sich jetzt ein. Ich wollte es einfach nicht hören, aber jetzt habe ich nichts mehr zu verlieren.

Gleichzeit fiel ihr auch ihr Traum vor der Krebserkrankung wieder ein. Dieser besondere Traum, der sie bewogen hatte, sich operieren zu lassen. Beides übte jetzt eine gewisse Faszination auf sie aus. Spontan griff sie zum Hörer und wählte Henris Nummer. Er freute sich über ihren Anruf, er habe ihn schon erwartet, sagte er freundlich und sicher könnten sie gleich für morgen früh um 10.00 Uhr einen Termin vereinbaren. „Ja, gerne“, hörte sie sich sagen und fügte noch hinzu „ich freue mich, Sie wieder zu sehen.“ Von sich selbst überrascht, legte sie auf und ging wieder ins Bett. Ja, das fühlte sich jetzt richtig gut an und mit diesem Gedanken schlief sie ein.

Das Klingeln des Telefons weckte sie am nächsten Morgen schon um 7.00 Uhr in der Früh. Ein überglücklicher Max meldete sich mit fröhlicher Stimme. „Ich hoffe, es ist nicht zu früh für meinen Anruf, aber ich muss dir unbedingt etwas Tolles mitteilen. Ich habe ein Kind gekriegt. Äh, ich wollte sagen, ich bin Vater geworden, Susanne hat unser Kind gerade geboren. Es ist ein Mädchen und es ist total süß. Alles dran und gesund. Wir sind total glücklich und wollten dich teilhaben lassen.“ Sie freute sich aufrichtig und gratulierte ihm herzlich. Gleichzeitig gab es ihr einen kleinen Stich, denn es erinnerte sie an Pascal und sie fragte sich, ob er wohl auch schon Vater geworden war und ebenso glücklich durch die Welt telefonierte, wie jetzt Max. Susanne würde noch ein paar Tage in der Klinik bleiben müssen und Jenna versprach, sie gleich heute zu besuchen und sich die Kleine anzusehen. Susanne lag im Klinikum Großhadern und dort hatte Jenna wegen den Bestrahlungen ja sowieso täglich einen Termin, das ließ sich doch wunderbar verbinden.
So nah liegen Geburt und Tod beieinander. Dieser Gedanke kam ihr spontan in den Sinn. Dann erinnerte sie sich an all die Mitpatienten auf der Bestrahlungsstation. Dort saß man unten im Keller, kein Tageslicht, alles wirkte kahl und kalt. Die Gesichter der Patienten schauten traurig aus, teilweise auch sehr hoffnungslos und vor allem kränklich. Die zu bestrahlenden Felder wurden mit Farbstiften gekennzeichnet. Bei einem Teil der Patienten verdeckten die Kleider das gekennzeichnete Feld. Oft saß sie da und ertappte sich dabei, dass sie überlegte, welchen Krebs diese wohl hatten. Bei anderen waren Gesichtspartien gekennzeichnet, oft auch die Ohren oder der Hals. Wenn sie die im Gesicht gekennzeichneten Patienten sah, dann dankte sie Gott im Stillen, dass es bei ihr die Brust war. Sie wusste nicht, ob das am Ende besser oder schlechter war, aber sie glaubte, es sei angenehmer. Tja, und oben im 4. Stock war die Geburtsabteilung. War ja sinnbildlich schon näher am Himmel, lichter, höher und schöner. Das da im Keller konnte man durchaus als kleine Hölle

bezeichnen. Die ersten Tage hatte sie das gar nicht so registriert, aber mehr und mehr wurde ihr nun bewusst, dass sie eine bösartige Erkrankung hatte und das es gar keine Garantie gab, das zu überleben. Sie hatte die Gedanken an Tod und Sterben gut wegschieben können, aber jetzt, mit der Nachricht der Geburt, rückte auch das Sterben irgendwie in ihr Bewusstsein.
Ein Blick zur Uhr sagte ihr, dass es Zeit wurde sich auf den Weg zu machen. Um 10.00 Uhr sollte sie bei Henri sein und dann konnte sie gleich weiterfahren, denn um 14.00 Uhr musste sie im Krankenhaus sein.
Insgeheim schämte sie sich für ihr negatives Gerede über ihn nach ihrem letzten Besuch. Heute sah er irgendwie viel netter aus, irgendwie so gütig. Oder empfand sie das nur so? Sie erwiderte sein Lächeln und ohne groß zu überlegen sprach sie aus, was ihr in den Sinn kam. „Nach meinem letzten Besuch bei Ihnen war ich total sauer. Ich wollte nichts von dem hören, was Sie gesagt haben. Leider hatten Sie recht und darum sitze ich jetzt wieder hier. Und jetzt bin ich bereit zu hören, was Sie mir sagen wollen. Und Sie dürfen wieder sehr ehrlich sein“, fügte sie mit einem vielsagenden Blick hinzu.
„Erzählen Sie mir, was seit unserem letzten Besuch geschehen ist“, forderte er sie auf. Und Jenna erzählte. Sie erzählte alles und er ließ sie einfach reden. Nachdem sie geendet hatte, schaute sie ihn erwartungsvoll an. „Und nun? Ich habe so viele Fragen. Ich will wissen, ob ich gesund werde und ob ich einen neuen Job bekomme, ob ich eine neue Liebe finde, heirate, Kinder bekomme. Können sie mir das sagen?“
Er lächelte sie aufmunternd an. „Ja, das kann ich Ihnen sagen, aber bevor ich Ihre Fragen beantworte, möchte ich Ihnen beibringen, wie man lebt und wie man stirbt.“ Erstaunt sah sie ihn an. „Wie man lebt und wie man stirbt?“ „Ja. Sie haben sich doch sicher schon einmal gefragt, warum die Dinge in Ihrem Leben so sind, wie sie sind? Spätestens mit der Krankheit kam doch sicher die Frage nach dem warum, oder?“ Fragend blickte er sie an. „Ja,

die kam“, bestätige sie. „Schön, denn das ist eine gute Frage. Nicht jeder stellt sich diese Frage, aber wenn man sie stellt, dann ist da ein Teil in einem, der die Antwort wirklich wissen will. Sonst wären Sie kein zweites Mal zu mir gekommen.“ Er hielt einen Augenblick inne und dann fuhr er fort. „Ich möchte Ihnen eine Geschichte von einem Mann erzählen, der fähig war, wahrhaft zu lieben und seine Frau in Liebe loslassen konnte, als diese gehen wollte. Möchten Sie die Geschichte hören?“ Aufmerksam ruhte sein Blick auf ihr. Sie fand sein Vorgehen schon etwas ungewöhnlich, aber nun gut, er wird schon wissen, was richtig ist, dachte sie. „Ja, klar, legen Sie los“, forderte sie ihn auf.

„Es ist eine wahre Geschichte. Zugegeben, es handelt sich nicht um einen gewöhnlichen Mann in dieser Zeit, sondern er ist emotional erwachsen und spirituell ein Meister. Also, dieser besagte Mann ist beruflich viel unterwegs und hat dadurch wenig Zeit für seine Ehefrau. Eines Tages besucht sein bester Freund die beiden und er ist für mehrere Wochen Gast in deren Hause. Er bittet seinen Freund, sich während seiner Abwesenheit ein bisschen um seine Frau zu kümmern, denn er habe wenig Zeit für sie. Ich brauche nicht erwähnen, dass sich dieses sich Kümmern auf gemeinsame Unternehmungen wie Ausgehen, Bummeln, Kino, Tierpark oder ähnliches bezog und nicht auf sexuelle Unternehmungen. Es war an einem Freitag. Er kam früher als erwartet von einem Seminar zurück und sein erster Gang führte ihn ins Schlafzimmer, weil er sich umziehen wollte. Ahnungslos betrat er das Schlafzimmer und erwischte seine Ehefrau und seinen Freund in flagranti. Was glauben Sie, war sein erster Gedanke?“ „Weiß nicht“, sagte Jenna spontan. Auf die Frage war sie nicht vorbereitet und so überlegte sie kurz. „Vielleicht was soll das denn? Oder so eine Gemeinheit? Oder warum haben sie mich betrogen?“ Erwartungsvoll sah sie ihn an. „Nun erzählen Sie schon“, forderte sie ungeduldig, als er weiterhin bedeutungsvoll schwieg. Ein Lächeln erschien auf seinem Gesicht und er fuhr fort. „Nichts von all dem, sondern er dachte wie sehr er die zwei durch sein früher nach Hause kommen in eine unangenehme Lage gebracht hatte.“ Mit offenem Mund starrte Jenna ihn jetzt an und er sprach ungerührt weiter. „Und dann ging er hinaus in den Garten und dachte, wie wenig muss sie mir vertraut haben, wenn ihr etwas fehlte und sie es mir nicht sagen konnte. Im Verlauf kam dann die Ehefrau auch in den Garten. Sie war auf Vorwürfe vorbereitet und wollte gerade anfangen sich zu verteidigen. Doch bevor sie sprechen konnte, sprach er zu ihr. Er sagte: „Verzeih, dass ich dich durch mein frühes nach Hause kommen in diese Lage gebracht habe.“ Sie war damals genauso sprachlos wie Sie es gerade sind.“ Jenna registrierte erst jetzt, dass sie ihn immer noch mit offenem Mund anstarrte und korrigierte ihren Gesichtsausdruck. Henri fuhr fort. „Seine Frau stand spirituell nicht dort, wo er stand und so kämpfte ihr Ego noch ein bisschen mit ihm. Sie konnte nicht nachvollziehen, was in ihm vorging. Es gab eine kleine Diskussion und irgendwann fragte sie ihn, ob er denn gar nicht eifersüchtig sei. Er verneinte und sie nahm dies als Maßstab für den Grad seiner Liebe zu ihr. „Siehst du“, sagte sie vorwurfsvoll zu ihm, „du hast mich nie geliebt“. Daraufhin erwiderte er, „Was wäre meine Liebe für dich, wenn ich dir das, was du brauchst, nicht gönne?“““

Jenna war immer noch sprachlos. Wie konnte man so reagieren? Henri schaute sie herausfordernd an. „Was sagen Sie dazu?“ „Wow, das ist sicher eine ungewöhnliche Reaktion“, entfuhr es ihr. Sie holte kurz Luft, als hätte sie erst jetzt die Tragweite der Reaktion begriffen und dann fügte sie noch entschieden hinzu, „und wow, ich wünschte, ich könnte so gelassen reagieren und nicht nur das, sondern auch so empfinden.“ Sie schaute hoch und vergewisserte sich vorsichtshalber noch einmal. „Ich nehme doch an, der Mann hat die Reaktion nicht nur gespielt, sondern sie auch so empfunden?“ Fragend blickte sie zu Henri. Dieser lachte laut auf und sagte „Ja, natürlich hat er es so empfunden. Ein spiritueller Meister spielt keine Rollen. Er ist fähig zu lieben.

Wenn man lieben kann, wenn man wahrhaft lieben kann", fügte er hinzu und lehnte sich in seinem Sessel etwas vor, um ihr noch eindringlicher ins Gesicht zu sehen, „dann leidet man nicht, wenn einen jemand verlässt. Die Liebe macht einen unverwundbar, die Liebe hört nie auf, sie kann nicht unterbunden werden. Sie kann vom Kopf her verleugnet werden, aber sie ist immer da. Die Trennung fand nur auf der Ego-Ebene statt, jenseits vom Ego war und bleibt man immer Eins. Das bezieht sich auch nicht nur auf eine einzelne Person, im letzten Stadium empfindet man für alle Menschen so."

Er lehnte sich wieder in seinem Sessel zurück und schien zufrieden mit ihrer Antwort zu sein. „Wissen Sie", fuhr er fort, „dies ist so etwas wie eine Testgeschichte. Ihre Reaktion zeigt mir, dass in Ihnen die Sehnsucht nach der Verwirklichung der bedingungslosen Liebe vorhanden ist. Ohne diese Sehnsucht hätten Sie auf diese Geschichte mit ihrem Verstandes-Ego reagiert. Dieses Ego hätte andere Antworten auf meine Frage gegeben. Vielleicht etwas in der Art wie: Was ist das denn für ein Idiot. So blöd kann man doch gar nicht sein. Einige bedanken sich auch noch für einen Arschtritt. Oder so was Ähnliches. Wenn Sie aus dem Ego heraus geantwortet hätten, dann hätte ich Ihnen jetzt ein paar Fragen beantwortet und Sie nach Hause geschickt. Es wäre wie Perlen vor die Säue schütten, denn Sie wären nicht reif für das, was ich Ihnen zu sagen habe. Aber Sie sind reif. Wie sieht es aus, Jenna, sind Sie bereit dazu, lieben zu lernen, wahrhaft lieben zu lernen?" Jenna blickte ihn an. Sie sah das Lächeln auf seinem Gesicht, aber noch anziehender fand sie dieses Lächeln in seinen Augen, diese strahlten sie funkelnd an. Es sah aus wie ein inneres Glück. Das will ich auch, dachte sie und laut sagte sie: „Ja, ich bin bereit. Ich habe zwar noch nicht viel verstanden, von dem was Sie sagen, aber ich spüre ganz deutlich diesen Wunsch, so lieben zu können, wie dieser Mann in der Geschichte. Da will ich hin. Wenn ich das könnte, dann hätte ich ja nie wieder Liebeskummer. Das wäre ja herrlich!" „Ja", stimmte er ihr zu, „der Liebeskummer wäre dann für alle Zeiten vorbei." „Dann bin ich auf jeden Fall dabei", bekräftigte sie ihre Bereitschaft und strahlte ihn an. „Wie machen wir jetzt weiter?" „Lassen Sie mich überlegen." Er schürzte die Lippen und machte ein nachdenkliches Gesicht. „Ich überlege gerade in welcher Reihenfolge wir das angehen. Wie viel Zeit hast du denn heute? Oh pardon, haben Sie denn heute?" Sie schaute auf die Uhr, schon 11.30 Uhr. Wahnsinn, wie schnell die Zeit vergangen war. „Ich muss um 13.00 Uhr spätestens los. Und außerdem können Sie mich gerne duzen." „Schön, das ist mir auch recht. Wir werden sehr vertraut miteinander reden und da passt das Siezen auch nicht wirklich. In Anbetracht der Zeit schlage ich dir vor, wir legen ein Kartenblatt und schauen einmal, was sich in Sachen Gesundheit und Arbeit tut. Dann kannst du vielleicht schon etwas entspannen und die Energie, die du bis jetzt durch sorgen verschwendest, gezielt einsetzen um dich zu erkennen und zu heilen." Augenzwinkernd fügte er noch hinzu. „Du hast dich ja von meiner Kunst der Zukunftsdeutung schon überzeugen können."

Er sagte ihr, dass sie wieder vollständig gesund werden würde. Außerdem würde sie in spätestens zwei Monaten eine gute Festanstellung bekommen und zudem würde jemand mit einem Nebenjobangebot auf sie zukommen. Das läge gut und sie könnte das gerne annehmen. Gleichzeitig warnte er sie davor, sich über Leistung zu definieren. Sie hätte eine gute geistige Führung und würde in Zukunft immer mehr spüren, was richtig und gut für sie war. Der Traum vor der Krebsgeschichte kam von ihrem eigenen höheren Selbst, von diesem Teil in ihr, der alles wusste und jenseits vom Verstand lag. Wenn man schläft, dann kann dieser Teil besser mit einem kommunizieren, hatte er ihr erklärt. Pascal würde sich in Zukunft wieder bei ihr melden und er würde heilen, was er zerstört hatte und er würde sie ins wahre Glück führen können. Er wäre in Sachen spirituelle Entwicklung ihr Meisterstück und an ihm könnte sie wunderbar die bedingungslose Liebe erlernen. Das müsste ihr Ego jedoch erst noch begreifen, denn ihr Ego würde derzeit noch kämpfen. Den Teil mit Pascal überhörte sie geflissentlich, denn sie war der Meinung, das Thema hatte sie schon gelöst und hinter sich gelassen. Er war ihr einfach egal. Und es war ihr auch egal, ob er sich melden würde oder nicht.

Henri schaute auf seine Armbanduhr. „So, das reicht für heute, es ist gleich 13.00 Uhr“, leitete er das Ende ihrer Sitzung ein. „Weißt du“, er sah sie jetzt eindringlich an, „ es gibt kurze Wege nach Hause und es gibt lange Wege nach Hause. Und mit zu Hause meine ich die Quelle der Liebe in dir. Dieser Weg fängt bei dir und deinem Ego an. Vor dir liegt, wie man es in der spirituellen Sprache sagt, der *Prozess des Zeuge seins.*“ Fragend blickte Jenna ihn an und wiederholte seine letzten Worte. „Vor mir liegt der *Prozess des Zeuge seins*? Wie muss ich mir das vorstellen, das habe ich ja noch nie gehört?“ „Ganz einfach“, antwortete Henri mit einem leichten Schmunzeln, „das klingt komplizierter als es ist. Das Wort Zeuge hat auch hier die ursprüngliche Bedeutung, ein Zeuge kann etwas bezeugen. Ein Trauzeuge bezeugt zum Beispiel eine Hochzeit oder ein Zeuge vor Gericht bezeugt ein Verbrechen. Jemand, der etwas bezeugen kann, hat etwas gesehen und gibt Zeugnis ab über das was er gesehen hat. Du wirst lernen, deine Handlungen zu sehen und dadurch wirst du Zeuge deines Lebens werden. Verstanden?“ Erwartungsvoll sah er sie an. „Ja, danke für deine Erklärung, jetzt ist alles klar!“

„Ich weiß nicht, wie lang dein Weg werden wird“, fuhr Henri fort, „aber nach Hause kommst du auf jeden Fall. Die Frage ist nur wann. In deinen Karten steht, dass du diesen Prozess in dieser Inkarnation gehen und auch vollenden kannst. Worte allein können dich nicht nach Hause bringen. Niemand kann dir sagen, wie dein Weg sein wird, keine Religion, kein Buch, kein Meister, auch ich nicht. Du kannst es nicht erzwingen, nicht erkämpfen, du kannst es nur erfahren. Öffne dich und erlaube der göttlichen

Kraft, in dir und für dich zu wirken und alles Weitere wird sich zeigen. Lass dich führen und genieße den Weg. Wie sagte Konfuzius, *Der Weg ist das Ziel.* Lass uns für heute Schluss machen. Sortiere das Gesagte in aller Ruhe und gerne können wir uns nächste Woche noch einmal zusammensetzen und besprechen, wie dein weiteres Vorgehen in Sachen lieben lernen aussehen könnte." Ihr Verstand musste unbedingt noch eine Antwort auf eine wichtige Frage haben. „Wie lange wird es ungefähr dauern, bis ich gelernt habe, was es zu lernen gibt? Lange?" Unsicher schaute sie ihn an. Er lächelte nur und sagte sanft „Was ist schon Zeit und was ist schon lange?"

„Jetzt geht's aber aufwärts, yeah, yeah, yeah!" Anton sprang aus seinem Sessel und vollführte ein paar Tanzbewegungen. „Wahnsinn, was so ein spiritueller Impuls bewirken kann. Du bist echt super Wilma! Jetzt kapier ich auch, warum der Henri beim ersten Besuch so gnadenlos ehrlich sein musste!" Er hielt in seinen Bewegungen inne und drehte sich zu Wilma um. „Wie lang dauert es denn jetzt noch bis zur Erleuchtung?" fragte er neugierig. Und dann verschwand das Lächeln aus seinem Gesicht. „Wäre ja echt schade, wenn mein Praktikum schon zu Ende wäre, denn ich fange gerade an mich richtig wohl zu fühlen." „Och", sagte Wilma ganz entspannt, „das dauert schon noch ein bisschen, keine Sorge, so schnell bist du hier noch nicht fertig." „Oh, supi", sagte Anton und nahm seine Tanzbewegungen wieder auf, „yeah, yeah, yeah.

Sechs Wochen später hatte Jenna ihre Therapien abgeschlossen und acht Wochen später hatte sie einen neuen Arbeitsplatz. Diesmal nicht bei einem Strafverteidiger, sondern bei einem Rechtsanwalt mit Schwerpunkt Familien- und Scheidungsrecht. Sie hatte sich schnell eingearbeitet, zeigte von Anfang an vollen Einsatz und forderte von sich höchste Perfektion. Die Kündigung hatte schon arg an ihrem Selbstwertgefühl gekratzt und unbewusst meinte sie, sich beweisen zu müssen. Henri hatte sie zwar darauf hingewiesen, aber es dauerte weitere zehn Jahre, bis sie all ihre Verhaltensmuster, die für ihre Definition über Leistung eine Rolle gespielt hatten, durchschaute und aufgeben konnte. Ein paar Wochen nach Antritt des neuen Arbeitsplatzes war Marc auf sie zugekommen und hatte ihr einen Nebenjob im Eiscafé angeboten. Susanne war wegen ihres Kindes kürzer getreten und gerne hatte Jenna das Angebot angenommen. Sie liebte es, Aufgaben zu haben und die Arbeit im Café gefiel ihr ausnehmend gut. Im Hauptjob hatte sie fast ausnahmslos mit gefrusteten Menschen zu tun. Mit Scheidungsopfern, zerstörten Familien, von Liebeskummer geplagten Menschen und anderen Arten vom Opfersein. Da war das Eiscafé ein schöner Ausgleich. Die meisten Menschen freuten sich auf ein leckeres Eis und kamen in guter Stimmung. Es gab nur wenige Menschen, die meckerten oder unglücklich beim Eis essen waren. Und wenn es einmal jemanden gab der seinen Frust an ihr ausließ, servierte sie das Eis besonders liebevoll, denn sie wusste, dass dieser Mensch bestimmt nicht glücklich war. Nur zu gut erinnerte sie sich an ihre tiefsten Krisenzeiten und wie wohltutend ein Eisbecher sein konnte, wenn dieser liebevoll zubereitet und nett serviert wurde. Von Pascal hatte sie noch einmal gehört, aber sein Gerede hatte sie nicht mehr interessiert. Sie war immun gegen seinen Charme gewesen und hatte ihn abblitzen lassen. Leila und Sandra waren total stolz auf sie gewesen und ihre Therapeutin ebenfalls. Super, hast du das gemacht, du hast Besseres verdient, sagten sie ihr. Gleich nach der Bestrahlung hatte sie eine Psychotherapie angefangen. Nachdem sie die Bedeutung der Psychosomatik erkannt hatte, suchte sie eine Therapeutin auf, die ihr half ihre Krebserkrankung zu verstehen. Es hatte etwas gedauert, aber dann fand sie jemanden, der ihr lag und sie wendete viel Zeit und Geld auf, um sich therapieren zu lassen. Die Therapeutin hatte ihr beigebracht, dass sie sich mehr wert sein sollte, als nur ein Verhältnis von einem verheirateten Mann zu sein. Sie müsste

anfangen, sich selbst zu lieben, sich insgesamt viel mehr wert zu sein, hatte sie ihr gesagt. Erst dann könnte sie in einer Beziehung erfüllt und glücklich sein. Und so baute sie in vielen Therapiestunden mühsam eine Beziehung zu sich selbst auf. Und sie entwickelte ein Selbst, welches gut für sich sorgte, sich gut schützen konnte, stolz auf sich war, sich viel mehr wert war als früher und vieles mehr. Die Therapie stärkte ihr Ich und dieses Ich wusste genau, was es wollte und was nicht. Dieses Ich lernte sich zu verteidigen, für sich einzustehen und sich nicht alles gefallen zu lassen. Das machte sie zwar für einige Menschen in ihrem Umfeld nicht gerade sympathischer, denn sie war nicht mehr so pflegeleicht wie früher, aber das war ihr egal. Gesunder Egoismus ist Gold wert, war der Leitspruch ihrer Therapeutin gewesen.
In all der Zeit war in punkto Liebe nicht viel passiert. Sie lernte zwar ab und zu jemand kennen, aber der Richtige war für sie nicht dabei. Die meisten waren verheiratet oder anderweitig gebunden und bei denen hatte sie erfolgreich gelernt, nein zu sagen. Das Thema hatte sie ja schon einmal erlebt und das brauchte sie kein zweites Mal. Dann gab es da noch die ängstlichen Männer. Diese wussten nicht so recht, ob sie eine Beziehung wollten oder doch lieber nicht und wenn es richtig schwierig wurde, waren sie sowieso gleich verschwunden. Sie lernte auch viele Männer kennen, die noch einer alten Liebe hinterher trauerten. Letztlich spiegelten diese ihr immer eigene Anteile, aber sie war noch nicht so weit, das zu verstehen. Ab und zu lernte sie auch immer wieder einen lieben und fürsorglichen Mann kennen, aber so sehr sie sich auch einen Partner wünschte, sie konnte sich einfach nicht in diese Traumschwiegersöhne verlieben. Meist wurden sie die besten Freunde, aber erotische Anziehung blieb einfach aus. Insgeheim hatte sie immer noch den Traum, noch einmal in diesem Leben eine Beziehung zu leben, zu der ihr Herz richtig ja sagte. Darum wollte sie sich auf nichts, das weniger war, einlassen.

Natürlich hatte ihre Therapeutin ihr anschaulich die familiären Zusammenhänge mit ihrem Beuteschema aufzeigen können, aber viel verändert hatte das auch nicht. Sie fand immer noch die gleichen Männer anziehend und die Netten immer noch sehr unerotisch. Durch systemische Therapieformen hatte sie viele Familiengeheimnisse enthüllen können. So erfuhr sie zum Beispiel durch Familienaufstellungen, wie ihre Eltern sich hinter ihrer heilen Welt Fassade wirklich fühlten. Bei ihrer Mutter wurde der Verlust einer frühen Liebe aufgedeckt und ebenso eine vorherige Schwangerschaft. Laut Aufstellungen gab es ein totes Kind in der Familie. Ihre Mutter hatte ihr nie von traumatischen Erlebnissen erzählt und zuerst konnte sie es gar nicht glauben. Aber sie ließ nicht locker und bombardierte ihre Mutter mit diesen Aussagen, so dass diese dann schließlich zugab, dass gewisse Dinge durchaus den Tatsachen entsprachen. Sie erzählte immer noch nicht ausführlich über die vergangenen Geschehnisse, sondern bestätigte nur das, was Jenna schon enthüllt hatte. Jenna verstand, dass ihre Mutter sich einfach nur mit Abwehrmechanismen gegen ihren eigenen Schmerz schützen wollte und lernte das zu akzeptieren. Mit ihrem Vater konnte sie gar nicht über seine Erfahrungen vor seiner Ehe sprechen. Ihre Mutter konnte ihr bestätigten, dass das, was in der systemischen Therapie über ihn enthüllt wurde, den Tatsachen entsprach. Erst danach konnte sie seine generell heftigen Reaktionen aufs Fremdgehen und seine strengen moralischen Vorstellungen verstehen und ihn so akzeptieren wie er war, ohne sein Verhalten auf sich zu beziehen.
Die ersten Jahre nach ihrer Krebserkrankung verbrachte sie zudem viel Zeit mit dem Studieren der Religionen und beschäftigte sich eingehend mit dem Thema Sterben und Tod. Die Sinnsuche des Lebens hatte begonnen und der Verstand hatte unendlich viele Fragen. Parallel dazu entstand die New Age Bewegung und das Thema Esoterik begeisterte Jenna total. Sie interessierte sich für alles was angeboten wurde. Auslöser dafür

war in erster Linie ihr Warntraum. Als Kontrollmensch mit vielen verdrängten Schmerzkörpern musste sie alles selbst erleben und glaubte nichts ohne die eigene Erfahrung. Ein bisschen Bodenhaftung war durchaus von Vorteil, denn Kritiker nannten die New Age Bewegung auch den Esoterikwahn und nicht selten flogen Menschen aufgrund von zu viel Lichtarbeit mit den Englein davon. Oft verloren diese dann jedwede Bodenhaftung und plumpsten früher oder später aus dem scheinbaren Himmel heraus und landeten unsanft auf dem Boden und direkt in einer Depression. Insgesamt war es eine sehr spannende und ereignisreiche Zeit, die einfach von ihr gelebt werden wollte. Intensiv hatte sie spirituelle Gesetzmäßigkeiten erforscht und versuchte diese in ihr Leben zu integrieren. Theorie und Praxis waren schon immer zwei verschiedene Paar Schuhe und so war das ein längerer Prozess. Die Theorie zu verstehen war schon anspruchsvoll, aber die wirkliche Kunst war es, all das auch leben zu können und davon war sie noch meilenweit entfernt. Henri pflegte zu sagen: erst in herausfordernden Zeiten kannst du spüren wo du stehst. Wenn alles im grünen Bereich ist, ist es nicht schwer bewusst zu sein und zu bleiben. Aber wenn die Welt ins Wanken gerät, dann wird es deutlich schwieriger. Dann wird es erst richtig gut! Meine Liebe, eines Tages weißt du, wovon ich spreche, hatte er gesagt. Henri war über viele Jahre eine große Hilfe für sie gewesen. Geduldig hatte er ihr schwierige Vorgänge immer wieder erklärt, bis sie anfing diese zu verstehen. Außerdem war seine Kunst des Wahrsagens einfach fantastisch. Aber auch da warnte er sie, dass dies nur eine vorübergehende Hilfestellung von ihm sei, so etwas wie eine Krücke. Wenn man die Zukunft wissen will, dann lebt man nicht im Jetzt und ist nicht richtig im Vertrauen. Letztlich müsse sie lernen, ohne Krücken zu gehen und das Leben aus dem Moment heraus zu leben. Wenn du dir beide Beine gebrochen hättest und deswegen auf Krücken angewiesen wärst, wäre es ja unmenschlich dir die Krücken einfach wegzunehmen, hatte er gesagt. Und ich bin ja

nicht unmenschlich! Aber wenn deine Beine wieder heil sind, dann nehm ich dir die Krücken weg und du musst lernen, ohne sie zu gehen. Leider war er vor ein paar Jahren plötzlich verstorben und sie hatte seinen Tod lange betrauert. Mit seiner Hilfe hatte sie sich über die Begrenzung der Psychotherapie erhoben und die Ursachen für ihre Verhaltensmuster nicht nur in diesem Leben gesucht, sondern durch verschiedene Rückführungstechniken auch frühere Leben erforscht. Erst dadurch ergaben viele Lebenssituationen einen Sinn und viel Klärung und Heilung konnte dadurch geschehen.
Die Jahre vergingen und sie hatte enorm viel erlebt und erfahren, aber das Lächeln hatte ihre Augen immer noch nicht erreicht. Sie kam zwar gestärkt aus der Therapie heraus, fühlte sich insgesamt stabiler, aber in Sachen Liebe erlebte sie immer noch nicht die Erfüllung. Sie war zwar nicht mehr so unglücklich, litt nicht mehr so wie früher, aber so richtig glücklich war sie auch nicht. So richtig glücklich war sie bisher nur in den Stunden mit Pascal gewesen. Aber das war schon so lange her und die Erinnerungen an ihn hatte sie immer noch sicher in sich eingesperrt. Ab und zu dachte sie an ihn und fragte sich, wie es ihm wohl ging, aber irgendwie tat es ihr nicht gut an ihn zu denken und so verscheuchte sie die Gedanken auch rasch wieder.
Die spirituelle Welt wurde ein wichtiger Bestandteil in ihrem Leben. Sie übte sich in der bewussten Anwendung der Gesetzmäßigkeiten. Spiegelung, Resonanz, Karma und viele mehr, die ganze Palette der Quantentheorien, alles wurde besprochen, gelesen und so gut es ging gelebt. Immer wenn sie glaubte, alles gelernt zu haben, tat sich wieder ein neues Feld auf. Irgendwann stellte sie fest, dass es eigentlich gar nie etwas Neues war, sondern dass nur eine weitere Schicht ihrer Begrenztheit weggefallen war und sie die Dinge mit einem erweiterten Bewusstsein einfach als neu wahrnahm. Alle Informationen waren vorher schon dagewesen, aber sie hatte sie nicht wahrnehmen können. Sie gewöhnte sich an, gewisse Bücher jedes

Jahr wieder zu lesen und immer war es eine Bereicherung. Da sie ohne familiäre Verpflichtungen war, hatte sie genügend Zeit für ihre individuelle Entwicklung. Das Thema Kinder war ohne den passenden Mann nie ein Thema gewesen. Den passenden Mann hatte sie ihrer Meinung nach nie bekommen und so fügte sie sich ihrem Schicksal. Ihr Ego meinte natürlich immer, dass sie ein ganz anderes Leben gewollt hätte und so konnte sie mit dem, was sie hatte, nie ganz zufrieden sein. Ihr Ego hatte Pascal gewollt, Kinder mit ihm, ein Zuhause und auf alles andere hätte ihr Ego liebend gerne verzichtet. Ihre Seele jedoch hatte genau das bekommen, was diese gewählt hatte, aber den Kontakt hatte Jenna noch nicht richtig hergestellt und so konnte sie dessen Stimme noch nicht vernehmen. Ihr Ego hatte trotz allem Wissen, oder gerade deswegen, immer noch die Oberhand. So blieb eine gewisse Unzufriedenheit ihr ständiger Begleiter und wahre Erfüllung konnte sich nie einstellen.
Ihre Suche führte sie, wie viele Suchende in dieser Zeit, in die spirituellen Stätten dieser Welt. Sie begegnete vielen spirituellen Meistern, Avataren, Mystikern aus unterschiedlichen Richtungen. All das war eine gute Saat und eines Tages würde diese Saat aufgehen, dessen war sich ihre Seele sicher. Es gab wundervolle Begegnungen, viele kleine und große Wunder, bedeutungsvolle Fügungen und mit jedem Ereignis wuchs das Bewusstsein und das Ego schrumpfte dementsprechend.
Henri hatte ihr das Buch *Der vierte Weg* von Gurdjieffs Lehre schon nach ihrem dritten Besuch bei ihm empfohlen. Sie hatte es sich auch gleich danach besorgt, aber es dauerte fast zehn Jahre, bis sie anfing es zu verstehen. Davor hatte sie immer wieder angefangen es zu lesen, aber bei Seite fünfzig meist resigniert aufgegeben. Sie hatte nichts davon wirklich verstanden. Erst nachdem sie den vierten Weg verstanden hatte, wurde ihr klar, was Henri mit dem *Prozess des Zeuge seins* gemeint hatte. Im Jahr 2002 begegnete ihr der gleiche Inhalt noch einmal von einem anderen spirituellen Lehrer dargelegt. Eckhart Tolle war sein

Name. Im Gegensatz zu Gurdjieff schrieb er in einer für sie verständlichen Sprache und so wurden seine Bücher über das Jetzt und die Kraft der Gegenwart ihre ständigen Begleiter. Durch ihn tauchte sie praktisch in den „Prozess des Zeuge seins“ ein. Eckart Tolle selbst war ein sehr depressiver Mensch gewesen. Eines Tages sagte er in einer sehr depressiven Phase zu sich selbst „Ich kann mit mir nicht mehr leben“. Und dann fragte er sich, wer ist dieses Ich, das mit dem anderen Ich nicht mehr leben kann? Und das war seine Erleuchtung. Das war sein Prozess des Zeuge seins. Er erkannte, dass er nicht seine Gefühle *war*, sondern dass er sie *hatte*. Diese Erkenntnis befreite ihn auf einen Schlag von achtzig Prozent des depressiven Gedankenguts und er lebte danach zwei Jahre in völliger Glückseligkeit, weil er nach dem Verlust dieser depressiven Form die Lücke nicht wieder mit einer neuen Vorstellung schloss.
Mit Eckart Tolle begann für Jenna der praktische Prozess des Zeuge seins und nach zwei Jahren fühlte sie sich sehr zufrieden, kraftvoll und irgendwie sehr über den Dingen stehend. Und wieder einmal hatte sie das Gefühl mit ihrer spirituellen Suche fertig zu sein, alles gelernt zu haben. Inzwischen blieb sie von vielen Dingen immer leichter unberührt. Hier und da gab es natürlich noch ein paar Schmerzkörper, aber es war insgesamt sehr viel leichter als je zuvor. Es gab keine großen Höhen mehr, auch keinen großen Tiefen und sie fühlte sich oft recht friedlich. Aber glücklich? Nein, so richtig glücklich war sie immer noch nicht und ihre Augen hatte das Lächeln noch nicht erreicht.
Im Jahr 2005 bot Marc ihr die Leitung seines zweiten Eiscafés an, welches er zwei Jahre zuvor am Rotkreuzplatz eröffnet hatte. Seine Frau Ella hatte einen Herzinfarkt erlitten und musste sich aus gesundheitlichen Gründen aus dem Arbeitsleben zurückziehen. Jenna hatte nicht lange überlegt und spontan ihre Arbeit in der Rechtsanwaltskanzlei aufgegeben. Zeitgleich mit dem Aussteigen aus ihrer Opferhaltung ging sie auch nicht mehr mit dem Arbeitsplatz in Resonanz und so zog sie die neue

Möglichkeit in ihr Leben. Sie übernahm die Leitung und fühlte sich total in ihrem Element. In ihrem Eiscafé gab es eine spezielle Eiskarte und unter vielen besonderen Varianten gab es natürlich auch einen Trösterbecher und viele andere liebevolle Kreationen im Angebot. Jenna liebte ihre Arbeit und mochte ihre Gäste und die Gäste mochten sie.
Eines Tages lernte sie dort Franz kennen, er wurde Stammgast. Franz war Witwer und hatte zwei erwachsene Töchter. Sie fanden sich sympathisch und konnten sich über viele Dinge unterhalten. Er kam immer öfter ins Café und irgendwann fingen sie an auszugehen. Für keinen von beiden war es die große Liebe, es war eher etwas Warmes, etwas zum Wohlfühlen, keine Leidenschaft, die Leiden schafft. Es war ohne große Anstrengung, ohne die ganz großen Hochs und ohne die ganz großen Tiefs. Sie sehnten sich beide nach einer stabilen Beziehung und hatten die Nase voll vom Alleine sein. Jenna hatte den Glauben an die große Liebe inzwischen aufgegeben und hatte keine großen Erwartungen mehr in dieser Hinsicht. Die ganzen Liebesbeziehungen waren ja sowieso alles nur Ego und Illusion. Das wusste sie ja inzwischen und somit sah sie ihr Verhalten und Fühlen als Zeichen ihrer Bewusstheit an. In Liebesdingen, so dachte sie, konnte sie jetzt gleichmütig in der Mitte bleiben und würde ihr Gleichgewicht nicht mehr verlieren. Im Zusammensein mit Franz konnte sie sehr gut bei sich bleiben und verlor sich nicht mehr so, wie in früheren Beziehungen. Die Mama-Rolle, die Retter-Rolle, die Versorger-Rolle, die mit-Leistung-zeig-ich-dir-wie-toll-ich-bin-Rolle und viele andere mehr, hatte sie inzwischen aufgelöst und musste diese nicht mehr in ihrer Beziehung mit Franz ausleben. Sie fühlte sich emotional erwachsen und auch Franz wirkte in sich ruhend. Sicher hatten sie auch noch das eine oder andere Thema zu lösen, aber nichts war wirklich tragisch.
Er war einer von diesen lieben und fürsorglichen Männern, auf die sie sich früher nicht eingelassen hätte. Auch das sah sie als

Zeichen ihrer Heilung. Äußerlich war er überhaupt nicht ihr Typ, aber als bewusster Mensch konnte sie ja über all diese Dinge hinwegsehen. Das waren ja nur Egovorstellungen! Alles war ja nur eine Illusion, das war ein häufig genannter Satz von ihr, mit dem konnte man alles passend machen. Sie zogen relativ schnell zusammen und harmonierten gut als Paar. Es war wie mit einer besten Freundin, wie mit einem besten Freund. Sie konnten sich aufeinander verlassen, sie teilten viele gemeinsame Interessen, sie waren sich Familie und ruhiger Hafen. Jenna war mit dem Führen des Cafés mehr als ausgelastet und auch Franz war als Inhaber eines Sanitätsgeschäftes voll beschäftigt. Da das Eiscafé neben Eis und Kuchen auch kleine Mahlzeiten und in den Wintermonaten zeitgemäße Getränke und Speisen anbot, war es ganzjährig geöffnet und allzeit gut besucht.
Es war an einem kalten Wintertag im Januar 2010 als Franz und Jenna beschlossen zu heiraten. Es gab keinen romantischen Antrag von feuriger Liebe. Das entsprach nicht ihrer Beziehung. Es war eher eine wirtschaftliche Entscheidung. Ja, die Idee gefiel ihnen zunehmend gut. Es gab beiden so ein Gefühl von Zugehörigkeit, sowie ein Gefühl der Sicherheit. Jenna wollte gerne eine Hochzeit im Wonnemonat Mai. Beide wollten nur eine Hochzeit im kleinen Kreise. Ihre Familie würde nach München kommen und natürlich Leila mit Mann und Kinder. Seine Töchter und deren Freunde, sowie Susanne und Max und ein paar weitere Freunde würden natürlich auch dabei sein und dann hatte sich die Sache auch schon. Standesamt und danach ein gemütliches Essen in einem schönen Lokal. Den Abend könnten sie dann noch in gemütlicher Runde mit ihren Eltern und Freunden aus dem Norden verbringen und am nächsten Tag würden sie in einen zweiwöchigen Urlaub fahren. Es war alles gebucht und Jenna freute sich total auf zwei Wochen Urlaub in der Karibik, denn dorthin sollte die Hochzeitsreise gehen.

Kapitel 10 Stillstand

Anton schaute mürrisch auf die Leinwand. „Was ist los?“ Wilma sah ihn fragend an. „Irgendwie find ich das nicht gut, dass Jenna den Franz heiratet. Wenn die Erleuchtung so lustlos ist, dann finde ich das ja gar nicht so erstrebenswert. Die letzten Jahre waren ganz nett, aber ist das alles wirklich so lebenswert? So glücklich wie sie mit Pascal war, ist sie jetzt ja nicht. Irgendwie fehlt in ihr die Lebendigkeit.“ Wilma begann zu lächeln. „Ich sehe, wir verstehen uns“, zwinkerte sie ihm zu. „Ich habe mir Jenna als Schützling gesucht, weil ich die Beziehungen zum Heilen und zum Erwachen liebe und nicht die zum Wohle. Dies ist nicht das Ende, wie ich es mir für Jenna und Franz wünsche und ich denke ihre beiden Seelen haben andere Vorstellungen, auch wenn sie sich dessen noch nicht bewusst sind. Diese Beziehung war gut und wichtig, aber nun ist es wie Stillstand. Franz kann sie ab jetzt in ihrer Entwicklung nicht mehr weiterbringen und sie kann ihn nicht mehr weitbringen. Wenn sie keine anderen Seelenziele gewählt hätten, dann könnten sie zusammen bleiben, eine Veränderung wäre nicht nötig. Franz hat durch Jenna die Welt der Spiritualität entdeckt. Das war in Wahrheit die Anziehung, die sie auf ihn ausübte. Nach dem Tod seiner Frau, seiner großen Liebe, war es seine Seelenaufgabe, sich mit dem Tod und generell mit dem Thema Spiritualität auseinander zu setzen. Jetzt ist er auf den Weg gebracht und darf in seine eigene Kraft kommen. So hat ihre Beziehung ihm ebenso gedient, wie ihr. Durch ihn erfuhr Jenna, wie sich eine normale, alltägliche Partnerschaft anfühlt, die auf Sympathie aufgebaut ist. So kann sie im Nachhinein nachfühlen, welche Art von Beziehung Pascal und Elke führen. Ebenso konnte sie in dieser Zeit auch kindliche Anteile ablösen. Ihre Eltern leben ja genau das, was sie mit Franz lebt und die sind damit zufrieden. Durch Prägung hat Jenna deren Vorstellungen übernommen, aber sie entsprechen in Wahrheit nicht ihren Vorstellungen von einer Liebesbeziehung.

Die Beziehungsmuster wollten gelebt und erkannt werden, aber dann wird es Zeit, sich davon zu befreien und herauszufinden, was sie leben will. Genau wie bei ihren Eltern, war es mehr eine Beziehung zum gegenseitigen Nutzen, eine unbewusste Art von Geschäft, so nach dem Motto: Ich gebe dir das und du gibst mir dafür das. Das ist völlig in Ordnung, auch das wollte gelebt werden. Für beide ist es jetzt ganz, wie soll ich sagen, nett, aber viel mehr auch nicht mehr. Jenna hat sich aus mangelndem Selbstwert mit weniger zufrieden gegeben, ihre Träume hat sie aufgegeben. Das, was sie miteinander leben, könnten sie theoretisch auch in jeder anderen Wohngemeinschaft ausleben. Jetzt muss es weitergehen. Es gibt dafür einen lustigen Spruch, der nicht gerade vornehm ist. Und das ist jetzt auch nicht abwertend gemeint."
Wilma senkte ihre Stimme und rutschte ein wenig näher an Anton heran. Flüsternd fuhr sie fort. „Ich habe einen Erdling mal den Satz sagen hören *Nett ist die kleine Schwester von Scheiße"*. Kaum ausgesprochen hielt sie sich die Hand vor dem Mund und prustete los. „Ist das nicht köstlich?" Sie konnte sich gar nicht wieder einkriegen und Anton schaute sie tadelnd an. „Aber Wilma, du kannst doch das Wort mit *SCH* nicht einfach so sagen. Das widerspricht doch jeder guten Erziehung." Er war ganz entsetzt. „Auf die gute Erziehung kannst du auch *Sch* machen. Vorher bist du nicht frei." Wilma brüllte vor Lachen. Nach ein paar Minuten hatte sie sich beruhigt und betont ernst sagte sie „Ernst komm her". Kaum ausgesprochen prustete sie schon wieder los. Ohne Zweifel, dachte Anton, die hat ihren Spaß. Und er schaute ihr ins Gesicht und er sah das Leuchten in ihren Augen und ein Lächeln breitete sich auf seinem Gesicht aus.
Wilma entspannte sich und machte es sich wieder auf ihrem Thron bequem. „Ich kann dir versichern", fuhr sie jetzt mit beherrschter Stimme fort, „die schlauen und vornehmen Zeiten sind bald vorbei! Die Schleier werden gelüftet und dann wird Jenna erleben, wo sie wirklich steht. Sie ist noch längst nicht am

Ziel. Sie denkt es zwar, aber das ist nur eine mentale Vorstellung. Die meisten spirituellen Sucher gehen durch diese Zeit. Es ist die berühmte Pseudospiritualität. Sie arbeiten an sich um bewusster zu werden. Solange sie das tun, sind sie nur im Kopf. Man kann nicht irgendwann in der Zukunft bewusster werden, man kann es nur im gegenwärtigen Moment sein.
Das Ergebnis aller Therapien ist ein gestärktes Ego-Ich. Das Ergebnis aller spirituellen Schulungen ist ein großes Wissens-Ego-Ich. Das aufzubauen war der Weg. Viele Suchende gehen diesen Weg, nicht alle, aber viele. Wie wenn man als Kind mit Bauklötzchen spielt und eine Mauer baut. Je größer die Mauer, desto wackeliger wird sie und je mehr trennt sie dich von dem, was dahinter ist. Je mehr Ego, je mehr du zu wissen glaubst, desto größer ist deine Ego-Mauer und desto weiter bist du von der Erleuchtung getrennt. Kannst du das nachvollziehen? Macht das Sinn für dich?" fragend blickte sie ihn an. „Ja, das macht Sinn für mich." „Und was glaubst du muss geschehen, um wahrlich erleuchtet zu werden?" Anton überlegte einen Moment. „Ich muss die Bauklötze wieder abbauen?" Unsicher sah er sie an. „Das ist die sanfte Art. Du kannst auch tun was fast jedes Kind tut, es haut die mühsam aufgebaute Mauer mit einer Handbewegung einfach wieder weg und diese ist dann im Nu platt. Alle Klötze liegen am Boden! Das geht ratz fatz", sagte sie und untermauerte das Gesagte mit ein paar klatschenden Handbewegungen. „Stimmt", sagte Anton nun, „wer baut schon Bauklötze wieder ab. Richtig Spaß macht doch nur das Einstürzen", fügte er lächelnd hinzu. „Ich sag ja, wir verstehen uns", zwinkerte sie erneut. „Abbauen ist etwas für die Ängstlichen, die Vorsichtigen. Aber Jenna ist nicht ängstlich und wir auch nicht. Also, lass uns ans Werk gehen, die ruhigen Jahre sind vorbei. Das war so ein bisschen Entspannung und Stillstand zum Ausruhen vor der Geburt. Wie die letzten Wehen. Noch einmal tief Luft holen und dann geht's los." In Wilmas Stimme lag Aufbruchsstimmung.

„Was machen wir denn jetzt? Hast du schon einen Plan?“ Neugierig schaute Anton sie an. „Och, ich hätte da schon so eine Idee“, ein verschmitztes Lächeln umspielte ihren Mund. „Lass uns mal kurz im Schnelldurchlauf die letzten fünfundzwanzig Jahre von Pascal ansehen, dann weiß ich, ob die Idee durchführbar ist.“ Sie bediente den Schaltknopf der Leinwand und spulte zurück bis hin zur Zeit der Trennung. Sie hatten in all den Jahren nur Jennas Weg verfolgt und nun waren sie beide sehr gespannt, wie es Pascal ergangen war. „Ich nehm mal die zusammengefasste Version“, sagte sie mit Blick zu Anton. „Das spart uns etwas Zeit und ich glaube das reicht, um das weitere Vorgehen zu planen.“ „Okay“, stimmte dieser ihr zu, „ich bin auch viel interessierter daran zu wissen, wie es dann mit Jenna weiter geht. Also, lass laufen.“ Einvernehmlich machten sie es sich in ihren Sesseln bequem und schauten gespannt zur Leinwand.

Sie sahen, wie glücklich Elke mit ihrem Sohn war. Ihr Herz ging auf, wenn sie mit ihm zusammen war und er wurde ihr Lebensinhalt. Genauso, wie sie sich früher um ihre Mutter kümmern konnte und diese sie brauchte, so konnte sie sich jetzt um ihren Sohn kümmern. Sie lebte auf und ihre depressiven Zeiten waren plötzlich vorbei.
Pascal liebte seinen Sohn ebenfalls sehr und in seiner Freizeit widmete er ihm viel Zeit. Er wollte ein guter Vater sein, wollte sich kümmern, für ihn da sein. Niemals würde er seinen Sohn im Stich lassen, nicht so wie sein Vater ihn. Beruflich konnte er keine freien Zeiten locker machen, denn er hatte eine Familie zu versorgen und wollte dieser möglichst viel bieten. So machte er zeitlich Abstriche bei seinen Treffen mit seinen Freunden und auch das Tennisspielen gab er vollkommen auf. Ab und zu mal eine Runde Joggen reichte ihm völlig, die andere Zeit verbrachte er viel lieber mit seinem Sohn. Er sollte all das haben, was er selbst nicht gehabt hatte und dafür war Pascal gerne bereit, bei

sich selbst Abstriche zu machen. So war sein Tag angefüllt mit vielen Terminen und viel Zeit zum Nachdenken blieb da sowieso nicht. Durch die Geburt ihres Sohnes hatte sich die Beziehung zwischen Elke und ihm emotional nicht intensiviert. Er hatte gehofft, dass dies geschehen könnte, denn oft, so hatte er gehört, wurde die Liebe durch ein Kind größer. Wahrscheinlich bezog sich das nur auf die Fähigkeit in Bezug auf die Vaterliebe und die Mutterliebe, dachte er. Warum sollte auch der Lebenspartner auf einmal sinnlicher und leidenschaftlicher für einen werden, nur weil ein Kind da war. Eigentlich völliger Blödsinn. Und überhaupt war das alles nur Psychogequatsche und das ging ihm ja sowas von auf die Nerven.
Lange Zeit war er nicht mit seinem Verhalten Jenna gegenüber klar gekommen und das schlechte Gewissen begleitete ihn täglich. Außerdem sehnte er sich mehr als je zuvor nach ihrer Liebe. Es war, als wenn man einmal von Schokolade gekostet hatte, man wollte es immer wieder und das Verlangen danach hörte nicht auf. Wenn man nie Schokolade gegessen hätte, dann hätte man auch kein Verlangen danach und könnte nichts vermissen. Fast bereute er, dass er sie je kennengelernt hatte. Ein Jahr nach der Trennung hatte er es noch einmal gewagt sie anzurufen. Er wollte sie sehen und sich mit ihr aussprechen, hatte er gesagt und sie hatte zugestimmt. Sie gingen essen, aber Jenna war eiskalt zu ihm gewesen. Natürlich hatte er ihr nicht gebeichtet, dass er in der Kanzlei angerufen hatte. Er ließ sie absichtlich in dem Glauben, er wüsste von nichts. So kühl wie sie war, konnte er ihr unmöglich seine schwache und feige Seite zeigen. Er glaube, er habe die falsche Frau geheiratet, hatte er zu ihr gesagt. Sie hatte nur mit den Schultern gezuckt und schnippisch erwidert: Selbst schuld!
Ja, was sollte man da noch sagen? Was hatte er sich überhaupt vorgestellt? Er hatte Frau und Kind und die würde er nicht verlassen, denn er würde nicht so sein wie sein Vater. Als sie ihn genau das fragte, eben wie er sich das denn vorgestellt hätte,

konnte er nur sagen: da weitermachen wo wir aufgehört haben. Im Nachhinein hätte er sich ohrfeigen können. Da bekam sie schon Krebs, weil sie so unglücklich war mit der Situation und er ging hin und wollte da weitermachen. Super! Ganz super! Nach diesem Treffen hatten sie sich nie wieder gesehen oder gehört. Trotz der Niederlage hatte das Treffen etwas Gutes gehabt. Ab dem Zeitpunkt konnte er sich sagen: sie will mich nicht mehr. Sie will nicht! Ich habe ja alles probiert. So muss ich es nicht mehr entscheiden, ich muss es nur akzeptieren. Entscheidungen treffen war noch nie sein Ding gewesen, sich den Dingen zu fügen, fiel ihm leichter. Hier hatte er das Spiel verloren und jetzt er musste es nur noch ertragen.
Im Ertragen war er gut, im Verdrängen war er Meister und so verlief sein Leben ganz passabel. Sie bekamen noch zwei weitere Kinder. Zuerst noch einen Sohn und dann das ersehnte Mädchen. Alle waren gesund, sie hatten genug Geld, ein schönes Zuhause, viele Freunde, also alles gut. Nach dem Treffen mit Jenna ergab sich die Gelegenheit, die Versicherungsagentur zu einem guten Preis zu verkaufen. Sein Geschäftspartner hatte seine Traumfrau in England kennengelernt und wollte deswegen sowieso aussteigen. So nahmen sie die Gelegenheit beim Schopf und verkauften alles und zogen von München fort. Sie zogen nach Dortmund. Durch einen Studienfreund hatte er die Möglichkeit bekommen, dort eine neue Agentur aufzubauen und ihm gefiel die Vorstellung eines Neuanfangs in einer anderen Stadt. Weg von Jenna, weg von den Erinnerungen, weg von der Sehnsucht. Mit dem Umzug wird alles besser, dachte er. Doch die Erinnerungen und die Sehnsucht zogen mit um und sie verließen ihn nie. Er hatte gelernt, damit zu leben und tröstete sich mit seinem beruflichen Erfolg, mit seinem dicken Konto, mit seinen Kindern und seinen Vorstellungen von der guten, heilen Welt. Und ja, es gab ihm ein gutes Gefühl, wenn er ein zuverlässiger Ehemann und Vater war. Es gab ihm ein sicheres Gefühl,

finanziell gut abgesichert zu sein und fürs Alter vorzusorgen. All das war die gesunde Stabilität, die er schätzte und brauchte.
Er verwendete keine Zeit für tiefgründige Dinge, keine Zeit, um sich zu spüren. Er schaute sich weder seine Rollen- und Verhaltensmuster, noch die von anderen an, denn er hatte nicht das geringste Interesse und auch kein seelisches Verlangen danach. Er ging mit all dem nicht in Resonanz. Es war nicht seine Aufgabe in diesem Leben, es war einfach nicht für ihn dran. Er lebte das, was für ihn bestimmt war und was er vor dieser Inkarnation bewusst gewählt hatte. In seinem Umfeld gab es andere Eltern mit ihren Kindern, Familienurlaube, Sonntagsausflüge, Kinderkrankheiten, Kindergarten, Schule, Pubertät, Nachbarschaftstreffen, Bildung, Forschung, Kunst, Wissenschaft, Sport. Er konnte sich für vieles begeistern und war ein viel beschäftigter Mann. Er war klug, gebildet und allseits beliebt und geschätzt. Und er war zufrieden mit dem, was er aufgebaut und erschaffen hatte. Er war stolz auf sich. Ja, er war durchaus zufrieden und das Leben hatte es gut mit ihm gemeint. Es gab keine großen Höhen mehr, dafür aber auch keine großen Tiefen. Glücklich, nein glücklich war er nicht, aber wer war schon wirklich glücklich? Richtig glücklich war er in den Stunden mit Jenna gewesen. Und nach vielen Jahren bereute er nicht mehr, dass er sie getroffen hatte. Im Nachhinein war er froh, dass er die Stunden überhaupt erlebt hatte. Es war eine angenehme Erinnerung und in die konnte er sich flüchten, wenn es im Ehealltag zu kalt wurde. Außerdem waren da ja seine Kinder und die kompensierten auch eine ganze Menge. Er war ein treuer Ehemann und sicher gab es in all den Jahren die eine oder andere Versuchung der er erlegen war, aber es hatte nichts mit wahren Liebesgefühlen zu tun gehabt, sondern war sowas wie Triebbefriedigung gewesen. Nach der Geburt der Kinder hatte Elke wenig bis gar kein Interesse an Sexualität gezeigt und er war es leid, immer auf sie zugehen zu müssen. So berauschend war ihr Sexleben ja noch nie gewesen und so hatte er sich damit

arrangiert. Wie viele andere Männer auch befriedigte er sich regelmäßig selbst und entspannte sich eben auf diese Art. Lieber Sex mit sich selbst, als mit einer lustlosen Frau, das war seine Devise. Elke hatte einfach andere Qualitäten. Sie war eine fürsorgliche Mutter und eine super Köchin. Und er sagte sich oft, dass er sehr zufrieden sein musste, dass sie an seiner Seite war.

Damit endete die Kurzversion und Wilma setzte ein nachdenkliches Gesicht auf. „Der scheint ja ganz zufrieden mit seinem Leben zu sein, der wird bestimmt nichts mehr mit Jenna anfangen“, entfuhr es Anton. „Ja, oberflächlich betrachtet sieht das so aus. Aber du hast ja mitbekommen, dass er sich öfter gut zuredet, wie zufrieden er sein sollte. Kennst du diese Sprüche noch aus deiner Erdenzeit? Wir müssen zufrieden sein, auch wenn wir arm sind, wir sind wenigstens gesund. Wir müssen zufrieden sein, das Haus ist zwar zusammen gebrochen, aber wir waren ja nicht drin und haben überlebt. Wir müssen zufrieden sein, das Auto ist zwar Schrott, aber uns ist nichts passiert. Mein Mann ist verstorben, aber wir müssen zufrieden sein, denn wir hatten viele schöne Jahre. Bla, bla, bla. Welcher Teil in einem sagt das denn? Wenn dein Kopf dir etwas vorquatschen muss, damit du mit einem Ereignis zufrieden sein kannst, dann ist das wieder nur eine Verdrängungstaktik und somit eine Egogeschichte. Und klar, das weißt du ja schon, je nachdem welche Geschichte du im Kopf hast, wirst du dich gut oder schlecht fühlen. Aber mit der wahrhaftigen Zufriedenheit hat das genauso wenig zu tun, wie Bedürftigkeit mit Liebe. Wenn du im Frieden bist, brauchst du dir nicht mehr einreden, dass du zufrieden bist, geschweige denn sein solltest. Du bist es einfach.“

Kapitel 11 Einstürzende Mauern

„Ich glaube, der fällt beim ersten Windhauch um“, sagte Wilma und machte dabei ein zufriedenes Gesicht. „Was heißt, er fällt um? Soll er denn umfallen? Versteh ich nicht?“ Ratlos schaute Anton Wilma an. „Kannst du dich an Henris Worte erinnern? Er sagte zu Jenna, er kommt zurück und heilt, was er zerstört hat. Und dann hat er noch gesagt, Pascal sei ihr Meisterstück! Kannst auch sagen ihr Nadelöhr! Und, lag Henri immer richtig mit seinen Vorhersagen oder nicht? Ja, er lag immer richtig“, nahm sie ihm die Antwort vorweg, „Und somit muss er umfallen, das ist sein karmisches Versprechen!“

Ein paar Tage später erhielt Pascal eine Einladung von den Nachfolgern seiner ehemaligen Agentur in München. Sie luden ihn zur Einweihungsfeier in die neuen Räumlichkeiten ein und würden sich riesig freuen, wenn er käme. Sie telefonierten oft und tauschten sich beruflich wie auch privat aus, aber bisher war er allen Einladungen erfolgreich aus dem Weg gegangen. Um München hatte er bis dahin einen großen Bogen gemacht. Die Stadt war zwar riesig und es musste schon mit dem Teufel zugehen, wenn er Jenna zufällig über den Weg laufen würde, aber man brauchte ja nicht unnötig ein Risiko eingehen. Komisch, seit ein paar Tagen dachte er auf einmal wieder öfter an Jenna. Und jetzt kam diese Einladung. Ob er fahren sollte? Oder, nein, besser doch gleich ablehnen! Oder doch hinfahren? Was sollte schon groß passieren. Er würde hinfahren, mitfeiern, am nächsten Tag wieder brav nach Hause fahren und keinem hätte es geschadet. Elke war natürlich mit eingeladen. Die Kinder waren inzwischen groß und kamen alleine klar. Die zwei Jungs waren schon aus dem Haus, nur Tessa wohnte noch bei ihnen und mit ihren zwanzig Jahren war sie froh, wenn sie mal sturmfreie Bude hatte. Aber wollte er Elke mit dabei haben, wenn er nach München fuhr? Wer weiß, welche Stimmungen ihn überfallen würden? Und vielleicht würde er doch kurz zu Jennas Wohnung fahren

wollen um auf den Klingelknopf zu schauen, ob sie immer noch dort wohnte? Einfach nur so, nur mal kurz gucken. Oh nein, was hatte er denn für Gedanken, wo kamen die denn auf einmal her?
Anton spähte zu Wilma. „Sag mal, bist du das? Manipulierst du ihn?“ „Na, hör mal“, entrüstete sie sich „Manipulation ist ja wohl etwas ganz anderes! Manipulation wäre es, wenn ich ihm etwas einsuggerieren würde, das nicht seins ist und das er gar nicht will und das tue ich auf keinen Fall. Das darf ich gar nicht als Engel, dann wäre meine Lizenz gleich futsch. Nein, nein, das ist viel harmloser als du denkst“, bekräftigte sie ihre Aussage. „Na dann, auf die Erklärung bin ich ja mal gespannt“, erwartungsvoll sah er sie an. „Ich lockere einfach nur ein bisschen seinen Verdrängungsmechanismus, mehr ist gar nicht nötig. Die Gedanken sind alle in ihm drin.“
Zufrieden schaute sie auf die Leinwand. „Klappt doch ganz gut“, sagte sie, „alles himmlisch abgesegnet!“ fügte sie zur Beruhigung von Anton noch hinzu. Dann lenkte sie ihren Blick wieder auf die Leinwand und Anton tat es ihr gleich.
Pascal wog das weitere Für und Wider einer eventuellen Begleitung von Elke ab. Sie würde sich sicher auf der Veranstaltung langweilen. Er würde mit anderen reden müssen und auch wollen, sie würde niemanden kennen und er würde sich dann wieder verantwortlich für sie fühlen. Nein, er würde lieber alleine fahren, beschloss er kurzerhand. Abends teilte er ihr mit, dass er Ende März für ein Wochenende nach München fahren würde. Es sei eine geschäftliche Angelegenheit und gleichzeitig wäre es eine Feier zur Einweihung der neuen Räumlichkeiten. „Oh schön“, sagte Elke, „soll ich mitkommen? München wäre ja wieder mal eine Reise wert.“ „Lass uns das lieber mal machen, wenn wir mehr Zeit haben, das ist nur ein Wochenende.“ „Willst du mich nicht dabei haben?“ fragte sie argwöhnisch. „Nein, wie kommst du denn darauf? Ich habe dort nur so viel zu tun und könnte mich nicht um dich kümmern. Das würde mir nicht gefallen und dir sicher auch nicht.“ Sein Tonfall klang leicht

beleidigt. „Ist ja schon gut, das war ja nicht so gemeint“, lenkte sie ein. „Stimmt schon, wenn ich mitfahren würde, dann möchte ich ja auch Zeit mit dir verbringen. Also, fahr du nur und ich bleib hier. Wir können demnächst ja einmal ein paar Tage Urlaub in München einplanen. „Ja, das machen wir“, stimmte er zu, schaltete den Fernseher ein und signalisierte damit, dass sein Gesprächsbedarf beendet war.

Pascal reiste schon am Freitagabend nach München, denn die Feier würde am Samstag, 27.03.2010, um 10.00 Uhr beginnen. Die neuen Räumlichkeiten der Agentur befanden sich am Rotkreuzplatz und so nahm er sich auch dort in der Nähe ein Hotel. Er war mit dem Auto gefahren, so war er einfach unabhängiger. Nachdem er eingecheckt hatte, entschied er sich trotz des nasskalten Wetters für einen kleinen Spaziergang. Sich ein bisschen die Beine zu vertreten, würde ihm sicher gut tun, dachte er und stellte seinen Koffer ungeöffnet ab, um gleich hinauszugehen. Er verließ das Hotel. Kalter Regen klatschte ihm sogleich entgegen. Er klappte den Mantelkragen hoch, spannte seinen Regenschirm auf und schritt kraftvoll voran. Die frische Luft einzuatmen tat ihm richtig gut und außerdem genoss er es, nach so vielen Jahren wieder einmal durch die Straßen von München zu gehen. Warum habe ich die Stadt nur so lange gemieden, eigentlich völliger Blödsinn, ging es ihm gerade durch den Kopf. Einem Impuls folgend blieb er stehen und schaute nach rechts. Er stand direkt vor einem Eiscafé. St. Marco las er. St. Marco, so hieß doch auch das Eiscafé unter Jennas Wohnung, schoss es ihm durch den Kopf. So ein Zufall, dachte er und entschloss sich spontan hinein zu gehen und um der alten Zeiten wegen dort etwas zu trinken, oder gar ein Eis zu essen. Trotz der kalten Witterung war das Lokal sehr gut besucht und er schaute sich nach einem freien Platz um.

Und auf einmal sah er sie. Ihm blieb fast das Herz stehen. Jenna, flüsterte er lautlos. Die Frau, die gerade ein paar Gästen lächelnd Eisbecher servierte, war tatsächlich Jenna. Er erkannte sie sofort.

Sie hatten sich ungefähr fünfundzwanzig Jahre nicht gesehen, aber für ihn war es, als wäre es gestern gewesen. Sie hatte ihn noch nicht entdeckt. Ob sie ihn erkennen würde? Oh mein Gott, ich muss hier raus, fuhr es ihm durch den Kopf. Er machte auf dem Absatz kehrt und verließ augenblicklich das Lokal. Kopflos ging er in eine Richtung und atmete ganz bewusst ein paarmal laut ein und aus um sich zu sortieren. Ob er wieder hineingehen sollte? Was sollte er sagen? He, ich bin zufällig hier? Das würde sie ihm sicher nicht glauben. Was würde das bringen? Wäre es nicht besser, er würde einfach so tun, als hätte er sie nicht gesehen? Sie arbeitete da, das war sicher. Vielleicht könnte er sie morgen auch noch dort antreffen. Vielleicht wäre er dann mutiger? Jetzt brauchte er Abstand um zu überlegen, was er tun wollte oder lieber lassen sollte.

Er hatte sich die ganze Nacht schlaflos von einer Seite zur anderen gewälzt, so überwältigt war er immer noch von der zufälligen Begegnung. Und auf einmal war alles wieder da und er spürte seit vielen Jahren wieder diese Sehnsucht in seinem Herzen. Es war ihm immer noch unklar, wie er sich verhalten sollte und so beschloss er, erst einmal seinen Verpflichtungen nachzukommen. Zeit zu duschen, entschied er und sprang aus dem Bett. Pünktlich um 10.00 Uhr erschien er bei der Feier. Er wurde herzlich empfangen und sogleich in Gespräche verwickelt. Es war eine willkommene Ablenkung und seine Gedanken um Jenna traten in den Hintergrund. Gegen Abend herrschte allgemeine Aufbruchsstimmung und nur seine Nachfolger und ein paar engere Freunde waren übrig geblieben. Pascal fühlte sich wohl und genoss das Miteinander. „Sollen wir noch auf einen Drink ins St. Marco gehen“, fragte nun einer aus der Runde. „Oh ja, gehen wir doch noch auf einen Drink zu Jenna, gute Idee“, stimmte ein anderer zu. Pascal räusperte sich und wie beiläufig fragte er. „Heißt sie Jenna Sommer? Ich kannte einmal eine Jenna, sie wohnte damals über einem Eiscafé. Das hieß auch St. Marco. Haben die Lokale etwas miteinander zu tun?“ Seine

Fragen waren für die anderen völlig harmlos, keiner dachte sich etwas dabei und so beantworteten sie ganz locker seine Fragen. Auf diese Weise erfuhr er wie nebenbei alles von ihr, denn die anderen kannten Jenna schon jahrelang und waren Stammgäste in dem Lokal. „Kommst du auch noch mit?", fragte ihn sein Nachfolger nun direkt. Er überlegte kurz und entschied sich mitzugehen. „Klar Karl, ich komm mit", sagte er und setzte ein betont gleichgültiges Gesicht auf. Sie betraten mit gesammelter Mannschaft das Lokal. Pascal fürchtete, die anderen könnten sein Herz schlagen hören, so laut pochte es in ihm. Gehetzt schaute er sich um, aber er konnte Jenna noch nirgends entdecken. Sie suchten sich einen Platz und Pascal bereitete sich innerlich auf alles Mögliche vor, aber alle Aufregung war umsonst, denn Jenna war an dem Abend gar nicht mehr da. Sie wurden von einer jungen Frau bedient. Jenna hätte heute frei und würde erst am Montag wieder da sein, erklärte sie auf Nachfrage von Karl. Enttäuschung machte sich in Pascal breit. Einerseits hatte er Angst gehabt, sie zu sehen und andererseits hatte er Angst, sie nie mehr zu sehen. Montag würde er schon wieder in Dortmund sein, keine Chance mehr auf ein Wiedersehen, schoss es ihm durch den Kopf. Vielleicht ist es besser so, tröstete er sich.

Es war schon zehn Tage her, seitdem er sie gesehen hatte. Er hatte im Internet nach der Homepage von dem Eiscafé gesucht. Diese zeigte unter anderen auch ein Foto von Jenna. Wie ferngesteuert schaute er es mehrmals täglich an und war wieder total fasziniert von ihr. Er war unschlüssig, ob er sich melden sollte oder nicht. Sie war in einer Beziehung und sie plante ihre Hochzeit. Was würde passieren, wenn er sich melden würde? Welche Wunden würden aufgerissen werden? Wo würde das hinführen? Würde sie ihn wieder so kalt abweisen wie damals? Oder würden sie reden können? Warum wollte er sich überhaupt mit ihr in Verbindung setzen? Er spürte eine immer größer werdende Sehnsucht in sich, mit ihr Kontakt aufzunehmen und

nach weiteren zehn Tagen nahm er all seinen Mut zusammen und entschloss sich, ihr zu schreiben. Auf der Homepage des Cafés waren mehrere Emailadressen aufgeführt. Eine Adresse enthielt ihren Namen und so konnte er seine Mail direkt an sie richten. Er brauchte geschlagene zwei Stunden, um ein paar harmlos klingende Zeilen zu formulieren und eine weitere Stunde, um diese abzuschicken.
„Oh Mann, das war ja eine schwierige Geburt", Anton streckte sich in seinem Sessel und bewegte den Kopf hin und her. „Ich bin total verspannt." Er stand auf, dehnte und streckte sich im Stehen und vollführte danach noch ein paar Kniebeugen. Dann ließ er sich wieder in seinen Sessel plumpsen. Wilma schaute ihm interessiert zu. „Ja, die Männer sind auch nicht immer so cool, wie sie gerne wären. Wenn es um Gefühle geht, können Männer genauso kompliziert denken und handeln wie Frauen." „Ja, das haben wir ja jetzt gesehen", pflichtete Anton ihr bei. „So einen Mann habe ich zu Lebzeiten nicht gekannt", fügte er noch hinzu. Wilma warf ihm einen bedeutungsschweren Blick zu. „Bist du sicher? Wie gut hast du die Menschen in deinem Umfeld denn gekannt? Oder hast du vielleicht nur das gesehen, was sie von sich gezeigt haben? Du glaubst gar nicht, wie viele Menschen zusammen leben oder einer Familie angehören, ohne dass sie sich jemals wirklich begegnen, geschweige denn kennen. Oft sieht man nur die äußere Fassade. Glaubst du, dass Jenna denken könnte, Pascal braucht zwei Stunden, um eine Email von ein paar Zeilen zu verfassen und dann nochmal eine Stunde, bis er sie abschickt? Vergiss nicht, du bist jetzt Zuschauer und somit bekommst du nicht nur das offene Verhalten, sondern auch die geheimen Gedanken und das geheime Verhalten mit." Anton machte ein nachdenkliches Gesicht. „Stimmt, das war mir vorher gar nicht so bewusst. Wäre sicher spannend gewesen, wenn man jedem hinter die Stirn hätte gucken können. Jetzt bin ich sehr gespannt was in Jenna vorgeht, wenn sie die Email bekommt und

was sie macht." „Gutes Stichwort", sagte Wilma, „denn jetzt geht's weiter."
Es war kurz nach 22.00 Uhr und sie hatten das Eiscafé gerade geschlossen. Unter der Woche schlossen sie meistens um diese Zeit. An den Wochenenden konnte es gut und gerne auch Mitternacht werden, aber sie hatten genügend Personal und so war das kein Problem. Früher war Jenna leistungsmäßig oft bis an ihre Grenzen und darüber hinaus gegangen, aber inzwischen hatte sie gelernt, gut mit sich umzugehen und plante genügend Freizeit für sich ein. Sie entschied noch kurz ihre Mails zu checken, informierte ihre Mitarbeiter und ging in das hinten liegende Büro.

Mittwoch, 07.04.2010, 10.00 Uhr

Liebe Jenna,

sicher wunderst du dich, nach all den Jahren wieder von mir zu hören. Vor ein paar Wochen war ich nach langer Zeit wieder einmal in München. Die Nachfolger meiner Agentur hatten mich zur Neueröffnung der Kanzlei eingeladen und die neuen Räumlichkeiten liegen in unmittelbarer Nähe zu dem Eiscafé, in dem du tätig bist. Zufälle gibt's!!
Ich weiß nicht, ob du das mitbekommen hattest, aber ich bin vor vielen Jahren nach Dortmund gezogen und dort ist nun praktisch mein Zuhause. Zufälligerweise kannten meine Nachfolger dein Lokal und sie sind sogar regelmäßig zu Gast bei dir. Karl Stemmer heißt mein Nachfolger, vielleicht sagt dir der Name etwas. Karl sprach öfter von einer Jenna und im Laufe des Gesprächs kam ich erst darauf, dass es sich um dich handeln müsste. Wir entschieden, dich zu besuchen und ich hatte mich schon sehr auf ein Wiedersehen gefreut, aber leider warst du an dem Abend nicht da. Wäre ja einfach nett gewesen, nach all der Zeit mal wieder zu plaudern.

Gerade habe ich mit den Münchnern telefoniert, da fielst du mir wieder ein und ich dachte, schreib ihr doch mal. Und das tue ich hiermit. Wie geht es dir? Seit wann arbeitest du nicht mehr in deinem alten Beruf? Ich habe gehört du heiratest?

Du hast die Welt meiner Gedanken und Erinnerungen nie verlassen.

Ich wünsche dir für die Zukunft das Allerbeste und würde mich freuen, irgendwann einmal von dir zu hören.

Liebe Grüße

Pascal

Jenna konnte es kaum fassen, nie hätte sie gedacht, wieder von ihm zu hören. In all den Jahren war er ab und zu einmal in ihrer Erinnerung aufgetaucht, aber völlig ohne dramatische Emotionen in ihr wach zu rufen. Eigentlich hatte sie ihn wirklich fast total vergessen. Immer wieder las sie die Email und jedes Mal blieb sie an dem gleichen Satz hängen, denn dieser berührte sie zutiefst. Es fühlte sich an, wie wenn ein kleiner Nadelstich einem direkt ins Herz piekst. *Du hast die Welt meiner Gedanken und Erinnerungen nie verlassen*, hatte er geschrieben. Es war, als wenn alle anderen Sätze bedeutungslos wären, nur der eine sprang heraus. Sie zwang sich, die Email möglichst neutral zu lesen und nichts hinein zu interpretieren. Rigoros verscheuchte sie die Emotionen und beschloss, dass es einfach ein schöner Zufall war und völlig harmlos. Vielleicht trafen sie sich nach all den Jahren noch einmal um freundschaftlich miteinander umzugehen. Wie hieß es immer so schön: *was noch nicht geklärt ist, kommt wieder auf einen zu*. Okay, akzeptierte sie innerlich, dann kommt es eben noch einmal auf uns zu. Sie waren damals so unschön auseinander gegangen und dies war die Chance Frieden zu schließen.

Mittwoch, 07.04.2010, 22.30 Uhr

Lieber Pascal,

ja, ich bin sehr überrascht von dir zu hören. Aber ich freue mich darüber und ich hoffe, dir und deiner Familie geht's gut. Ich hatte damals von der Agenturübernahme gehört und dass du einen Umzug planst, aber wohin und welche Umstände dich dazu bewogen haben, ist mir unbekannt.

Mir geht's gut. Und ja, ich heirate im Mai. Wie komme ich zu dem Job? Ich war jahrelang nebenberuflich in dem Eiscafé unter meiner Wohnung tätig. Erinnerst du dich? Vor ein paar Jahren hatte Marc, der Besitzer, diese Filiale eröffnet und mir die Leitung angeboten. Irgendwie hatte ich von all den Opfern in der Kanzlei genug und so entschied ich mich für einen kompletten Berufswechsel. Es macht Spaß und ich habe es nie bereut.
Wie ist es dir ergangen?

Liebe Grüße

Jenna

Donnerstag, 08.04.2010, 11.00 Uhr

Liebe Jenna,

so ein Emailverkehr ist schon eine tolle Sache. Es geht so schnell. Schön, dass du geantwortet hast. Weißt du noch, früher unsere

Briefe per Post? Damals musste ich entschieden länger auf Antworten warten. Wahnsinn, wie lange das alles her ist!
Es freut mich, dass du beruflich deinen Weg gefunden hast und dein Job dir Spaß macht. Mir geht's beruflich auch sehr gut. Ich habe damals ein gutes Angebot in Dortmund bekommen und darum habe ich gewechselt. Elke war es egal, wo wir wohnten und so zogen wir an den Stadtrand von Dortmund. Wir haben hier ein hübsches Häuschen und uns geht es sehr gut. Wir haben drei Kinder, zwei Söhne und eine Tochter, alle gut geraten. Die Söhne sind schon aus dem Haus und unsere Tochter wohnt noch bei uns. Insgesamt haben wir ein gutes Leben. Wir mussten keine großen Schwierigkeiten bewältigen, alles lief und läuft gut. Das einzige, was immer noch mein Gewissen belastet, ist mein schäbiges Verhalten dir gegenüber. Umso mehr freut es mich zu hören, dass du nun dein Glück in der Liebe gefunden hast!!! Es macht mich glücklich, wenn du glücklich bist!

Warst du inzwischen schon einmal verheiratet und hast du auch Kinder? Heiratest du nun zum zweiten Mal? Du heiratest im Mai. Ich hoffe, es ist nicht nur das schöne Datum im Wonnemonat Mai warum du heiratest? Das ist natürlich nur ein Witz! Ich wünsche dir wirklich nur das Allerbeste!

Dein Pascal – der sich über eine Antwort sehr freuen würde.

Donnerstag, 08.04.2010, 23.00 Uhr

Lieber Pascal,

es freut mich sehr, dass es dir mit deiner Familie so gut ergangen ist. Hör auf, dir ein schlechtes Gewissen zu machen, das von

damals ist alles längst vergessen und vergeben! Es war, wie es war.
Ja, warum ich heirate kann ich dir ganz leicht beantworten. Franz ist ein total lieber und gutherziger Mensch. Wir harmonieren gut im Alltag, haben viele gemeinsame Interessen, unternehmen gerne etwas zusammen, mögen es beide auch gerne mal gemütlich und faul vor dem Fernseher, streiten wenig, meine Eltern und meine Freunde mögen ihn auch total.... Ich glaub, ich habe so etwas wie du!

Jenna hielt inne. Was schrieb sie denn da? Warum heiratest du? Sollte da jetzt nicht stehen weil ich ihn liebe, weil mein Herz ja zu ihm sagt und vor Freude hüpft, weil ich jeden Tag glücklich bin, dass er an meiner Seite ist? Eine einzige Frage, *warum heiratest du*, brachte ihre heile Welt plötzlich total ins Wanken. Ich hab so etwas wie du hast, hatte sie geschrieben. Ja, so musste seine Beziehung mit Elke von Anfang an gewesen sein. Erst jetzt, wo sie selbst so eine Beziehung führte, bekam sie ein Gefühl für die Beziehung, so wie er sie beschrieben hatte. Was tue ich denn da, dachte sie bestürzt. Ich hab doch mal an die große Liebe geglaubt und dass in einer Ehe das Herz die Oberhand haben sollte! Habe davon geträumt, eine strahlende Braut zu sein, die ein glückliches *J*a! spricht. Und jetzt? Will ich wirklich vor dem Standesamt ein eher vernünftiges *Ja.* sprechen, weil wir es so nett miteinander haben und die Zukunft wirtschaftlich in Sachen Rente abgesichert ist? Reicht das, was ich für Franz fühle für eine Ehe? Und reicht das, was er für mich fühlt, für eine Ehe? Für eine Ehe, wie ich sie will? Sie reflektierte die letzten Jahre. Sie gingen beide in ihren Berufen auf. Jenna hatte viel Zeit und Ideen ins Eiscafé gesteckt und das hatte sie erfüllt. Das Leben mit Franz lief wie selbstverständlich. Und jetzt, wo die Erinnerung an Pascal und ihre Liebe zu ihm wieder so präsent war, bekam sie plötzlich das Gefühl, mit der Heirat einen großen Fehler zu machen. Pascal, das war Liebe, Leidenschaft und Feuer gewesen.

Das hatte nichts mit Verstand zu tun, das war nur Herz gewesen. Er hatte ihr auf den ersten Blick gefallen. Er war total ihr Typ, sie fand ihn wunderbar und er zog sie magisch an. Allein ihn anzusehen hatte sie glücklich gemacht. Bewertete sie das jetzt nicht total über? Damals hatte sie Pascal, später auch viele andere, dafür kritisiert, wenn sie in emotionsarmen Beziehungen blieben. Kritisiert, dass sie sich mit so wenig zufrieden gaben und wenn die Liebe kam, diese Gefühle zu verdrängen. Sie hatte immer gemeint, dass es sich lohnt für die Liebe etwas zu riskieren und notfalls auch Dinge loszulassen. Oh mein Gott, dachte sie, das darf doch alles nicht wahr sein. Das war ja nur meine Spiegelung. Ich habe meine Einstellung auf die anderen projiziert und nicht erkannt, mit wie wenig ich mich zufrieden gegeben und welche Träume ich verleugnet habe. Wenn die anderen damit zufrieden waren, dann war es ja völlig in Ordnung. Sie war es, die nicht damit zufrieden war. Einem Ich in ihr war plötzlich klar, dass sie Franz unmöglich heiraten konnte. Und mehr noch, eigentlich musste sie die Beziehung ganz beenden, denn ihr Herz hatte nie richtig ja zu ihm gesagt, das wusste sie jetzt. Aber ein anderes Ich hatte auch etwas zu sagen und das sagte entschieden: Was denkst du hier denn für einen Müll zusammen! Natürlich heiratest du. Du wolltest immer eine schöne Beziehung und jetzt hast du sie. Alle mögen ihn und du kannst dich immer auf ihn verlassen. Sei froh, dass du so einen lieben Mann an deiner Seite hast.

„Jenna“, rief Petra, eine Mitarbeiterin, durch die geschlossene Tür und unterbrach sie in ihren Gedanken. „Wir sind fertig und gehen jetzt. Gehst du mit?“ Jenna öffnete ihr die Tür und schaute abwechselnd zu ihrem Schreibtisch und zu Petra. Sie überlegte kurz und entschloss sich dann, noch zu bleiben. „Ich bin noch nicht ganz fertig“, sagte sie und als ob sie sich erklären musste fügte sie noch hinzu „ich muss da noch ein paar Steuersachen klären. Da hat sich ein Fehler eingeschlichen und tagsüber habe ich hier keine Ruhe.“ In Wahrheit stimmte das nicht, aber sie wollte alleine sein um nachdenken zu können. „Wie du willst“, sagte Petra. „Wir schließen ab. Und mach nicht mehr so lang! Bis morgen dann, schlaf gut.“ „Ja, du auch“, rief sie Petra hinterher und im gleichen Moment hatte sie diese auch schon wieder vergessen und das Thema Hochzeit war wieder präsent. Die Email, ich muss sie noch zu Ende schreiben, dachte sie und machte sich ans Werk. Sie hätte ihm erzählen wollen von ihrer Erkenntnis, aber sie fand es unpassend und so fasste sie sich kurz.

Und ja, es ist meine erste Ehe. Und nein, ich habe keine Kinder. Da ich noch einige Büroarbeiten dringlich erledigen muss, mache ich hier mal Schluss. Ich wünsche Dir eine schöne Zeit bis zum Wiederhören.

Liebe Grüße

Jenna

Mit einem Seufzer fuhr sie den Computer herunter. Es war schon eine verzwickte Lage. In gut sechs Wochen sollte die Hochzeit stattfinden und nun das. Sie konnte jetzt unmöglich so weitermachen wie bisher. Es war, als wenn ihr jemand eine Augenbinde abgenommen hätte und sie ihre Welt auf einmal ganz anders wahrnahm. Was fühlte sie? Was wollte sie wirklich? Sie wusste es nicht. Sie brauchte Zeit.
Sie wartete bis zum nächsten Tag und ohne genau zu wissen, was sie ihm sagen wollte, begann sie am Frühstückstisch automatisch zu sprechen. „Franz, ich muss etwas mit dir besprechen. Hast du noch etwas Zeit?“ Franz blickte von seiner Zeitung hoch. „Klar, was gibt’s denn?“ fragte er gut gelaunt. „Es geht um unsere Hochzeitspläne“, gab sie unumwunden zu, „ich weiß nicht wie ich es dir sagen soll, aber ich bin mir nicht mehr sicher, ob wir das Richtige tun.“ Tapfer hielt sie seinem kritischen Blick stand.

„Was soll das heißen, du weißt nicht, ob wir das Richtige tun?" Verwunderung lag in seiner Stimme. „Mich hat jemand gefragt, warum ich heirate und ich konnte nicht sagen, dass ich dich so liebe", sagte sie und verschwieg dabei, wer ihr diese Frage gestellt hatte. Man hatte ihr diese Frage in den letzten Monaten schon ein paarmal gestellt, aber nie war es zur Bewusstwerdung gekommen. „Ich habe dich sehr lieb, aber das ist etwas anderes." Unsicher blickte sie ihn an. „Und ich habe auch nicht das Gefühl, als ob ich deine große Liebe bin", fügte sie noch hinzu als er schwieg. „In den letzten Tagen habe ich mich an frühere Beziehungen erinnert und wie verliebt ich schon war und jetzt befürchte ich, wir geben uns mit etwas zufrieden. Deine große Liebe war deine Frau, du hast sie verloren. Und auch ich habe verloren und Träume aufgegeben. Wollen wir das wirklich? Reicht das, was wir füreinander fühlen für das ganze Leben? Wollen wir wirklich immer für den anderen da sein? Wir sind gerade mal knappe fünfzig Jahre alt. Wir könnten noch einmal neu anfangen."
„Ist das die bekannte Torschlusspanik oder was soll das?" fragte er und ein ärgerlicher Unterton schwang nun in seiner Stimme mit. „Ich weiß nicht", sagte sie ehrlich, „ich möchte nur, dass du dir überlegst, ob ich wirklich die Frau bin, die du willst und ich überlege mir, ob du wirklich der Mann bist, den ich will." Und ich überlege, ob ich die Frau sein will, die ich für dich bin, fügte sie im Stillen hinzu. Hatte er sie je leidenschaftlich begehrt, so wie Pascal? Hatte er ihr je gesagt, wie schön er sie fand. Fand er sie überhaupt schön? Wie sehr berührte sie sein Herz, seine Seele? Wann hatte sie sich jemals so richtig als Frau gefühlt mit ihm? Sie fühlte sich eher als eine Freundin, als Gefährtin, als Schwester, manchmal auch als seine Mutter, aber als Frau? „Pass auf", unterbrach er ihre Gedanken, „du hast drei Wochen Zeit, denn dann besuchen mich meine Töchter. Entweder du willst heiraten, dann bleibt alles wie gehabt. Falls du nicht heiraten willst, möchte ich es ihnen dann sagen können. In Ordnung?"

Fragend blickte er sie an. „Ja, so machen wir's." Sie biss sich auf die Lippen und wusste nicht, wie sie es formulieren sollte, aber es musste raus und so sprach sie weiter. „Franz, ich bin total durcheinander. Ich brauche etwas Abstand um mich zu finden. Sei mir also nicht böse, wenn ich dich nicht küsse oder umarme, aber das geht jetzt im Moment einfach nicht." „Schon gut", brummte er und nahm seine Zeitung wieder auf.
Sie schaute auf seine Zeitung und spürte in sich hinein. Warum hatte sie das gesagt? War das nötig? Sie wollte ihm doch nicht wehtun. Ja, sagte ein Teil in ihr, das war nötig. Dieser Teil wollte nur weg von Franz. Die Vorstellung ihn zu küssen oder zu umarmen, war ihr auf einmal total unangenehm. Was war nur geschehen, grübelte sie innerlich. Welche Energie war das auf einmal zwischen ihr und Franz? Welche Mauer hatte sich da aufgebaut? War es die Energie der verliebten Jenna von früher, die nur Pascal gewollt hatte und die Franz jetzt plötzlich als so abstoßend empfinden ließ? Oder war die Zuneigung zu Franz nur eine Illusion gewesen, die sich durch nur einen Satz von Pascal ins Nichts aufgelöst hatte? Hatte sie sich all die Jahre etwas schön gedacht? War das möglich?
„Ich geh ins Büro", sagte sie und stand vom Frühstückstisch auf. „Kannst alles so stehen lassen, ich räum nachher auf", fügte sie noch hinzu und verließ den Raum. Schon beim Hochfahren ihres Computers spürte sie die Neugier auf Pascals Antwort.

Freitag, 09.04.2010, 9.00 Uhr

Guten Morgen liebe Jenna,

ja, das klingt wie das, was ich habe. Und das ist doch schon viel, das hat nicht jeder. Elke und ich verstehen uns nach wie vor gut und wir sind guter Dinge, den Rest unseres Lebens gemeinsam zu

verbringen. Fast vierzig Jahre sind wir zusammen, wir haben Kinder und das verbindet.
Sie hat nie das in mir ausgelöst, was ich für dich empfunden habe. Keine Frau hat das je in mir ausgelöst. Du und ich, das war einmalig. Wir haben uns zu einem falschen Zeitpunkt kennengelernt. Ich konnte Elke aufgrund meines Verantwortungsbewusstseins einfach nicht allein lassen. Ich hoffe, du verstehst das inzwischen. Und ich möchte, dass du weißt, dass ich nie eine Frau so innig geliebt habe wie dich.

Ich bin öfter mal im Süden unterwegs und mache gerne einen Abstecher nach München. Würde mich sehr freuen, wenn wir uns wieder einmal sehen könnten.

Wünsche dir einen schönen Tag!

Pascal

Das ist schon viel und das hat nicht jeder, hatte er geschrieben. Stimmt, dachte sie, es gibt durchaus schlechtere Ehen. Aber es gibt auch noch viel glücklichere! Ihm scheint es echt zu reichen, mir aber nicht, entschied sie und in diesem Moment war klar, sie konnte Franz unmöglich heiraten. Aber ein Teil in ihr sagte: Überstürze nichts, lass dir Zeit, vielleicht ist dies nur eine Laune, Torschlusspanik!
Es machte ihr großen Spaß, mit Pascal in Kontakt zu sein. Alles fühlte sich plötzlich so lebendig an. Inzwischen schrieben sie sich mehrmals täglich. Sie hatten einen freundschaftlichen Ton gefunden und flachsten herum, aber zwischen den Zeilen stand das Unausgesprochene und es dauerte nur ein paar Tage, bis das Unsichtbare die Oberhand erlangte.

Freitag, 09.04.2010, 16.00 Uhr

Hallo Pascal,

ich bin's wieder. Wenn ich deine Mails lese, dann klingt das ja alles ganz toll, aber ich spüre da auch noch etwas anderes zwischen den Zeilen. Warum hast du Kontakt mit mir aufgenommen?

Jenna

Freitag, 09.04.2010, 18.00 Uhr

Liebste Jenna,

das ist ganz einfach. Es war die Sehnsucht nach deiner Liebe.
Ich würde dich gerne sehen. Und du?

Pascal

Freitag, 09.04.2010, 20.00 Uhr

Mein lieber Pascal,

aufgrund der Tatsache, dass du das zarte Alter von sechzig Jahren erreicht hast und in dem hohen Alter sicher kein Verhältnis mehr beginnen möchtest....denn so etwas ist, wenn du dich erinnerst, Stress pur....grins...und ich kurz vor der Hochzeit

stehe, würde ich vorschlagen, wir lassen das mal mit dem Treffen. Das ginge nie gut! Ich erinnere mich an die riesengroße magnetische Anziehungskraft und deren Folgen. Ich habe nicht die Absicht meinen Mann überhaupt zu betrügen und vor der Ehe schon gar nicht! Bin schließlich eine anständige Frau....jawohl!
Aber es gibt etwas, das ich gerne mit dir machen möchte. Das habe ich noch nie mit einem Mann gemacht. Ich möchte mit dir meine alten Verletzungen aus unserer gemeinsamen Zeit auflösen. Das geht doch per Email wunderbar. Wir könnten uns einfach alles von der Seele schreiben, uns alles beichten, was wir uns nie getraut haben zu sagen. So kommen wir vielleicht noch einmal an alte Gefühle, aber so können wir fixierten Schmerz erlösen.
Ich habe mich viele Jahre mit Psychologie und Spiritualität beschäftigt und ich glaube, dass es gut für uns beide wäre. Was sagst Du?

Jenna

Freitag, 09.04.2010, 21.00 Uhr

Hallo meine liebe Jenna,

ich weiß zwar nicht, wie das aussehen soll, aber ich sage einfach mal ja.

Was machen wir mit unseren Liebesgefühlen, die zwangsläufig wieder auftauchen, bzw. bei mir schon da sind?

Dein ratloser Pascal

Freitag, 09.04.2010, 21.30 Uhr

Lieber Pascal,

da gibt es gute spirituelle Bücher! Auch deine Liebesgefühle sind nur Vorstellungen und letztlich ist alles Illusion. Mit der Erkenntnis kannst du alle Emotionen gut in Schach halten.

Jenna

Freitag, 09.04.2010,22.00 Uhr

Na denn, meine Liebe, wenn du so ein schlüssiges Rezept hast, kann ja nichts schief gehen!

Dein Pascal

Kapitel 12 Heilende Herzen

Sie beichteten sich alles, was unausgesprochen geblieben war. Sie zeigten ihre schwachen Seiten, ihre niederträchtigsten Gedanken. All das, was man so gerne versteckt, wenn man die Anerkennung und Liebe des anderen nicht verlieren will. Sie konnten sich seelisch ausziehen, nackt und bloß voreinander stehen, ohne etwas verstecken zu müssen. Per Mail ging das alles ganz leicht. Man schrieb etwas und wenn es zu schlimm sein sollte, riskierte man lediglich, dass der andere sich nicht mehr meldete. Aber was hätte man dann schon verloren? In Jenna kamen alle Erinnerungen aus der Zeit im Krankenhaus noch einmal hoch. Sie weinte täglich stundenlang ungeweinte Tränen der Vergangenheit. Längst verdrängte Gefühle kamen an die Oberfläche und Jenna ließ alles zu.

Je mehr Schichten alter Verletzungen abgetragen wurden, desto mehr flammte die darunter liegende Liebe in den beiden wieder auf. Jenna hatte zwar ein schlüssiges Konzept, aber so richtig funktionierte das auch nicht. Ich muss ihn sehen, dachte sie. Ich muss ihn sehen und mich der Sache stellen. Ich fühl mich wie ein verliebter Teenager. Aber ich bin kein Teenager mehr und diese Erinnerungen sind über fünfundzwanzig Jahre alt. Er ist sechzig!! Und vielleicht finde ich ihn heute ja total doof? Und er gefällt mir womöglich gar nicht mehr. Will ich dafür wirklich alles aufs Spiel setzen? Mit diesen Gedanken ging sie schlafen.

Plötzlich war sie hellwach und riss die Augen auf. Sie brauchte einen Moment bis sie realisierte, dass sie in ihrem Bett lag und geträumt hatte. Sie hatte von Henri geträumt. Wahnsinn, der Traum war so real gewesen, dachte sie und versuchte sich an die Einzelheiten zu erinnern. Ich hab doch gesagt, er kommt zurück und wird es heilen, hatte Henri im Traum lächelnd zu ihr gesagt. Jetzt ist er da, folge deinem Herzen, hatte er auch gesagt. Aber wenn ich ihn treffe kann ich für nichts garantieren, hatte sie geantwortet. Henri hatte laut aufgelacht. In Sachen Gefühle gibt es keine Garantie, hatte er geantwortet und gefragt: Kannst du den Vorwurf eines Treuebruchs aushalten um deiner eigenen Seele treu zu bleiben? Meinst du, ich soll ihn treffen, hatte sie ihn gefragt. Er hatte abermals laut gelacht und dann hatte er „Ja klar" gerufen und danach hatte er sich einfach aufgelöst. Völlig überwältigt von ihrem Traum stand sie auf und ging ein paar Schritte hin und her. Sie streckte sich ein bisschen und ging in die Küche. Dort kochte sie sich einen Tee und verkroch sich danach wieder in ihr Bett. Es war ihr freier Tag. Franz war den ganzen Tag unterwegs und so hatte sie die Wohnung ganz für sich allein. Im Moment war sie darüber mehr als froh, denn so konnte sie ungestört überlegen wie es für sie weitergehen sollte.

„Das hat Henri aber schön gesagt. „Kannst du den Vorwurf eines Treuebruchs aushalten, um deiner eigenen Seele treu zu bleiben", wiederholte Anton den Satz.
„Klingt sehr schön", sagte Anton nun recht nachdenklich, „aber es ist für den, der betrogen wird, gar nicht so schön." „Nein, schön ist es nicht", stimmte Wilma ihm zu, „aber wo beginnt betrügen? Wir hatten das Thema Treue ja schon einmal besprochen, erinnerst du dich?" Fragend ruhte ihr Blick auf Anton. „Ja, stimmt, das hatte ich ja schon wieder ganz vergessen!" „Letztlich musst man sich selbst treu sein", sagte Wilma mit Bestimmtheit in der Stimme. „Du solltest keiner festgesetzten Regel folgen, sondern musst eigene Werte finden und deinem Herzen folgen. Und wenn du dir treu bleibst, dann wirst du nicht umhin können, den einen oder anderen zu enttäuschen. Wichtig ist immer, mit welcher Absicht du eine Handlung begehst. Henri hat Jenna geraten ihrem Herzen zu folgen. Das ist jetzt ganz wichtig für sie. Ihr Seelenziel ist es immer noch die bedingungslose Liebe zu verwirklichen und das ist ohne ein offenes Herz unmöglich.

Jenna schaute auf ihren Dienstplan. In der kommenden Woche hatte sie zwei freie Tage. Etwas kurzfristig, aber ein Versuch war es wert.

Montag, 26.04.2010, 14.00 Uhr

Hallo Pascal,

ich muss dich sehen. Ich habe Donnerstag und Freitag frei. Könntest Du am Donnerstag nach München kommen?

Deine Jenna

Montag, 26.04.2010, 15.00 Uhr

Wow! Ich kann es möglich machen! Bist du sicher?

Dein Pascal

Montag, 26.04.2010, 16.00 Uhr

Ja, ich bin ganz sicher! Und du?
Ich kann nicht heiraten bevor ich dich gesehen habe.

Deine verwirrte Jenna

Montag, 26.04.2010, 16.30 Uhr

Liebste Jenna,

ja, ich bin auch sicher, dass ich dich sehen will. Dann buche ich ein Hotel. Wollen wir uns außerhalb von München treffen?

Dein Pascal – der sich riesig freut!

Montag, 26.04.2010, 16.45 Uhr

Hallo Du,

ja, Starnberg wäre doch schön. Oder?

Jenna – die sich auch freut!

Montag, 26.04.2010, 16.50 Uhr

Starnberg klingt sehr schön.
Ich freue mich! Sehr!

Dein Pascal

Montag, 26.04.2010, 16.55 Uhr

Mir geht's auch so, ich freue mich auch! Sehr! Und ich kann kaum glauben was ich hier mache!

Deine Jenna

Nur noch wenige Tage, dann würden sie sich sehen. Gestern hatte sie Susanne in ihre Pläne eingeweiht und diese um ein Alibi gebeten. Zufälligerweise wohnte Susanne inzwischen auch in Starnberg. Sie und Max hatten sich vor ein paar Jahren getrennt und nach der Scheidung hatte Susanne einen Neuanfang in Starnberg gestartet. Sie hatte dort eine Boutique eröffnet und war eine erfolgreiche Geschäftsfrau geworden. Jenna würde also nach Starnberg fahren und je nachdem, wie sich das Wiedersehen gestalten würde, würde sie entweder im Hotel oder bei Susanne übernachten. Mit Pascal hatte sie vereinbart, dass er sich melden würde, sobald er angekommen sei. Er hatte vorgeschlagen, sich am Hotel zu treffen und vor Ort zu entscheiden, was sie unternehmen würden. Sie könnten am See spazieren gehen oder im Ort etwas Essen, sicher würden sie ein schönes Plätzchen zum Reden finden.

Franz hatte sie ganz bewusst angelogen. Es war ihr wie selbstverständlich über die Lippen gekommen. Gerade ihr, die früher immer felsenfest von sich behauptet hatte, nie jemanden betrügen zu können und dies in der Vergangenheit auch gerne an anderen kritisiert hatte! Sie übernachtete öfter im Jahr bei Susanne und somit war das nichts Ungewöhnliches für Franz. Und so ganz gelogen war es ja auch gar nicht, dachte sie bei sich, denn es stand ja noch gar nicht fest, ob sie nicht doch bei Susanne übernachten würde. Wäre ja so, als wenn man vor einer Tat schon beichten oder vor einem Überfall schon die Polizei rufen würde. He, sperren Sie mich mal ein, ich will eventuell heute noch eine

Bank überfallen. Ich bin mir noch nicht ganz sicher, das entscheide ich spontan, wenn ich in der Bank stehe, aber sagen kann ich es jetzt schon mal. He du, ich werde dich eventuell heute noch betrügen, aber es kann auch sein, dass ich es nicht tun werde. Ich habe den Mann nämlich fünfundzwanzig Jahre lang nicht gesehen. Wir haben noch nicht einmal telefoniert, sondern nur gemailt. Oh Mann, dachte sie, man kann sich die Wahrheit schon so hinbiegen, dass sie einem passt!
Sie fuhr gleich nach dem Frühstück los, denn sie wollte vor ihrem Treffen mit Pascal Susanne noch besuchen. Sie hatte das Bedürfnis, mit irgendjemand über Pascal zu reden und Susanne war die einzige, mit der sie das konnte. Diese war mindestens ebenso aufgeregt wie sie und so gab es an dem Vormittag nur ein Thema.
Um 13.00 Uhr rief Pascal an. Nach fünfundzwanzig Jahren hörte sie zum ersten Mal seine Stimme und das reichte schon, um total weiche Knie zu bekommen. „Jenna", hörte sie ihn atemlos sagen, „ich bin um 14.00 Uhr da." Sie schluckte und wahrscheinlich klang ihre Stimme genauso atemlos wie seine „Schön, dann werde ich am Parkplatz sein und dich abholen." Ein Moment lang herrschte Schweigen und dann hörte sie erneut seine Stimme. „Jenna, ich habe Angst." „Wovor?" „Dass mein Traum gleich zerplatzt. Es ist so schön, diesen Kontakt mit dir zu haben. Ich fühle mich durch dich wieder so lebendig. Was, wenn es nur ein Traum war, der sich in der Realität nicht halten kann? Was, wenn der Traum gleich platzt?" „Das, mein Lieber, wäre vielleicht das Beste, was uns beiden passieren könnte. Du könntest dann brav und mit einem reinen Gewissen wieder nach Hause zu deiner Elke fahren und ich könnte bei Susanne schlafen und mit reinem Gewissen morgen wieder heimfahren", sagte sie spontan und meinte es auch so. Und dann kann ich mir unabhängig von dir überlegen, ob meine Beziehung mit Franz noch eine Zukunft hat oder nicht, fügte sie im Geiste noch hinzu. Sie hatte Pascal gegenüber noch nichts von ihrer Unterhaltung mit Franz erwähnt.

Wann auch? Per Email wollte sie das nicht erzählen und sowieso hatte das ja nichts mit ihm zu tun. Er war nur der Auslöser gewesen, ihre Beziehung in Frage zu stellen. Ihre Entscheidung war in keinster Weise von ihm abhängig. Pascal war zufrieden in seiner Ehe mit Elke. Er hatte sich damals nicht getrennt und auch jetzt würde er es nie tun.
Liebe ist zeitlos. Sie sahen sich an und alles war zeitlos. „Mir ist, als hätten wir uns erst gestern gesehen", sagte er mit brüchiger Stimme. „Ja, ich glaub, es war erst gestern", sagte sie und dann fielen sie sich in die Arme und umarmten sich lange und innig.

„Oh Mann, ich befürchte, da geht der Verstand gleich wieder mächtig flöten", entfuhr es Anton spontan. „Da könntest du recht haben", pflichtete Wilma ihm schmunzelnd bei. „Meinst du, die gehen vorher noch spazieren oder essen?" Mit einem zweifelhaften Blick schaute er zu Wilma rüber. „Du meinst so anstandshalber?" Anton kicherte, „Anstandshalber ist gut." „Nee", sagte Wilma mit einem Blickwechsel von Anton zur Leinwand. „Glaub ich nicht. Soviel Anstand haben die nicht." „Nee, der ist ja flöten gegangen", bemerkte Anton trocken. Sie schauten sich an und wie auf Kommando prusteten sie beide gleichzeitig los. Anton brüllte fast vor Lachen. „Was werden wohl die Leute sagen, wenn das rauskommt! Was werden die Nachbarn sagen", flötete Wilma mit gespielt pikierter Stimme. Oder nein noch besser, „Du solltest dir mehr wert sein!" „Genau", platzte Anton zwischen zwei Lachanfällen heraus, „Du solltest dir mehr wert sein. Zumindest ein Essen hätte vorher drin sein müssen. Auf den Spaziergang hätte man dann gnädigerweise schon verzichten können!" Er hielt sich den Bauch vor Lachen und es dauerte etwas bis er sich wieder beruhigte. Bedächtig kratze er sich am Kopf. „He, jetzt verstehe ich den Spruch *und ist der Ruf erst ruiniert, lebt es sich ganz ungeniert* noch viel tiefer!" „Du verstehst tiefer", wiederholte Wilma und wie auf Knopfdruck brachen beide wieder in totales Gelächter aus.

Jenna und Pascal genossen jede Sekunde und machten sich in der Tat keine Gedanken um das Morgen. Sie lebten eine Zeitlang in der völligen Zeitlosigkeit, genossen einfach das Jetzt. Da gab es keine Fragen, keine Erklärungen, die Vergangenheit spielte keine Rolle. Alles was unklar gewesen war, hatten sie im Vorfeld per Email aus der Welt geschafft. Alle Mauern waren eingerissen und sie waren sich näher als je zuvor. Und sie waren in diesen Stunden unendlich glücklich.
Jenna winkte Pascal hinterher und als er außer Sichtweite war, stieg sie ebenfalls in ihr Auto und fuhr zu Susanne. Diese hatte ihr Auto gehört und öffnete die Tür schon bevor Jenna geklingelt hatte. „Erzähl, ich platze gleich vor Neugierde", empfing sie ihre Freundin und zog sie ungeduldig ins Wohnzimmer. Jenna berichtete ihr in allen Einzelheiten von ihrer Zeit mit Pascal. „Und jetzt? Wann seht ihr euch wieder?" Erwartungsvoll sah sie Jenna an. „Weiß ich nicht, darüber haben wir nicht geredet", sagte sie leichthin. „Darüber habt ihr nicht geredet? Wieso nicht?" „Liebe Susanne, es macht keinen Sinn darüber zu reden. Es war wunderschön mit ihm, schöner als ich es mir erträumt hatte. Schöner noch als früher. Vielleicht lag es an dem Emailaustausch in dem wir total ehrlich miteinander waren. Das hat so eine enorme Nähe geschaffen. Aber, und jetzt kommt das große Aber, er ist verheiratet. Ich habe damals unendlich gelitten, ich will das nicht noch einmal erleben. Ich wollte nie ein Verhältnis, ich wollte ihn immer ganz. All die Hoffnung, all die Sehnsucht, all die einsamen Stunden. Ich hatte mich so verloren, habe alles hingenommen um ihn nicht zu verlieren. Selbstaufgabe bis zum Krebs. Er hat sich damals nicht getrennt und wird es jetzt sicher auch nicht tun. Er ist zufrieden mit seinem Leben. Für mich war es wichtig ihn zu sehen, denn jetzt weiß ich ganz sicher, dass ich Franz nicht heiraten kann", sagte sie mit Bestimmtheit. „Und nicht nur das. Ich weiß jetzt auch, dass ich nur in einer Beziehung sein will, wenn mein Herz einhundert Prozent ja zu

dem Mann an meiner Seite sagt. Als Mann, nicht als Freund. Und wenn ich für den Rest meines Lebens alleine bleibe, weniger will ich nicht." Mit Bedauern blickte sie zu Susanne. „Mein Herz sagt nicht ja zu Franz. Ich hasse es, ihn so enttäuschen zu müssen! Ich weiß, wie weh ich ihm tue, aber es geht nicht anders. Alles andere wäre eine Lüge. Ich kann nicht mit einem Mann zusammen sein und von einem anderen träumen. So wie Pascal es leben konnte und kann, das könnte ich nicht und das würde ich auch nicht wollen."

Susanne schaute sie mitfühlend an. Ihre Scheidung von Max war damals sehr schmerzhaft gewesen, denn Max hatte sich neu verliebt und sie für die andere Frau verlassen. „Er wird darüber hinwegkommen. Schau mich an. Gefühle kann man nicht kontrollieren, das weiß auch Franz." Sie machte eine bedeutsame Pause und schien zu überlegen. „Wirst du ihm von der Nacht mit Pascal erzählen?" fragte sie nun. „Weiß nicht. Eigentlich geht es ja nicht um die Nacht, sondern ich habe unsere Beziehung grundsätzlich in Frage gestellt und die Nacht hat es nur bestätigt." Ratlos sah Jenna zu Susanne. „Es würde ihm vielleicht unnötig wehtun. Das mit Pascal hat ja keine Zukunft. Wer weiß, wann und ob ich ihn wiedersehe. Ich trenne mich ja unabhängig von ihm. Macht es wirklich Sinn, ihm davon zu erzählen? Ich würde es so gerne für mich behalten. So wie einen kostbaren Schatz. Ich möchte nicht, dass diese wunderbare Zeit mit Pascal zum Streitthema wird. Ich würde die Zeit so gerne vor der Negativität beschützen. Verstehst du das?" „Ja", sagte Susanne mitfühlend, „das verstehe ich gut. Sicher würde es ihn zusätzlich verletzen. Und wie du schon sagst, es ist nicht wirklich wichtig. Pascal kam einfach früh genug, um dir die Augen zu öffnen." „Würdest du es ihm an meiner Stelle sagen?" Jenna war immer noch unschlüssig. „Ich weiß nicht. Entscheide das doch aus dem Moment heraus. Du wirst schon wissen, was richtig und gut für dich ist."

Glücklich über die gelebte Zeit mit Pascal und traurig, wegen dem unausweichlichen Gespräch mit Franz, fuhr Jenna heim.

Noch am gleichen Abend beendete sie ihre Beziehung mit Franz. Sie wohnten zusammen und da es sein Haus war, in das sie gezogen war, würde sie ausziehen müssen. Sie solle sich Zeit lassen, hatte Franz gesagt, und in Ruhe eine Wohnung finden in der sie sich wohlfühlen würde. Er gestand ihr, dass er gar nicht so überrascht sei über die Trennung, denn sie hätte ihm mit dem ersten Gespräch eigentlich schon signalisiert, dass ihre Liebe für ihn nicht groß genug wäre, um zu heiraten. Dass sie sich jetzt ganz trennen wollte, war vielleicht die logische Folge dieser Erkenntnis. Zuerst hätte er es nicht wahrhaben wollen, hätte innerlich total dagegen gekämpft. Aber dann wurde ihm klar, dass es ihm nicht viel anders erging als ihr und dass sie ihm da auch einen Teil von sich gespiegelt hatte. Seine Töchter hätten ihn ebenfalls befragt, warum er denn noch einmal heiraten wolle und auch er hätte nicht sagen können, dass er sie so lieben würde wie seine verstorbene Frau. Aber es wäre doch schon schön gewesen, schöner als allein zu sein und so hätte es ihm gereicht. In Sachen Liebe hätte er nicht mehr so große Ansprüche wie sie. Zwanzig gute Jahre war er mit seiner großen Liebe verheiratet gewesen und jetzt hatte er ein paar schöne Jahre mit ihr verleben dürfen. Insgesamt hätte es das Leben schon gut mit ihm gemeint. Franz hatte in der gemeinsamen Zeit mit Jenna intensiv an sich gearbeitet und das kam ihm jetzt zu Gute. Durch sie war er an spirituelle Themen herangeführt worden und darüber sei er dankbar, hatte er gesagt und auch, dass er mit all dem Wissen jetzt auch ganz anders mit dieser Trennung umgehen könnte.

Pascal las die Mail immer wieder. Jenna hatte sich von Franz getrennt. Oh mein Gott, was hatte er da nur angerichtet, kritisierte er sich und fühlte sich total schuldig. Er erinnerte sich immer wieder an den Moment, in dem er sie auf dem Parkplatz vor dem Hotel in Starnberg stehen sah. Sein erster Gedanke kam direkt aus seinem Herzen und den würde er wohl nie wieder vergessen. Sie ist alles, was ich je gewollt habe, hatte er gedacht. Und dann war ihm ein ganz warmes Gefühl vom Herzen aus durch seinen ganzen Körper geströmt und jede Zelle seines Körpers begann zu vibrieren. Wie lange hatte er sich nach dieser Liebe gesehnt und jetzt stand sie da. Aber das geht nicht, hatte sich sofort sein Verstand gemeldet. Sein Verstand fand viele Gründe, warum es auf keinen Fall möglich sei, mit Jenna in eine gemeinsame Zukunft zu gehen. Zum zweiten Mal in seinem Leben war die Frau seines Herzens frei und er konnte sich nicht für sie entscheiden. Er könnte ja unmöglich nach über vierzig Jahren Ehe seine Frau im Stich lassen. Jenna hatte zwar gesagt, er wäre nicht der Grund, sondern nur der Auslöser für ihre Trennung gewesen, aber er fühlte sich trotzdem schuldig. Erst durch ihn habe sie erkannt, dass das, was sie lebte, nicht das war, was sie sich für den Rest ihres Lebens wünschte. Sie sagte auch, dass er sich keine Gedanken um sie machen und sich um Gottes Willen nicht schuldig fühlen sollte oder unter Druck gesetzt, bei sich etwas verändern zu müssen. Er sollte sich nur um sich kümmern und tun, was er für richtig hielte. Sie wäre einfach froh über die letzten Wochen und auch darüber, dass sie rechtzeitig erkannt hätte, dass die Hochzeit mit Franz ein Fehler gewesen wäre. Sie sagte auch, dass sie ihn lieben würde und wenn er frei wäre, keine Sekunde zögern würde, ihr Leben mit ihm zu teilen. Wenn er aber seine Ehe nicht aufgeben könnte oder wollte, dann würde sie volles Verständnis für ihn haben und einfach alleine weiter gehen. Vielleicht wartete irgendwo noch einmal ein neues Glück in Sachen Liebe auf sie, oder sie bliebe einfach mit sich allein, hatte sie zuversichtlich gesagt.

Er konnte sich nicht für sie entscheiden und er wollte sie nicht verlieren. Da war es wieder, sein großes Dilemma! Mann, kritisierte er sich gedanklich selbst, was habe ich da wieder für einen Mist gebaut! Jetzt häng ich emotional wieder da, wo ich damals schon hing, habe Elke schon wieder betrogen und am liebsten würde ich es gleich noch einmal tun. Jennas Hochzeit habe ich schon erfolgreich gesprengt und wahrscheinlich fahr ich gerade meine eigene Ehe gegen die Wand. Was bin ich doch für ein Idiot. Ich fühl mich total zerrissen und könnte schreien, bemitleidete er sich nun selbst. Super, echt toll hingekriegt, wirklich ganz große Klasse mein Junge, meldete sich der innere Kritiker höhnend. Er sah auf die Uhr. Zeit nach Hause zu gehen. Elke war sowieso schon so komisch und da wollte er nichts forcieren. Mit hängenden Schultern machte er sich auf den Heimweg.

Jenna hatte sich noch ein paar weitere Tage freigenommen, sie brauchte etwas Zeit um sich zu sortieren. Es war erst 21.00 Uhr aber sie lag schon im Bett. Erst jetzt spürte sie die Erschöpfung durch die Ereignisse der vergangenen Tage. Ihr Verstand hatte zwar alles super zusammengefasst und sein Fazit aus den Geschehnissen schon längst gezogen, aber ihr Herz kam da noch nicht ganz mit. Pascal gegenüber hatte sie so verständnisvoll getan, aber in Wahrheit war das auch nur wieder eine Rolle gewesen. Zumal hatte sie sich selbst durchschaut. Das war ja schon mal ein Vorteil, zumindest war sie nicht mehr so unbewusst wie vor fünfundzwanzig Jahren, tröstete sie sich. Trotzdem ist da der große Wunsch auf ein Happy End mit ihm, das spürte sie ganz deutlich. Fühl dich nicht unter Druck gesetzt, wenn du nicht kannst, dann finde ich einen anderen, so ein blödes Gelaber, verhöhnte sie sich selbst. Sie wollte keinen anderen, sie wollte ihn. Sie liebte ihn einfach, war so gerne mit ihm zusammen, berührte ihn so gerne, roch ihn so gerne, spürte ihn so gerne, sie wollte in Wahrheit einfach mehr von ihm, viel mehr. Aber ihr Verstand hatte ihr ja schon mehrfach tausend Gründe aufgezählt, warum das unmöglich gehen würde und so musste sie den Wunsch echt wieder aufgeben. Wie war das noch mal mit der *alles ist Illusion und alles ist nur eine Vorstellung* Strategie? Auf bisherige Themen angewandt hatte das ja alles gut gewirkt, aber in dieser Liebesbeziehung klappte nichts von all dem.

Pascal hatte geschrieben, dass er sie unbedingt wiedersehen wolle, aber sie hatte erst einmal um ein paar Tage Bedenkzeit gebeten. Wohin sollte das führen, grübelte sie jetzt? Noch einmal ein Verhältnis eingehen, nein, das würde sie nie tun. Niemals nie. Er würde sich wohl nie trennen, also wäre es vernünftiger und besser, auf Abstand zu gehen. Alles andere wäre ja total idiotisch. Mit diesem Gedanken löschte sie das Licht ihrer Nachttischlampe und drehte sich in eine gemütliche Liegeposition. Wenn Henri noch am Leben wäre, dann hätte sie ihn um Rat fragen können. Ach Henri, murmelte sie leise, wo bist du nur? Ich könnte dich jetzt so gut gebrauchen. Komm her und sag mir was ich tun soll. Und überhaupt, ich glaube an Schutzengel und Geistführer. He, wo treibt ihr euch rum, ihr müsst euch doch um mich kümmern. Also Gott, schick doch mal einen Hilfstrupp vorbei! Mit diesen Gedanken schlief sie ein und ein Lächeln umspielte ihren Mund, denn sie fühlte sich plötzlich gar nicht mehr so allein.

„Okay Jungs“, sagte Wilma resolut und rieb sich dabei die Hände, „los geht’s, wir sind dran!“ Mit einem intensiven Blick bedachte sie erst Henri und dann Anton. Ihr Blick drückte Zuversicht aus, ihre Stimme ebenfalls. „Wir werden ihr jetzt sagen, wo es lang geht und ich bin sicher, dass wir das hinkriegen.“ „Ich auch“, sagte Henri spontan und er klang genauso zuversichtlich wie Wilma. Beide schauten jetzt zu Anton und dieser fühlte sich aufgefordert, auch etwas zu sagen. „Wenn ich ehrlich bin, habe ich nichts von dem verstanden was ihr da gerade besprochen habt. Sorry! Tut mir echt leid, aber ich glaube an euch zwei und ihr kriegt das schon hin.“ „Mach dir keine Sorgen wenn du nichts verstanden hast“, beruhigte Wilma ihn. „Wir erklären Jenna alles ausführlich und sicher wirst du das Ganze dann auch besser verstehen können. Ich würde sagen, wir holen sie hierher, denn hier ist die Energie höher und sie versteht alles leichter.“ „Gute Idee“, stimmte Henri zu und schob ein paar Sessel in die richtige Position.
Jenna war fest eingeschlafen. Der materielle Körper lag entspannt im Bett, aber ihr feinstofflicher Körper, ihr Seelenkörper, ging

auf Reisen. Ihre Seele hatte den Ruf von Wilma empfangen, kannte den Weg und war augenblicklich angekommen. „Henri, Wilma, wie schön euch zu sehen", sagte sie erfreut. Sie umarmte zuerst Henri und dann Wilma. Danach fiel ihr Blick auf Anton. „Das ist Anton", stellte Wilma ihn vor, „er ist mein Praktikant und lernt hier etwas über Bewusstsein und bedingungslose Liebe. Und er ist praktisch ein Fan von dir", fügte sie lächelnd hinzu, „Er hat alles von dir mitbekommen und unterstützt mich hier tatkräftig." Anton errötete verlegen und begrüßte sie mit einem unsicheren Hallo, welches sie herzlich erwiderte. Nachdem sie alle Platz genommen hatten begann Wilma zu sprechen.
„Meine liebe Jenna, deine letzten Gedanken vor dem Einschlafen galten uns, weil du unsere Energie schon aufgenommen hattest. Wir sind also nicht hier, weil du uns gerufen hast, sondern du hast uns gerufen, weil deine Seele uns schon gespürt hat. Soll heißen, diese Unterhaltung hätten wir auch ohne dein Rufen abgehalten, aber mit deinem Rufen zeigst du deine Bereitschaft, hören zu wollen, was wir dir zu sagen haben und das ist gut. Das ist sogar sehr gut", bekräftigte sie ihre Aussage und bedachte Jenna mit einem liebevollen Blick. „Wir wissen alles von dir, haben alles mit angesehen." Mit einer Hand zeigte sie auf die große Wandtafel und fuhr fort. „Wir wissen, wie du tief innen fühlst, wir wissen, wie Pascal tief innen fühlt, wir kennen all eure karmischen Aufgaben und wir wissen, was der richtige Weg für dich ist. Diesen Weg wollen wir dir heute Nacht aufzeigen, damit du an diesem Punkt in deinem Leben in die richtige Richtung gehen kannst." Aufmerksam sah sie Jenna an. „Erinnerst du dich an dein Lebensziel?" „Ja", begann Jenna mit zögerlicher Stimme, „ich wollte durch Liebesbeziehungen heilen. Und dann wollte ich mein Ego überwinden und erwachen, die Quelle der Liebe in meinem Inneren finden! Ja, ich erinnere mich jetzt wieder ganz genau!" „Schön", sagte Wilma, „denn das ist wichtig. Was hast du deiner Meinung nach davon denn schon geschafft?" Jenna dachte kurz nach und begann dann aufzuzählen. „Ich habe schon

eine Menge alter Verletzungen ausheilen können, aus der Kindheit und auch aus früheren Leben. Mein Ego habe ich auch schon ziemlich im Griff und es gelingt mir immer öfter, bewusst zu sein“, antwortete sie ganz mit sich zufrieden. „Aha“, sagte Wilma, „und, bist du glücklich?“ „Nun ja, so ganz noch nicht, aber ganz so unglücklich wie früher bin ich auch nicht mehr und da bin ich schon ganz stolz auf mich. Ich habe doch schon echt viel dazugelernt.“ Es war mehr eine Feststellung als eine Frage und so fuhr sie fort. „Wie zum Beispiel jetzt mit Pascal. Da bin ich mir doch schon mehr wert, will kein Verhältnis mehr sein und stürzte mich nicht gleich erneut hoffnungslos hinein. Das ist gar nicht so einfach. Da muss ich schon Stärke zeigen. Bei neuen Typen konnte ich immer gut abblocken, aber für ihn habe ich schon so viele Gefühle in mir und da ist es echt schwer, nein zu sagen. Aber das ist doch schon gut, oder?“ Fragend blickte sie Wilma an.
„Ja und nein“, erwiderte diese. „Alles was du bisher gelernt und erfahren hast, war wichtig und zu dem Zeitpunkt auch richtig. Du wolltest ja durch alle Erfahrungen durch. Jetzt ist es Zeit für den nächsten Schritt. Du hast etwas Wesentliches noch nicht begriffen und wir wollen dir helfen, das zu verstehen, denn sonst kommst du nicht dort an, wo du ankommen willst. Henri wird es dir erklären.“ Mit diesen Worten schloss sie und übergab Henri das Wort.„Du erinnerst dich sicher an die Geschichte mit dem Mann, der seine Frau und seinen Freund in flagranti erwischt hatte?“ „Ja, klar, die Geschichte habe ich nie vergessen und der Wunsch so fühlen zu können wie er, ist immer noch mein größter Wunsch“, bestätigte Jenna und nickte bekräftigend mit dem Kopf. „Schön“, sagte Henri, „größer als der Wunsch nach einem weltlichen Happy End mit Pascal?“ Sie überlegte einen Moment und dann sagte sie mit klarer Stimme „Ja, das will ich mehr als alles andere. Das war und ist mein Seelenziel und dabei bleibe ich. Ich weiß, dass mein Ego-Ich etwas anderes will. Das Ego-Ich will ein Happy End mit Pascal, aber auf der Seelenebene bin ich

mir bewusst, dass das gar nicht mein wirkliches Ziel ist.“
„Genau“, pflichtete Henri ihr bei, „und immer wenn du das Seelenziel aus den Augen verlierst, beginnst du zu leiden und kommst nicht weiter. Aber in Zukunft wird es dir immer leichter gelingen, dich wieder zu erinnern. Es wird sein wie in zwei unterschiedlichen Welten und es wird für dich wie ein Tanz zwischen diesen werden. Das Ego-Ich will in eine Richtung, und die Seele will in die entgegengesetzte. Beide Kräfte ziehen und so wie sich in einem tobenden Meer Wellen aufbauen und alles verschlingen, was sich in ihnen bewegt, werden Emotionen in dir in Gang kommen und zeitweise werden sie dich ordentlich durchschütteln und in ein emotionales Chaos stürzen. Aber das ist der Weg, um über die Dualität in die Einheit zu kommen.
Die romantische Sicht der Liebe verklärt vieles und du hast dich durch die Vorstellungen anderer, durch Liebesromane, Medien und vieles andere mehr schon sehr beeinflussen lassen und dementsprechend Illusionen aufgebaut. Verlier dich nicht in den Illusionen. Lass uns noch einmal den Sinn des sich Verliebens aus spiritueller Sicht besprechen. Ich hatte es dir zu Lebzeiten schon einmal erklärt. Was hast du davon noch in Erinnerung?“
Fragend sah Henri sie an. Jenna schürzte die Lippen und machte ein nachdenkliches Gesicht. „Ich würde es gerne noch einmal von dir hören, so ganz bekomme ich das nicht mehr zusammen.“
„Gerne“, sagte Henri und begann mit seinen Ausführungen.
„Du kommst aus der Quelle der Liebe hinein in dieses Leben. Mit der Geburt entsteht dein Ego-Ich und dieses Ego-Ich fühlt sich getrennt von der Quelle und sucht ab da die Liebe und das Glück im Außen. Damit bist du bedürftig nach Liebe, da beginnt die emotionale Abhängigkeit. Als Kind versuchst du die Bedürftigkeit von deinen Eltern, Großeltern, anderen Familienmitgliedern oder Personen in deinem Leben gestillt zu bekommen. Je nachdem wie groß der Mangel nach Liebe in dir ist, wirst du dich bemühen, so zu sein, dass andere dich lieben. Solange du nicht in Kontakt mit der Quelle in dir gekommen bist, wirst du immer

Sehnsucht nach Bestätigung, Anerkennung, Liebe, nenn es wie du willst, im Außen haben. Es ist emotionale Abhängigkeit. Bei dem einen zeigt sich das in Liebesbeziehungen, bei dem anderen im Beruf, bei wieder anderen in der Kindererziehung oder auch in vielen anderen Beziehungsformen. Da gibt es sehr viele Varianten, aber die Ursache ist immer gleich. Man ist von der Quelle abgeschnitten. Die Aufgabe ist auch für alle gleich. Es geht darum zu erkennen, dass man die Liebe am falschen Ort sucht, damit aufhört und die Liebe in sich selbst findet, indem man die Verbindung zur Quelle wieder herstellt.

Wenn du dich verliebst, wo findet das Gefühl der Verliebtheit denn statt? In dir oder außerhalb von dir?“ Erwartungsvoll sah er sie an. „In mir natürlich“, antwortete sie spontan. „Genau“, bestätigte er, „das Gefühl der Verliebtheit ist in dir und wird durch etwas von außen nur ausgelöst. Etwas im Außen bringt dich mit etwas in Kontakt, das schon in dir ist, es stupst dich praktisch nur an. Unbewusst erkennen wir das nicht und projizieren dieses Gefühl nach außen. Da sind wir wieder bei den Folgen. Dieses schöne Gefühl wollen wir immer wieder erleben und weil wir denken, es gehört zu dem, der es auslöst, beginnt die Abhängigkeit.“ Er hielt kurz inne und schaute sie an. „Fragen dazu? Du machst so ein komisches Gesicht?“ Jenna lachte. „Ich glaube, ich habe das mit der Abhängigkeit jetzt das erste Mal so richtig verstanden. Jetzt ist es mir total klar. Super, danke für deine Ausführungen, mach bitte weiter.“„Gerne“, strahlte er sie an, „ich freu mich, wenn ich dir helfen kann! Also weiter im Text. Dann gibt es da einen zweiten Punkt den du verstehen solltest. Pass auf! Wenn du als junge Frau Pascal kennenlernst und es dich so glücklich macht, dass er sich auch in dich verliebt hat, dann sagt das über dich aus, dass du dich selbst nicht zu einhundert Prozent liebst. Denn wenn du dich zu einhundert Prozent lieben würdest, würde es dich nicht noch glücklicher machen können, wenn ein anderer dich auch liebt. Ehrlich gesagt, wäre es dir dann ziemlich egal, ob der andere dich liebt oder

nicht, er dürfte fühlen was er fühlt, du wärst ja nicht im Mangel, du bist frei davon. In der Welt der Polaritäten hat alles ein Gegenteil. So auch hier! Wenn es dich also glücklich machen kann, wenn Pascal dich liebt, dann wird es dich im gleichen Maße auch unglücklich machen, wenn er seine Liebe scheinbar von dir nimmt. Das eine kann ohne das andere nicht existieren. Nur die Ebene des Seins, jenseits vom Ego-Ich, ist frei von der Polarität und dieses Glück kennt kein Gegenteil. In diesem Zustand, den man zum Beispiel Seins-Zustand nennen kann, fühlt und agiert man emotional unabhängig. Der Mann in der Geschichte ist ein Beispiel dafür. Bis hierher alles klar?" fragte er nach. Jenna nickte zustimmend. „Ja, bis hierher ist alles klar."
„Gut", fuhr er fort, „dann geht's weiter. Dein gewähltes Ziel ist es, in diesen Seins-Zustand zu kommen, eben in das unabhängige Glück. Es ist wichtig, dass wir das Ziel klar definieren, denn danach richtet sich jetzt der Weg.
Zu der Zeit als du damals das Verhältnis mit Pascal eingegangen bist, hatte dein Ego-Ich die Oberhand. Du hattest total vergessen, was deine Seele wollte. Die ganze Zeit hast du das Verhältnis gelebt, in der Hoffnung und mit dem Wunsch nach einem Happy End im Außen, welches aber nie kam. Nicht kommen durfte, denn dann hättest du keine Chance gehabt, dein Seelenziel zu erreichen. Das hätte dann geschehen dürfen, wenn ihr beide eine erfüllte Liebesbeziehung für dieses Leben gewählt hättet. Aber mit deinem Seelenziel, und auch mit seinem Seelenziel, seine karmischen Schulden auszugleichen, ging das nicht. Mit dem Vergessen deines Seelenziels, wolltest du immer mehr von ihm, als du bekommen konntest. Du warst schon bedürftig als du ihn trafst. Er hat deine Bedürftigkeit nur sichtbar gemacht. Mit dem unbewussten Verhalten, deinen Selbstwert von ihm abhängig zu machen, sein Verhalten auf dich zu beziehen und das nicht zu erkennen, hast du dir viel Leid erschaffen. Und das hast du in den letzten Jahren teilweise noch genährt, anstatt abgebaut. Ich habe dir gesagt, er kommt zurück und er bringt dich in die Heilung.

Und es hat gestimmt. Er ist wieder da und das ist sein Geschenk an dich. Er gibt dir zum zweiten Mal die Chance, dein Seelenziel zu erreichen. Eure Verbindung ist so machtvoll, da kann dein Herz nicht widerstehen. Gegen alle anderen Beziehungen hast du dich ja recht erfolgreich geschützt. Alle, die dich weiterbringen konnten, waren unerreichbar und dein Verstand hat die Anziehung als psychologisch auffällig eingestuft und viele Therapeuten haben dir das bestätigt. Die Beziehung mit Franz hatte seinen eigenen Sinn, aber er konnte dich nicht zu deiner Bedürftigkeit bringen. Er hat den Mangel in dir nicht angestoßen, die Wunden des Verlustes nicht bedient. Dazu war er zu lieb und zu treu. Deine Seele hat *nein* zu ihm gesagt, wie auch in der Vergangenheit zu Männern dieser Art. Damals hast du das noch mehr gespürt, da warst du noch näher am Gefühl. Mit Beginn deiner Bewusstseinsarbeit, bist du in die Falle der Pseudo-spiritualität getappt. Du hast zwar viel verstanden, es aber eher mental gelebt und das bringt dich nicht dorthin, wo du hinwillst. Du hast schon viel Energie aus alten Schmerzkörpern befreit, aber gleichzeitig hast du dem Verstand zusätzlich noch viele Geschichten hinzugefügt. Du machst immer noch so viel über den Verstand. All deine Theorien über *alles ist nur Illusion und alles ist nur Vorstellung* sind ja ganz schön und sachlich auch völlig korrekt, aber sie dienen dir nicht, solange es nur mentale Vorstellungen bleiben. Es reicht nicht zu wissen, dass du frei bist, sondern du musst es fühlen können. Erst wenn du es fühlen kannst, ist es gelebte Weisheit und alle mentalen Vorstellungen fallen in sich zusammen. Fühlen geht nun mal nur über dein Herz.

Wenn du am Ziel wärst, dann würdest du all deine Liebe zu Pascal spüren und mit ihm in Kontakt sein können, ohne dich schützen zu müssen. Du könntest dann wählen, welche Art von Beziehung du mit ihm leben willst, wärst nicht von bedürftigen Emotionen abhängig. In deiner Abhängigkeit musst du erst überlegen, ob du ihn wiedersehen willst. Du hast Sehnsucht

danach, ihn zu sehen und gleichzeitig hast du Angst davor. Der Weg aus dem Dilemma ist nicht die Vermeidung, sondern die Hingabe und das Einlassen. Ebenso ist es keine Lösung, dein Ego noch mehr zu nähren, indem du deine Beziehung zu dir stärkst, sondern du musst die Beziehung zu dir wieder aufgeben. Sobald du in Beziehung mit dir bist, hast du dich in zwei gespalten, in „ich“ und „mich“. Subjekt und Objekt. Diese vom Verstand erschaffene Dualität ist der Grund für all deine Konflikte. Im erleuchteten Zustand verschmelzen „ich“ und „mich“ wieder zu einer Einheit. Du bist dann nicht mehr stolz auf dich, du bist dir dann nicht mehr oder weniger wert, du verurteilst dich nicht, du tust dir nicht selbst leid, du musst dich nicht schützen, du hasst dich nicht selbst, du liebst dich auch nicht selbst. Es gibt kein Selbst, das du schützen musst, verteidigen oder nähren. Wenn du erwacht bist, ist diese Beziehung für immer vorbei. Alle Wolken sind weg, die Sonne strahlt. Du bist dann einfach nur Liebe, bist die Quelle. Im Zustand der Erleuchtung bist du wer du bist. Jesus sagte, ich bin der ich bin. Das ist damit gemeint. Und wenn du die Beziehung mit dir selbst aufgegeben hast, werden alle anderen Beziehungen automatisch zu Liebesbeziehungen.“
Er machte eine kleine Pause und vergewisserte sich, dass sie ihm folgen konnte. Dann fuhr er fort. „Ich möchte dir noch einmal eine Geschichte erzählen, die mir persönlich zu Lebzeiten sehr geholfen hat. Sie ist von Gurdjieff. Ich hatte dir schon einmal von seiner Lehre über den vierten Weg erzählt. Du hast das Buch ja inzwischen gelesen und mental auch gut verstanden. Die Geschichte geht wie folgt:
Stell dir vor, du bist in einem Gefängnis und du willst da raus. Bist also eingesperrt und willst in die Freiheit. Das ist der gleiche Zustand in dem du jetzt mit Pascal bist. Praktisch bist du emotional wie in einem Gefängnis und hast den Wunsch, so fühlen zu können wie der Mann aus der anderen Geschichte. Kannst du dem zustimmen?“ fragend blickte er sie an. „Ja, das ist passend. Ich fühle mich wie in einem Gefängnis und will da

raus.“ „Gut“, fuhr er fort. „Was braucht man um da herauszukommen? Glauben und Zuversicht, dass es überhaupt möglich ist. Wenn das einer geschafft hat, dann kann man das selbst auch schaffen. Also braucht man sowas wie einen Vorgänger, einen der sich schon erfolgreich befreit hat. Du kennst ja schon einige. Zum Beispiel den besagten Mann aus der Geschichte. Du kannst auch Jesus als Vorgänger nehmen. Oder auch viele andere spirituelle Meister, lebende oder verstorbene.
Bleiben wir ruhig einmal bei Jesus, denn du bist ja in dieser Inkarnation in die christliche Lehre hineingeboren. Ich weiß, dass du ein großer Fan von ihm bist, auch wenn du aus der Institution Kirche ausgetreten bist. Dein Austreten hat ja nichts mit ihm zu tun, sondern, wie sagte ein Erdling so schön, eher mit seinem Bodenpersonal.
Du weißt also, es ist möglich. Was brauchst du noch? Ein paar Mithelfer, allein geht’s nicht. Im Gefängnis muss man dir ein Werkzeug hinein schmuggeln, dich im Wäschekorb herausbringen oder so etwas in der Art. In deinem Fall gibt es viele Helfer. Therapeuten, spirituelle Lehrer, medial begabte Menschen, wir und andere Helfer aus der geistigen Welt. Alles kommt zur richtigen Zeit zu dir und alles bringt dich immer ein Stückchen mehr in die gewünschte Freiheit. Verstanden?“
Jenna nickte zustimmend und so fuhr er fort. „Und jetzt kommt’s! Was brauchst du noch? Na?“ Erwartungsvoll sah er sie an, wohl wissend, dass sie nicht auf die Antwort kommen würde und nach ein paar spannenden Minuten enthüllte er diese mit feierlicher Stimme. „Du brauchst ganz viele, die gar nicht aus dem Gefängnis herauswollen, denn sonst gäbe es ja nichts mehr, wo du herauskommen kannst. Prima, oder? Das heißt, alle anderen in deinem Umfeld dürfen so bleiben, wie sie sind, keiner muss sich verändern. Und auc,h wenn sie noch so unbewusst sind, höre auf an ihnen herum zu doktern. Die mit dir aus dem Gefängnis wollen, kommen von ganz alleine. Alle anderen können tun was immer sie tun wollen. Ist das nicht super?“ Begeistert sah er sie

an. „Ja, das klingt sehr gut“, pflichtete Jenna ihm bei. „Das ist ein eindrucksvoller Vergleich“, fügte sie strahlend hinzu.
„Und jetzt beziehe es auf deine Liebesgeschichte“, forderte Henri sie auf. „Okay, ich beginne zu verstehen“, begann sie, „ist es richtig, dass meine Situation mit Pascal mein Gefängnis ist und dass Pascal sich gar nicht trennen darf, weil es sonst keine Möglichkeit zur Befreiung gäbe?“ „Bingo“, strahlte er, „du hast es erfasst! Er darf sich jetzt gar nicht trennen, denn dann gäbe es ein Ego Happy End und das willst du ja gar nicht. Nicht in diesem Leben. Das könnt ihr ja im nächsten ausleben. Wenn du die bedingungslose Liebe erlangt hast, kannst du ja leben, was immer du willst. Du bist dann eine Liebende und eine Liebende kann eine sehr liebevolle Beziehung zu einem anderen Liebenden aufbauen oder alleine leben, wie sie will. Das ist dann eine echte Liebesbeziehung. Die Chancen stehen gut, dass du das im nächsten Leben haben kannst, wenn du willst. Du kennst ja auch Menschen, die sich früh kennengelernt haben, sich lieben und in Beziehungen gar keinen Liebeskummer erleben. Diese Beziehungen haben auch ihre Vorgeschichten und sind den Beteiligten nicht einfach so in den Schoß gefallen. Die Leichtigkeit und Selbstverständlichkeit ihrer Beziehung sind die Früchte vom Karma.
Auf Seelenebene hat Pascal deiner Wahl zugestimmt, denn es passt auch zu seinen Aufgaben. Er gleicht karmische Schuld bei Elke aus und weitere karmische Verstrickungen, die die Ursache für das Hineingeboren in seine Ursprungsfamilie mit all den Schwierigkeiten waren. Auf der Ego-Ebene geht es ihm wie dir, da vergisst er das auch und leidet.
Was wäre also deine Aufgabe? Anstatt dich zu schützen und ein Verhältnis mit ihm zu meiden, solltest du dich einlassen und leben, was dein Herz leben möchte. Dieses Einlassen wird dich noch einmal an viele alte Verletzungen bringen, die mit den jetzigen emotionalen Gefühlen in Bezug zu Pascal in Verbindung

stehen. Du hast zwar schon vieles gelöst, aber da gibt es noch diese Schicht, die deinem Glücklichsein im Wege steht.
Stell dir einmal die Sonne vor. Die Sonne scheint und strahlt. Jetzt kommen Wolken und verdecken die Sonne. Die Sonne ist immer noch da, aber die Wolken verdecken diese. So ist es auch bei den Menschen. Sie sind Bewusstsein, sie sind Liebe, sie sind nie von Liebe oder dem, was sie Gott nennen, getrennt. Ihre Egovorstellungen, Emotionen, Strategien und so weiter sind die Wolken. Wenn eine Wolke sich verzieht oder sich abregnet, entsteht dort wieder eine Lücke, ein Stück blauer Himmel und dort brechen die Sonnenstrahlen dann wieder durch. Verstehst du was das heißt? Man muss nichts tun um die Sonne wieder herzustellen, sie war nie weg. Verlust, egal in welcher Art, ist wie eine Wolke, die wegzieht. Die Kunst ist es, die Lücke wahrzunehmen und zuzulassen, was sich zeigt. Und", er hob mahnend die Hand, „das Wichtigste ist, nicht dabei zu denken! Keine neuen Egogeschichten drauf zu legen, die diesen Zustand abwehren wollen."
„Klingt logisch", sagte Jenna zustimmend, „aber was mache ich denn falsch bei meinen Techniken?" „Du denkst immer noch zu viel", erklärte er jetzt. Jedes Mal, wenn eine Lücke durch Verlust entsteht, versuchst du diese zu füllen. Entweder mit einem guten Spruch, mit Trost, mit Projektion auf eine andere Person, mit einer schlauen Weisheit, mit einer Aktivität, mit einer mentalen Geschichte, mit einer Ablenkung, mit einer Erklärung, mit einer anderen Emotion oder vielem anderen mehr. Dein Ego kann diese Lücke nicht aushalten. Auch der Spruch, *alles ist Illusion*, ist in den Momenten in denen du ihn aussprichst meist nur eine Abwehrstrategie. Außer man philosophiert im Allgemeinen über das Thema, dann ist es etwas anderes. Eine bestehende Sehnsucht jedoch mit dieser Vorstellung zu überdecken, ist so als wenn man auf einer bestehenden Wolke zusätzlich noch eine andere Wolke drauf packt.

Nimm einmal das viel beliebte Thema Selbstwertgefühl. Du hast schon ein paarmal erwähnt, dass du dir jetzt mehr wert bist, als ein Verhältnis zu sein und dass auch die Therapeutin und deine Freundinnen stolz auf dich waren, als du Pascal damals weggeschickt hast. Pascals Verhalten resultiert aus seinen verdrängten Gefühlen und hat mit deinem Selbstwert im Grunde gar nichts zu tun. Wenn du die Sexualität und die Liebe um ihretwillen leben kannst, sie nicht als Mittel zum Zweck benutzt um irgendwo hinzukommen, dann sind die äußeren Umstände völlig egal. Dann wählst du einfach, was du leben willst, aber dein Wert bleibt davon total unberührt. Du bist dann als Geliebte nicht weniger wert, wie als Ehefrau. Und das ist das, was die klassische Therapie meistens anders sieht. Sie stärken dein Ego-Ich, du baust eine immer größere Beziehung zu dir selbst auf. Der spirituelle Weg ist umgekehrt. Das Ego wird transformiert und die Beziehung mit dir wird aufgegeben. So bist du unverwundbar, weil du nichts mehr auf dich beziehst. Du bleibst von allem unberührt. Du musst dich nicht schützen, denn da ist kein Selbst mehr, welches geschützt werden muss. Wer gibt den Dingen ihren Wert? Bestenfalls du selbst. Anstatt dir viele neue Geschichten zu erschaffen, die deine Lücken schließen sollen, solltest du die Lücken zulassen und dann geschieht alles von selbst.

Du bist in eine Familie hineingeboren, in der deine Mutter eine Wunde durch den Verlust ihres Freundes, sowie des ungeborenen Kindes in sich trägt. Du hättest niemals in diese Familie hineingeboren werden können, wenn du nicht eine eigene ungelöste Verlustsituation in dir tragen würdest. Diese karmische Verlustgeschichte bringt dich in die abhängige Gefühlslage mit Pascal, alles andere sind nachträgliche, aus schon bestandener Bedürftigkeit erschaffene, zusätzliche Geschichten. Deine Aufgabe ist es, dein Herz von diesen alten Schmerzen zu befreien. Du musst die Schmerzen zulassen und kommst durch die Verwundbarkeit hindurch zur Unverwundbarkeit. Wenn du

dort durch bist, strahlt deine Sonne und du musst mental nichts mehr herstellen.
Um an die verdrängten Gefühle zu kommen, musst du in Kontakt mit Pascal sein. Nur in dem Zusammensein mit ihm, kommst du an diese Gefühle, ein anderer kann das nicht in dir auslösen. Du bist nicht verantwortlich für die Gefühle seiner Frau und auch nicht für seine. Du bist verantwortlich für deine Gefühle, also übernimm die Verantwortung dafür. Dein Herz kennt den Weg, dein Herz führt dich. Wenn du dich also zu ihm hingezogen fühlst, dann verleugne das doch nicht, sondern lebe es aus. Gehe ein Verhältnis ein, obwohl du weißt, dass er sich nie trennen wird. Nicht mit der Erwartung wie früher, dass aus euch ein Paar werden kann, sondern mit der Absicht dich zu heilen und von der Bedürftigkeit zu befreien.
Wenn er seinem Herzen folgen würde, dann würde er Elke sofort verlassen. Du bist seine absolute Traumfrau von innen und von außen, aber er würde lieber innerlich verbluten, als dass er gehen könnte. Er kann und wird sie nicht verlassen. Sein Karma bindet ihn und zusätzlich seine verdrängten Kindheitserlebnisse aus diesem Leben. Er wird seine Muster in diesem Leben nicht aufarbeiten. Er gehört zu denen, die im Gefängnis bleiben wollen. Weder er noch Elke haben das Bedürfnis, sich in diesem Leben spirituell zu entfalten. Außerdem projiziert er seine ungelösten Ängste vor Einsamkeit und Verlust zusätzlich auf Elke. Er braucht den äußeren Halt nicht minder als sie. Wenn man keinen inneren Halt hat, dann braucht man umso mehr Stabilität im Außen. Das Haus, das Geld, die Kinder, die Freunde, die Nachbarn, der Sportclub, oder andere Gruppen, zu denen man gehört. All das ist vertraut und stabil. All das gibt ihm ein Gefühl von zu Hause. Seine Egopersönlichkeit Pascal weiß nichts von dem zu Hause in sich. Er ist nicht auf der Suche danach. Du bist dem zu Hause in dir schon viel näher, du brauchst immer weniger Halt in äußeren Dingen. Obwohl du mehrere Jahre mit Franz zusammen gelebt hast und dadurch auch Zusammengehörigkeits-

gefühle entwickelt hast, konntest du wieder alles aufgeben, als dein Herz sich meldete. Das hast du schon einmal gemacht. Damals hast du auch die Familie, den Job und die Freunde der Liebe wegen hinter dir gelassen. Und das konntest du nur, weil die Liebe in dir größer war als deine Angst. Also, geh immer mit der Liebe, akzeptiere deine Angst und dann erlöse sie.
Stelle bedingungslose Liebe her, indem du deine Bedingungen erkennst und transformierst. Wenn du Pascal meidest, um Leid aus dem Weg zu gehen, dann kannst du spirituell nicht wachsen. Der Weg in die Befreiung geht nur über ein geheiltes Herz. Wenn du deine Schichten erlöst hast, bist du frei und kannst ohne Leid gehen. Du sagst zwar, du liebst ihn, aber ich sage dir, lieben kannst du ihn erst, wenn du ihn nicht mehr brauchst. Und wenn du ihn liebst, dann bist und bleibst du mit ihm in Liebe verbunden. Du wirst Eins sein mit ihm und darum wirst du ihn nicht mehr vermissen, er wird dir nicht fehlen, denn er ist in dir und du in ihm. Das ist jetzt genug Theorie für dich. Im letzten Leben hast du all das schon gelernt. Jetzt wende dein Wissen an und beginne, das Gelernte umzusetzen, damit du die Erfahrung machen kannst, nach der du dich so sehr sehnst."
„Wenn ich mich einlasse, wie lange werde ich dann brauchen, bis ich ihn nicht mehr brauche?" Erwartungsvoll blickte Jenna ihn an. „Och", sagte er und wiegte seinen Kopf leicht hin und her, „ein paar Monate, ein paar Jahre, was ist schon Zeit." „Waaas? Vielleicht Jahre? Ich werde vielleicht Jahre in einem Verhältnis leben?" „Ja, es ginge theoretisch auch kürzer, aber eure Egomuster werden euch immer wieder einen Strich durch die Rechnung machen. Da sind so viele Widerstände in dir und in ihm. Ihr werdet gegen euch selbst und gegen den anderen kämpfen und das verlängert die Zeit." Er zuckte mit den Achseln und lächelte sie an. „Wie gesagt, was ist schon Zeit? Was sind schon ein paar Jahre? Das Ziel ist es doch wert, die Zeit zu investieren?" Sie begann zu lächeln. „Ja", stimmte sie zu, „das ist es allemal."

„Ich möchte dir noch eine Hilfestellung geben, wie du in Zukunft mit deinen Emotionen, die dir um die Ohren fliegen werden, umgehen kannst. Du kennst das Sinnbild von Jesus am Kreuz. Es gibt viele Geschichten um die Bedeutung dessen, aber ich sage, was er dir damit sagen will. Gebe dich deinem Leid hin, mit offenen Armen, ohne Widerstand. Gehe in die Hingabe an das, was ist. Spüre alle Schmerzen die hochkommen ohne sie verdrängen oder schmälern zu wollen. Fühle nur, denke nichts. Wenn dann Gedanken kommen, lasse sie kommen, aber halte sie nicht fest. Mache aus den Geschichten kein neues Ich-Gefühl. Die Geschichten kommen hoch, damit du die Identifikation damit aufgeben kannst. So nach dem Motto, *ich erkenne und jetzt lasse ich es gehen.* Mehr ist nicht erforderlich. Jesus sagte, ich gehe voran. Also, folge ihm jetzt. Siehe den Liebesschmerz als deine Kreuzigung und nutze ihn zu deiner Auferstehung, dann bist du im Sein verwurzelt und die Polarität ist aufgehoben. Lebe den verdrängten Pol. Höre auf, zu überlegen was in ihm vorgeht. Frag dich nicht, wie oder was er verdrängt. Wenn du von ihm etwas wissen willst, dann frage ihn, aber spekuliere nicht so viel rum. Es geht immer nur um dein Ego, bleib bei dir. Du bist nicht sein Retter, du bist dein Retter."
Hast du noch Fragen dazu, oder weißt du nun, was du zu tun hast?" fragte er abschließend und blickte sie aufmerksam an. „Nein, ich habe keine Fragen mehr. Ich habe dich gut verstanden. Jetzt und hier ist mir alles klar und ich hoffe sehr, dass ich mich an all dies erinnern kann, wenn ich im alltäglichen Leben stehe." Hilfe suchend schaute sie in die Runde. „Keine Sorge", beruhigte Wilma sie. „Wir werden dich immer wieder inspirieren. Wir sind in ständigem Kontakt mit deinem Bewusstsein und du wirst immer wieder Hilfestellungen auf unterschiedlichen Wegen bekommen. Manchmal wird es ein Buch sein, ein Film, ein Satz den du im Vorbeigehen irgendwo aufschnappst, eine Szene im Eiscafé oder vieles andere mehr. Achte auf die Spiegelung. Alles wird dir im gegenwärtigen Moment gezeigt. Du musst deine zu

bearbeitenden Themen nicht suchen, sie werden dir präsentiert. Wenn du das bearbeitest, was gerade aktuell ist, dann hast du genug zu tun. Und wundere dich nicht. Vielleicht werden noch einmal Schichten kommen, von denen du meintest, sie seien längst erlöst. Nimm alles an, was sich zeigt. Du wirst die Hauptursache für den Verlust finden und du wirst alle Folgeschäden in dem Zusammenhang bis zum heutigen Tag transformieren können. Der Weg ist das Ziel. Das heißt, genieße den Weg und sei nicht nur fokussiert auf das Ziel. Freu dich an jedem Tag, egal was ist.“

Wilma schaute zur Leinwand. In München ging gleich die Sonne auf und so sagte sie „Es wird Zeit meine Liebe, du wirst gleich aufwachen und darum musst du jetzt zurück in deinen materiellen Körper. Zum Abschluss möchte ich dir noch einen Satz mit auf den Weg geben, den du dir gut merken solltest. Frage dich so oft es geht, macht mich diese Vorstellung zu einem unbegrenzten Wesen? Denke daran, dass der spirituelle Körper der König ist und dass du alles, was du zu glauben beginnst, auch erleben musst!“ Mit diesen Worten umarmte sie Jenna und hielt diese eine Zeitlang liebevoll umschlungen. „Übrigens, du wirst gleich aufwachen und denken, du hast geträumt. Alles was wir besprochen haben, bleibt in deiner Erinnerung.“ „Das ist beruhigend“, lächelte Jenna. Sie dankte den Dreien für die Unterstützung und dann zog es sie auch schon fort.

Kapitel 13 Die Hingabe

Ruckartig erwachte Jenna und sie brauchte einen Moment, um sich in Raum und Zeit zu orientieren. Nur langsam realisierte sie, dass sie in ihrem Schlafzimmer lag. Wahnsinn, was für ein Traum, dachte sie. Das war ja der Hammer, so real! Sie griff nach ihrem Tagebuch und fing an, den Traum aufzuschreiben. Das darf ich nicht vergessen, dachte sie, das ist wichtig. Sie erinnerte sich an den Wahrtraum vor ihrer damaligen Erkrankung und war überzeugt, dass auch dieser Traum eine Hilfe aus der geistigen Welt war. Ich habe jetzt die himmlische Erlaubnis, ein Verhältnis einzugehen, dann kann ich auf die moralische Vorstellungen der Menschen gerne verzichten. Bei diesem Gedanken lächelte sie. Egal was andere darüber denken würden, sie fühlte, es war genau richtig. Gut gelaunt sprang sie aus dem Bett und holte ihr Laptop.

Lieber Pascal,

ich möchte dich sehen!!! Mein Verstand sagt lass es, aber mein Herz sagt ja. Nein, es schreit ja. Egal was kommt, ich will dich sehen.

Deine Jenna

Meine liebste Jenna,

das macht mich sehr glücklich. Mein Verstand sagt auch, lass es sein, aber mein Herz sagt auch ja. Nein, es schreit auch ja!
Lass uns später telefonieren und einen Treffpunkt besprechen!
Ich freue mich sehr!

Dein Pascal

Jenna folgte ihrem Traum und ließ sich ganz bewusst auf das Liebesverhältnis mit Pascal ein. Es wurden keine Monate, es wurden Jahre. Wie schon von Henri vorhergesagt, waren bei beiden sehr viele Widerstände am Werk, die überwunden werden mussten. Manchmal kämpften sie gegen sich selbst, manchmal kämpften sie gegeneinander und manchmal gegen Dritte. Insgesamt wurde es – im wahrsten Sinne des Wortes - für beide die leidenschaftlichste Zeit ihres Lebens. Emotional erreichten sie gemeinsam den höchsten Himmel und ebenso die tiefsten Tiefen. Nach jedem Hoch kam verlässlich das Tief und nach jedem Tief immer wieder ein Hoch. Wenn auch alles andere unvorhersehbar war, darauf konnten sie sich verlassen. Wenn der Schmerz zu groß wurde, beendete aus Selbstschutz wieder einer von beiden die Beziehung. Insgesamt trennten sie sich sechs Mal. Der Verstand hatte dann tausend gute Gründe, warum es besser sei, das Verhältnis nicht wieder einzugehen und sie waren bemüht dem Verstand zu folgen. Die Trennungen dauerten jedoch meistens nicht länger als drei Wochen, denn dann hatte das Herz wieder an Kraft gewonnen und war bereit, in die nächste Runde zu gehen. Die magische Anziehungskraft verfehlte ihre Wirkung nie. Jenna konnte sich ganz auf ihre Heilung und Transformation konzentrieren. Außer ihrer Arbeit hatte sie keine wirklichen Verpflichtungen. Sie verlor das Ziel ihrer Reise nie aus den Augen und das half ihr, sich immer wieder auf diesen Prozess einzulassen. Täglich wurden ihr mehrere Schmerzkörper gespiegelt. Immer wieder war sie aufgefordert, eine neue Schicht zu erlösen. Sie befolgte Henris Tipp und erinnerte sich oft an Jesus und seine Hingabe an das Leid. Im Stillen nannte sie den Vorgang ihre Kreuzigungstechnik. Wenn der Schmerz kam, dann war sie sich bewusst, dass dieser Schmerz alt war. Sie legte sich dann mit weit ausgestreckten Armen auf ihr Bett und wertschätzte alles, was ans Licht wollte. Auf diese Weise fühlte sie die verdrängten Gefühle noch einmal, alle Gedanken und

Bilder ließ sie kommen und atmete sich da hindurch. Sie hielt nichts fest, analysierte die Geschichten nicht mehr, gab ihnen keine neue Nahrung. Manchmal war ein Gefühl zu heftig und sie kam allein nicht weiter. Dann holte sie sich Hilfe.
Der größte Schmerz war immer dieser Abschiedsschmerz, der sich einstellte, sobald Pascal gegangen war. Wie eine dunkle Macht griff er nach ihr und nahm sie ein. Er wurde größer und meldete sich im Verlauf schon lange bevor Pascal gegangen war und überschattete das Zusammensein. Sie spürte eine große Wunde mit Namen Verlust. Irgendwann gesellte sich zu diesem Gefühl ein ungewöhnlicher Gedanke. Er tauchte öfter aus dem Nichts auf und raubte ihr jedes Mal den Atem. Er lautete: Wenn er stirbt, dann werde ich es nicht erfahren. Äußerlich gab es keinen Anlass an seinen Tod zu denken. Da sie an die Auflösung dieses Schmerzes alleine nicht herankam, suchte sie eine Rückführungstherapeutin auf, die sie bis zu dem Ursprung dieser Gedanken führen sollte.
Diese Reise in die Vergangenheit führte sie in die Ursprungsgeschichte ihrer Bedürftigkeit in Bezug auf Pascal. In dem vorletzten Leben war sie eine Frau gewesen. Ihr Name war Anna. Der heutige Pascal war in dem damaligen Leben, genau wie in diesem, ein Mann. Sein Name war Andreas. Die zwei waren ein Liebespaar, sie waren verlobt und planten ihre Hochzeit. Es war für beide die ganz große Liebe und sie waren sehr glücklich zusammen. Nichts und niemand könnte sie je trennen, so glaubten sie. Kurz vor ihrer Hochzeit brach jedoch ein Krieg aus und Andreas wurde als Soldat eingezogen. Er kehrte nie zurück. Sie erfuhr nie wann, wie und wo er gestorben war. Er galt als vermisst. Sie war sicher, dass er gestorben sein musste, denn sonst wäre er ganz sicher zu ihr zurückgekommen. Nach seinem Tod fiel sie in eine tiefe Depression. Es war ihr in diesem Leben nicht möglich, den Verlust zu überwinden. Sie blieb bis zu ihrem Tod, vierzig Jahre später, depressiv. In der Rückschau erkannte sie, dass es damals schon ihre Aufgabe gewesen wäre, auch ohne

Pascal wieder glücklich zu werden. Diese Aufgabe hatte sie nicht bestanden, das erkannte sie ganz klar in der sogenannten Lebensrückschau nach dem Tod. Darum wählte sie nach dem damaligen Tod das schon beschriebene Leben, in dem sie als Mann theoretisch spirituelle Lehren studierte. Dieses sollte als Vorbereitung für das darauf folgende, also das jetzige, Leben dienen, denn dort würde sie sich der Aufgabe erneut stellen. Sie würde sich erneut auf den ersten Blick in Pascal verlieben und er ebenso in sie. Erneut würden sie ihre Liebe nicht als Ehepaar leben können und wieder mit Verlust konfrontiert werden. Die Aufgabe war, ohne ihn glücklich zu sein und mit einem offenen Herzen in Liebe mit ihm verbunden zu sein.

Diesmal würde sie es schaffen, das glaubte sie zutiefst. Für außen Stehende war ihr Handeln eher unverständlich. Susanne und ein paar andere Weggefährten erkannten den Sinn der Aktion. Viele andere Freundinnen hatten kein Verständnis und kritisierten sie eher. Wie kann man sich nur zum zweiten Mal auf so einen Typen einlassen. Der hat dich damals schon verarscht und tut es heute wieder. Solche und ähnliche Aussagen brachten Jenna nicht von ihrem Weg ab, denn sie war sich dessen bewusst, was sie tat und brauchte die Bestätigung der anderen nicht. Jenna lebte beide Pole aus und kam über das Ausleben letztlich in die Mitte. Sie kam immer mehr mit ihrer eigenen Liebesquelle in Kontakt. Diese Liebe war unabhängig von dem, was im Außen geschah. Sie war einfach da, sie war in ihr. In immer längeren Phasen konnte sie in diesem Gefühl bleiben und die Schmerzphasen wurden dementsprechend kürzer.

Pascal und sie trafen sich regelmäßig, sie nutzen jede Möglichkeit, um sich zu sehen und nahmen dafür jeden Stress auf sich. Er übernahm beruflich mehrere Aufträge im Süden und auf diese Art gab es immer neue Möglichkeiten, sich zu sehen. Sie genossen ihre Liebesfeste in vollen Zügen. In den Trennungszeiten schickten sie sich unzählige Liebesbotschaften per Email, Postkarten, manchmal auch Briefe und natürlich per SMS. Sätze wie „Ich vermisse dich“ oder „Du fehlst mir“ waren auch immer dabei. Eines Tages wollte Jenna gerade „Du fehlst mir“ schreiben, doch plötzlich hielt sie inne. Stimmte das? Nein, sie vermisste ihn nicht mehr, er fehlte ihr nicht mehr. Sie spürte ihre Liebe für ihn, egal wo er war und was er tat. Sie fühlte sich total mit ihm verbunden. Er war in ihr, sie in ihm, sie waren Eins. Und auf einmal konnte sie Henris Vorhersage aus früheren Zeiten fühlen und sie wusste, sie war angekommen.

Und dann wird deine Liebe dich in die Lage versetzen, dein Selbst loszulassen und das lässt euch beide Eins werden. Wenn die Liebe über alle Wünsche und Bedürfnisse erhaben ist, wird sie zu einem sehr sanften Teil, einem tiefen Verstehen und dann kann dich nichts und niemand mehr unglücklich machen. Diese Worte hatte er gesprochen und jetzt lächelte sie und sagte in den Himmel hinein „Ach, so fühlt sich das also an!“

„Offensichtlich zwei, doch eins in der Seele - du und ich.“

Rumi

Kapitel 14 Das Ende vom Suchen

Es war an der Zeit, ihn loszulassen und ihre Aufgabe anzugehen. In diesem Leben durfte sie nicht wieder der Depression verfallen, sondern sie musste ohne ihn glücklich werden. Bei ihrem nächsten Treffen legte sie die Rolle der heimlichen Geliebten ab. Sie brauchte Pascal nicht mehr, sie liebte ihn jetzt, ihre Bedürftigkeit war erlöst! Sie konnte ihn loslassen und ihm von Herzen eine gute Zeit mit Elke und seinen Kindern gönnen. Sie blieben bis zum Tod in einem liebevollen Austausch, aber sie trafen sich nicht mehr. Jenna war eine liebende Frau geworden. Alle Muster, nicht schön genug zu sein, nicht gut genug, nicht begehrenswert, nicht liebenswert, zu kompliziert, zu anstrengend und vieles mehr, hatte sie abgelegt. Pascal hatte ihr das Gefühl, eine tolle Frau zu sein, wieder zurückgegeben.

Durch die Liebe in ihrem Inneren fühlte sie sich ganz, ihr fehlte nichts. Aller Mangel nach Liebe im Außen war wie ausgelöscht und zum ersten Mal in ihrem Leben war diese Sehnsucht nach einer glücklichen Liebesbeziehung nicht mehr spürbar. Sie war glücklich aus sich selbst heraus. Alle Eifersucht auf glückliche Paare gehörte der Vergangenheit an. Sie lebte entspannt in den Tag hinein und machte sich keine Gedanken mehr, ob sie alleine bleiben würde oder ob ein neuer Partner käme. Sie war frei von dem Verlangen, eine Beziehung haben zu müssen. Wenn eine neue Liebe kommt, ist es schön. Wenn nicht, ist es auch gut. Das Leben würde ihr bringen, was sie gesät hatte, das hatte sie gelernt.

Mit dieser neuen Ausstrahlung zog sie schon ein paar Monate nach der Trennung einen neuen Mann in ihr Leben. Es war wieder mal der berühmte „Zufall“. Sie begegneten sich an einer Tankstelle. Aus unerklärlichen Gründen versagte plötzlich sein Handy und er bat Jenna ihres benutzen zu dürfen. Als Dank dafür, lud er sie zum Essen ein und schon beim ersten Treffen unterhielten sie sich bis in den frühen Morgen hinein. Genau wie sie, war er durch leidvolle Liebeserfahrungen gegangen und war daran gewachsen. Er war ungebunden, emotional reif, hatte ein geheiltes, offenes Herz und war bereit in eine neue Beziehung zu gehen. Ihr Herz sagte ja, sein Herz sagte ja und so wurden sie ein Liebespaar und genossen das Leben zu zweit.

Pascal hatte sich mit seiner Situation arrangiert und verdrängte weiterhin seine Gefühle. Er war viel zu sehr mit seinen beruflichen und privaten Verpflichtungen beschäftigt, so dass wenig Zeit für Reflektion blieb. Pascal hätte das Verhältnis mit Jenna nie beenden können, denn Entscheidungen zu fällen, lag ihm immer noch nicht. Er war besser im Aushalten und so konnte er sie gehen lassen. Er war froh und dankbar, dass er sich die Zeit mit Jenna gestattet hatte. Wenn Schmerz ihn übermannte, dann motivierte er sich selbst mit guten Gedanken. Ich hab so viel Gutes in meinem Leben oder ich kann durchaus zufrieden sein, waren seine Leitsätze. Es gelang ihm ganz gut, sich damit zu motivieren, denn schließlich hatte er als Mitarbeiter im Vertrieb gute mentale Coachings genossen. Elke schien nie etwas bemerkt zu haben, jedenfalls hatte sie ihn diesbezüglich nie angesprochen. Sie sprachen auch sonst nicht über ihr Ehe, wozu auch, es war ja alles gut. Sie hatten ihr Haus, ihre Freunde, ihre Kinder und in Sachen Job und Geld stimmte auch alles. Er hatte mit Jenna etwas gelebt, was er mit Elke nie gelebt hatte und somit hatte Jenna ihr eigentlich nichts weggenommen. Dieser Gedanke minderte sein schlechtes Gewissen enorm.

Für Elke war die Leidenszeit auch nach der Trennung von Jenna und Pascal nicht vorbei. Natürlich hatte sie von dem Verhältnis gewusst. Für wie blöd hielt Pascal sie eigentlich. Er hatte sich emotional plötzlich total verändert, hatte solche Hochs und Tiefs gehabt, duftete manchmal nach einer anderen Frau, wenn er von längeren Geschäftsreisen heimkam. Sein angeblicher ständiger SMS-Kontakt mit seinen Kollegen war auch eine verdammt schlechte Ausrede. Innerlich hatte sie oft vor Wut gekocht, aber ihre Emotionen hatte sie bewusst verdrängt, denn sie wollte einfach nicht ohne Pascal leben. Sie liebte das Haus, das Versorgtsein, ihren Freundeskreis, ihre Unternehmungen, ihr Leben mit ihm und den Kindern. Und all das wollte sie behalten. Sie spürte, dass er nicht glücklich war, spürte, dass immer etwas zwischen ihnen stand und wirkliche Nähe schon lange nicht mehr möglich war, aber sie wollte auf keinen Fall eine Veränderung. Darum hatte sie sich auch nie etwas anmerken lassen. Instinktiv hatte sie gespürt, dass das Verhältnis vorbei war. Anfangs hatte sie gehofft, dass ihre Beziehung dadurch wieder besser werden könnte, aber sie hatte sich geirrt. Pascal war wie umgewandelt. Wenn sie sich früher insgeheim oft über seine gute Laune geärgert hatte, die zweifelsohne seinen Ursprung in dem Kontakt mit der Geliebten hatte, dann litt sie jetzt zunehmend unter seiner lustlosen und verschlossenen Art. Mit dem Ende seiner heimlichen Beziehung schien er endgültig sein Herz verschlossen zu haben und behandelte sie mit einer eisernen Kühle und schien es nicht einmal zu bemerken. Wie sollte er auch? Wenn er kein Gefühl mehr für sich selbst hatte, wie sollte er diese dann für sie haben? Pascal öffnete sich nur im Umgang mit seiner Tochter. Ihr schenkte er Liebe und Aufmerksamkeit und das bewirkte, dass Elke öfter eifersüchtig auf ihre eigene Tochter reagierte. Aber auch diese Gefühle verdrängte sie so gut es ging, denn sie wollte keinen Konflikt. So nahm sie sein Verhalten hin und lernte sich damit zu arrangieren.

Sieben Jahre später verstarb Pascal an Herzversagen. Jenna hielt sich zum Zeitpunkt seines Todes im Eiscafé auf. Sie befand sich gerade in einem Gespräch mit einer Mitarbeiterin, als ihr plötzlich ganz seltsam zumute wurde. Es war ihr, als setze ihr Herz mehrere Herzschläge lang aus und gleichzeitig sah sie Pascal vor ihrem inneren Auge. „Pascal“, flüsterte sie und Tränen traten ihr in die Augen. Sie fühlte, etwas musste ihm geschehen sein! Sie schickte ihm sofort eine SMS mit der Frage, ob es ihm gut ginge oder ob etwas passiert sei. Er antwortete nicht.

Drei Tage später erhielt sie einen Anruf von seinem Anwalt. Pascal hatte diesen beauftragt, sie im Falle seines Todes zu informieren. Er wollte sicher gehen, dass sie in diesem Leben umgehend über seinen Tod und die Umstände dazu informiert werden würde. Fünf Tage nach seinem Tod verunglückte Jenna tödlich bei einem Autounfall. Ein angetrunkener Fahrer hatte ihr die Vorfahrt genommen.

Die Bilder auf der Leinwand erloschen. Anton blickte betrübt zu Wilma. „Irgendwie doch ein bisschen schade, dass sie sich am Ende nicht doch noch bekommen haben“, sagte er mit trauriger Stimme. „Wer sagt denn, dass es das Ende ist“, fragte Wilma verschmitzt. „Was? Du meinst es geht noch weiter mit den beiden?“ „Vielleicht“, antwortete sie zuversichtlich. Die zwei werden jetzt unabhängig voneinander ihre Leben reflektieren, sich mit den Meistern besprechen und eine neue Wahl für das nächste Leben treffen. Jenna hatte in diesem Leben erst die erste Stufe der Befreiung gewählt. Die erste Stufe von Befreiung ist die Erlösung der emotionalen Abhängigkeit. All deine Absichten und Handlungen sind ab da frei gewählt und nicht mehr reaktiv, aber sie binden dich immer noch an die Welt. Erst die zweite Stufe der Befreiung ist die endgültige Befreiung von dem Rad der Wiedergeburt und somit von der Welt.
Im nächsten Leben wird Jenna damit beschäftigt sein, ihre Liebesfähigkeit noch mehr auszudehnen. Sie ist in Sachen lieben lernen erst fertig, wenn sie für alle Menschen die gleiche bedingungslose Liebe fühlen kann, wie für Pascal. Und ob sie sich die zweite Stufe der Befreiung dann vornimmt oder das weltliche Leben einfach noch etwas länger genießen will, wird sich zeigen.“ „Das verstehe ich jetzt nicht so“, erwiderte Anton

mit einem fragenden Blick. „Ja, das denke ich mir! Du könntest dein Praktikum ja um ein Leben verlängern. Ich werde Jenna auch im nächsten Leben betreuen. Bist du dabei?“ Ein breites Grinsen machte sich auf Antons Gesicht breit. „Klar doch, ich habe noch nichts Besseres vor und die Erde kann sich ruhig noch ein paar Runden ohne mich drehen.“

Zufrieden lehnte er sich in seinem Sessel zurück. „Wenn ich dann wieder ins Leben gehe, könntest du mich dann auch begleiten?“ Fragend blickte er rüber zu Wilma und bevor sie antworten konnte, kamen ihm schon gewisse Zweifel. Er rieb sich das Kinn und war sich gar nicht bewusst, dass er laut dachte. „Oder sollte ich vielleicht doch lieber einen Mann als Begleiter nehmen“, überlegte er laut. „Ich möchte nämlich wieder als Mann geboren werden. Bei der Vorstellung, dass ich meine intimen Männerthemen dann mit einem weiblichen Engel besprechen soll, werde ich ja jetzt schon rot, das ist mir ja total peinlich. Und außerdem hat ein Engelmann sicher die besseren Tipps, wie ich die Frauen erobern kann, denn ich will dann auch die super tolle Liebe erleben.“ „Nimm doch Henri“, unterbrach Wilma seine Gedanken und Anton hielt sich erschrocken die Hand vor den Mund. „Sorry“, sagte er, „ich hoffe, ich habe dich jetzt nicht gekränkt.“ Wilma schaute ihn verdutzt an, brach dann in schallendes Gelächter aus. Anton brauchte ein paar Minuten bis er realisierte was er gesagt hatte. Als es ihm endlich bewusst wurde, verfiel auch er in schallendes Gelächter.

Kapitel 15 Neubeginn

Sieben Erdenjahre später

Ein sechsjähriges Mädchen saß auf dem Gartenzaun vor dem Haus ihrer Eltern. Sie blickte auf die Straße und beobachtete die vorbeifahrenden Autos. Auf das Nachbargrundstück fuhr jetzt ein Auto drauf und parkte in der Einfahrt. Ein großer Umzugswagen, der dem Wagen gefolgt war, hielt am Straßenrand. Aus dem Auto hüpfte nun ein blonder Junge und wie magisch angezogen, hielt das Mädchen den Blick auf ihn gerichtet. Der ist aber süß, dachte sie, er gefiel ihr auf den ersten Blick. Gerade ausgestiegen kam er auch schon zu ihr herüber gelaufen. Atemlos blieb er vor ihr stehen. „Hallo, ich bin da", sagte er. „Meine Eltern haben das Haus neben eurem Haus gekauft." Sie lächelte und eine Ahnung stieg in ihr auf. „Pascal?" „Ja klar, ich bin es. In diesem Leben heiße ich aber Frederic. Und du?" „Sarah", sagte sie lächelnd, „diesmal heiße ich Sarah. Schön, dass du mich so schnell gefunden hast, ich habe schon auf dich gewartet", fügte sie hinzu und nahm seine Hand. „Ja, ich bin auch froh", strahlte er sie an. „Diesmal will ich alles für dich sein", sagte er und drückte ihre Hand. „Die Sandkastenliebe haben wir ja leider schon verpasst, aber alles andere ist noch möglich. Ich kann deine erste Liebe sein, deine Jugendliebe, die ganz große Liebe, die Liebe deines Lebens und die letzte Liebe. Alles in einer Person. Wie findest du das?" Erwartungsvoll sah er sie an. „Wunderbar, einfach super schön", sagte sie und mit strahlenden Augen fügte sie hinzu: „Das alles will ich auch für dich sein!"

Ende

Abschließende Worte

Wie heißt es meistens so schön am Ende eines Romans: „Alle Ähnlichkeiten mit lebenden Personen sind rein zufällig“. Das gilt natürlich auch für dieses Buch!
Ich wünsche dir gute Unterhaltung und hilfreiche Erkenntnisse beim Lesen meines Romans. Möge es dir helfen, von allem auch die andere Seite zu sehen.

Hinweis

Auch zu diesem Thema werde ich Vorträge und Seminare anbieten. Ausführlichere Informationen dazu findest du auf meiner Homepage www.theawachtendorf.de

Ein weiteres Buch der Autorin:

ISBN 978-3-7386-4656-6
Neuauflage Oktober 2015
Books on Demand, Norderstedt

Notizen:

Notizen: